Das Buch

Bevenstedt im Ostholsteinischen. Dr. Barbara Pauli hat sich eingelebt, sowohl in der kleinen norddeutschen Gemeinde als auch in der
Praxis von Dr. Stähr. Mit ihrem Freund, dem Musiker Thomas, ist
sie ins alte Pfarrhaus gezogen. Auch die Patienten haben sich an die
Frau Doktor aus der Stadt gewöhnt und vertrauen Barbara ihre
Ängste und Sorgen an. Doch auch an Thomas scheinen einige Dorf-
bewohnerinnen großes Interesse zu haben ... Eines Nachts schlägt
der Feuerteufel zu: Die Tankstelle von Bevenstedt brennt. Das ganze
Dorf ist in heller Aufregung: Wer ist der Brandstifter und wann wird
er das nächste Feuer legen?

Die Autorin

Martina Bick wurde 1956 in Bremen geboren. Sie studierte Philoso-
phie, Musikwissenschaft und Germanistik in Münster und Hamburg. Die Autorin zahlreicher erfolgreicher Romane und Sachbücher
wurde bereits mit mehreren anerkannten Preisen ausgezeichnet.
Nach ausgedehnten Auslandsaufenthalten lebt und arbeitet sie heute
in Hamburg.
Von Martina Bick ist in unserem Hause bereits erschienen:
Die Landärztin

Martina Bick

Neues von der Landärztin

Roman

Ullstein

Ullstein Taschenbuchverlag
Der Ullstein Taschenbuchverlag ist ein Unternehmen
der Econ Ullstein List Verlag GmbH & Co. KG, München
Originalausgabe
1. Auflage 2001
© 2001 by Econ Ullstein List Verlag GmbH & Co. KG, München
Lektorat: Esther Hansen
Umschlagkonzept: Lohmüller Werbeagentur GmbH & Co. KG, Berlin
Umschlaggestaltung: DYADEsign, Düsseldorf
Titelabbildung: Mauritius, Mittenwald
Gesetzt aus der Sabon
Satz: hanseatenSatz-bremen, Bremen
Druck und Bindearbeiten: Elsnerdruck, Berlin
Printed in Germany
ISBN 3-548-25172-2

1

Barbara beobachtete mit Erleichterung, wie die beiden Kellner endlich anfingen, das Geschirr abzuräumen. Sie trugen die riesigen Fleischplatten mit den Resten von Hirschbraten, Entenbrust und Hasenkeulen hinaus, ebenso wie die Kübel mit Rotkohl und Salzkartoffeln, die Wagenräder mit diversen kunstvoll drapierten Gemüsen. Es war unendlich viel übrig geblieben, obwohl die Festgemeinde ausführlich gegessen und getafelt hatte. Die Herren, vor allem die älteren wie Bürgermeister Petersen, der goldene Bräutigam Heinrich Bruhns, der Fabrikant Ludger Frien und nicht zuletzt der geborgte Pfarrer aus Grömitz, saßen mit hochroten Köpfen vor ihrem x-ten Verdauungsschnaps. Unter Calvados und Fernet Branca tat es keiner in dieser erlesenen Runde. Die Dorfsociety, dachte Barbara amüsiert. Ihr Lächeln wurde von Doktor Stähr aufgefangen, der ihr schräg gegenüber saß und schweigend seinen redseligen Tischnachbarinnen zuhörte, wie es immer und überall seine Rolle war. Er lächelte zurück. Ermutigend, tröstlich.

Seit knapp einem Jahr lebte Barbara jetzt als Landärztin hier in Bevenstedt, einer kleinen Dorfgemeinde in Ostholstein direkt an der Autobahn, die von Hamburg über Lübeck und Neustadt auf die Insel Fehmarn zur Fähre nach Dänemark führt, die so genannte Vogelfluglinie nach Skandinavien. Richtung Südosten konnte man mit dem Fahrrad in einer halben Stunde am Strand sein – wenn man ein bisschen im Training war. Auch zur anderen Seite hin, jenseits der Autobahn, kam man irgendwann an die See, denn Ostholstein ist eine Landzunge, eine fruchtbare, seit Urzeiten besiedelte Halbinsel und im Unterschied zu vielen anderen Küstenstrichen dicht bewaldet, dazwischen sehr grün und vor allem sehr gelb, wenn im Frühjahr der Raps blüht. Hügel und Seen wechseln sich ab, wenn auf der Fahrt durch das Land der Blick von den Buchten der Ostsee mit ihren Stränden und Seebädern wie Timmendorf, Scharbeutz, Grömitz oder Pelzerhaken zurück ins Land schweift. Der nächstgrößere Ort von Bevenstedt aus war Lensahn.

»Und dann wurde der Ausgang tatsächlich wieder zurückverlegt«, schloss Susi Lethfurt die Krankengeschichte ihrer Schwägerin effektvoll ab. »Ob das nun wirklich alles nötig war?«

Frau Claasen, Arzthelferin in der Gemeinschaftspraxis von Doktor Stähr und seiner jungen Kollegin Doktor Barbara Pauli, nickte zerstreut, während sie besorgt der blauen Flasche Mineralwasser hinterhersah, die Susi Lethfurt gedankenlos nach links weiterreichte, ohne Frau Claasens leerem Glas Beachtung zu schenken. Frau Claasen war immer in Sorge, zu übermäßigem Alkoholgenuss verführt zu werden, und achtete daher stets darauf, dass ihr Glas mit Wasser gefüllt war. »Wie schrecklich«, meinte sie. »Man muss einfach froh sein, wenn man gesund ist, sage ich immer.«

»Und dann dieser Beutel«, schüttelte sich Susi. »Also ich weiß nicht, ob ich damit leben könnte. Was sagen Sie denn, Frau Doktor, wie schaffen Sie es bloß, immer all das Elend mit anzusehen?«

Barbara rückte ein wenig zur Seite, damit der Kellner an die Sauciere und die Gemüseplatte herankam. Ehe sie antworten

6

konnte, ergriff Susanne Stähr das Wort, die Ex-Frau des Doktors, selbst Tierärztin und seit neuestem damit befasst, in Bevenstedt für wirtschaftlichen Aufschwung zu sorgen. Zusammen mit ein paar dubiosen Investoren, die keiner außer Susanne genauer kannte, kaufte sie systematisch alle Seegrundstücke auf, um dort eine Ferienhaussiedlung zu errichten, die dem Dorf angeblich Dutzende von Arbeitsplätzen verschaffen sollte – wenn auch außer ihr keiner so recht an die gute Sache glaubte. Jedenfalls war sie seitdem auf jeder Feier in Bevenstedt anzutreffen, immer in der Hoffnung, einem besoffenen Bauern ein Grundstück abschnacken zu können.

»Das lernt ein Arzt im Studium als Erstes: sich bloß nicht beeindrucken lassen. Bloß keine Gefühle zeigen. Gesundheit ist ein Ausnahmezustand, hat unser Pathologe in der Tierklinik immer gesagt. Das verdrängen wir nur mehr oder weniger erfolgreich, bis es uns selbst mal erwischt.«

Susi Lethfurt sah irritiert auf den Tisch, auf dem nun große Schalen mit roter Grütze, gelbem Vanillepudding und Kännchen mit süßer Sahne verteilt wurden. Immer mehr Kellner und Kellnerinnen umschwirrten die beiden langen Tische, an denen die Gäste nach und nach in einer dichten Wolke aus Zigarren- und Zigarettendunst verschwanden.

»Ja, aber was sagen Sie denn zu Annegret Söhnlein aus Grömitz, die hat jetzt die siebte Krebsoperation hinter sich – da verliert man doch den Glauben, meinen Sie nicht?« Sie fing an, die verschiedenen Krebsarten der Grömitzerin an den Fingern aufzuzählen.

Die Tierärztin unterbrach sie unwirsch: »Man wird halt abgebrüht mit der Zeit.«

»Nein«, sagte Barbara, »das kann ich nicht bestätigen. Als Arzt konzentriert man sich darauf, zu helfen, Schmerzen zu lindern, Erleichterung zu verschaffen. Abgebrüht wird man aber nicht, glaube ich.«

»Okay, man hilft gern. Aber man hört auch gern die Kasse klingeln, oder?« Susanne grinste Barbara spöttisch an.

»Na, na«, entfuhr es Frau Claasen. »Das ist aber nicht schön gesagt.«

»Wenn ich sehe, wie leicht ihr Humanmediziner euer Geld verdient – wir Tierärzte haben es da schwerer. Wenn es eine Krankenkasse fürs Vieh gäbe, das wäre eine gute Sache. Nein, im Ernst. Helfen ist schön und gut, aber man muss ja auch ans Auskommen denken.«

Frau Claasen warf Barbara einen vielsagenden Blick zu. Susi Lethfurt erhob sich und machte sich auf den Weg zu den Toiletten. Sie schwankte ein wenig und musste sich an den Stuhllehnen festhalten.

Barbara sah unauffällig auf die Uhr. Halb zehn. Der Abend war noch lang. Wenn sie mit dem Wagen heimfahren wollte, musste sie das Weintrinken langsam einstellen. Wahrscheinlich war es jetzt schon ratsamer, den Wagen stehen zu lassen.

»Und wie geht es mit Ihrer Ferienhaussiedlung voran?«, fragte Frau Claasen Susanne und prostete Bürgermeister Petersen über den Tisch hinweg mit ihrem frisch gefüllten Wasserglas zu. Das Stichwort Ferienhaussiedlung war durch sämtliche Geräuschkulissen elektrisierend zu ihm durchgedrungen. Er zwinkerte fröhlich und führte sein Schnapsglas zum Mund, um es in einem Zug zu leeren. Sein Schädel glänzte gefährlich rot. »Wann kommen denn die ersten Gäste?«

»Im März ist Richtfest«, antwortete Susanne. »Die Genehmigungen liegen ja nun endlich alle vor. Nur über die Waldrandgrundstücke wird noch verhandelt.«

Graf Hollenstedt, ehemaliger Großgrundbesitzer in Ostholstein, hatte sich lange gegen die Neuerungen und das Eindringen des Tourismus von der Küste ins Land hinein gewehrt. Seit Generationen lebte seine Familie von der

Landwirtschaft und dem Holzhandel aus seinen großen Waldgebieten. Er hatte es gar nicht nötig, in neue Strukturen zu investieren. Aber nach und nach hatte die Tierärztin ihn mit ihren Versprechungen auf ihre Seite ziehen können. Auf der letzten Gemeinderatssitzung war er sogar höchstpersönlich erschienen, um seine Zustimmung zu dem Projekt kundzutun.

»So«, sagte Frau Claasen bedächtig. »Dann kann es ja bald losgehen mit den neuen Arbeitsplätzen. Dabei habe ich gerade wieder gehört, dass unsere Tankstelle geschlossen werden soll.«

»Das ist falsch. Sie wird nur verlegt in die Ferienhaussiedlung, also auf die andere Seite der Autobahn. Das kann man den Bevenstedtern doch wohl zumuten, meinen Sie nicht?«

Frau Claasens Antwort wurde von plötzlichem Lärm aus dem angrenzenden Schankraum übertönt. Lautes Geschrei drang durch die geschlossene Flügeltür.

»Dass du dich hier blicken lässt, du Nichtsnutz! Dass du dich hierher traust! Pass bloß auf, dass dir nicht mal was passiert!«

Das war die Stimme von Walter Scholz.

Unter den Gästen der goldenen Hochzeitsgesellschaft wurde es schlagartig still. Susi Lethfurt taumelte von der Toilette zurück zu ihrem Platz. Sie hatte ihr goldgelbes Abendkleid mitten auf dem ausladenden Busen mit Bratensauce bekleckert und offenbar im Bad versucht, den Fleck wegzubekommen. Mit zweifelhaftem Erfolg.

»Was will der Scholz denn schon wieder?«, murmelte sie und ließ sich auf ihren Platz fallen. »Der hat wohl mal wieder zu viel getankt.« Ihr Mann, der ehemalige Schlachter und jetzige Versandleiter in Ludger Friens Holz- und Kartonagenfabrik, legte ihr besänftigend seine Pranke auf die Schulter.

Den Geräuschen nach zu urteilen wurden im Schankraum

wild Möbel gerückt, dann knallte etwas gegen den Holzrahmen der Verbindungstür. Das gelbe Milchglas erzitterte, hielt jedoch stand. Mehrere Männer sprangen auf und liefen zur Tür, gefolgt von Barbara und Susanne. Der Doktor drängte sich vor.

»Wir sind alle nicht mehr ganz nüchtern, meine Herren. Mischen wir uns lieber nicht ein.«

»Lass mal, Jürgen«, sagte der Bürgermeister und öffnete die Tür. Er betrat als Erster den Schankraum, die anderen folgten ihm zögernd. Auch die übrigen Gäste stellten Pudding und Grützeschälchen auf den Tischen ab und erhoben sich langsam von ihren Plätzen.

Walter Scholz stand mit geballten Fäusten am Tresen. Sein Haar war zerzaust und seine Züge vor Wut entstellt. Hinter ihm stand Toni Jakobsen, der Tankstellenpächter, und hielt den wütenden Scholz mit festem Griff zurück. Auf der Erde vor der Flügeltür lag ein Barhocker, dem ein Bein abgebrochen war.

»Dunnerlittchen«, sagte der Bürgermeister. »Was ist denn hier los?«

»Alles im Griff«, meinte der Mohrenwirt hinter dem Tresen. »Nur ein kleines Missverständnis, Georg. Kein Grund zur Beunruhigung.«

Schräg gegenüber von Scholz lehnte pickelig und mager Theo Diem im Türrahmen, der jüngste Sohn des Schrotthändlers Diem, und spielte nervös mit einer leeren Colaflasche.

»Ich kann kommen und gehen, wie und wohin ich will«, sagte er trotzig. Seine Mundwinkel zuckten vor Nervosität.

»So, kannst du das? Meinen Jungen in den Knast bringen und selber ungeschoren davonkommen, das kannst du auch, wie?«

Der Bürgermeister trat einen Schritt auf den wütenden

Mann zu. »Mach mal halblang, Walter. Der Theo kann doch nichts dafür, dass dein Freddi im Knast sitzt. Das hat er sich schon selbst zuzuschreiben.«

Walter Scholz versuchte, sich aus Tonis eiserner Umklammerung loszureißen. Der junge Mann stellte seine Colaflasche auf einem Tisch nahe der Tür ab und schob die Fäuste in die Jackentaschen.

»Ist wohl besser, du verschwindest hier«, rief ihm der Mohrenwirt zu. »Pfand kannst du dir morgen abholen.«

»So eine Unverschämtheit«, rief Susanne Stähr von hinten und drängelte sich durch die Festgemeinde zum Tresen vor. Sie baute sich vor Scholz auf. »Was fällt dir ein«, sagte sie leise. »Wir sprechen uns später. Jetzt gib gefälligst Ruhe, sonst sorge ich dafür, dass dir andere Leute Bescheid geben. Dann kann Jürgen dich hinterher aber wieder zusammenflicken.«

Susi Lethfurt fing an zu kichern. Frau Petersen fiel ein. Auch Frau Claasen glückste. Nach und nach stimmten die anderen Gäste in das Lachen ein. Die ganze Festgemeinde wollte sich plötzlich ausschütten vor Heiterkeit. Theo Diem nutzte die Gelegenheit, um rasch aus dem Schankraum zu schlüpfen.

Walter Scholz griff nach seinem Bierglas und trank es in einem Zug leer. Dann durchquerte er die Wirtschaft und warf die Tür laut krachend hinter sich ins Schloss.

2

Sieben Uhr fünf. Barbara schloss die Augen. Viel zu früh zum Aufstehen für einen Sonntagmorgen. Sie hatte keinen Bereitschaftsdienst und wollte mal so richtig ausschlafen nach dem Stress der letzten Woche. Sie drehte sich um und blinzelte mit einem Auge zur anderen Betthälfte. Thomas war ganz und gar unter einem dunkelblauen Deckenberg verschwunden, der sich mit seinen regelmäßigen Atemzügen ruhig hob und senkte.

Da war es wieder. Ein lang gezogenes Heulen, gefolgt von kratzenden Geräuschen, dann aufsässiges, heiseres Bellen. Barbara spürte, wie der letzte kuschelige Rest von Schlaf sich verzog, wie sie endgültig auftauchte aus diesem warmen, wohligen Nirwana, das natürlich alles andere als ein Nichts war, nämlich ein neurologisch hochinteressanter, äußerst komplexer chemischer Vorgang im Gehirn, bei dem jede Menge passierte und der vom reinen Nichts genauso weit entfernt war wie vom geschäftigen Wachzustand. Sie schob ihre Bettdecke zurück. Brrr, die Luft war kalt und feucht, wie immer in diesem Haus.

»Du? Hörst du die Hunde nicht?«

Thomas gab einen undefinierbaren Laut von sich. Der Deckenberg bewegte sich mächtig, dann kroch eine Hand unter ihm hervor, tastete sich über den Spalt zwischen den altertümlichen Ehebetten und schob sich unter ihre Hüfte. Ein wohliges Brummen kam aus Thomas' Kehle. Vom Aufstehen, ja nur vom Aufwachen war ein Mensch, der solche Laute von sich gab, erfahrungsgemäß weit entfernt.

»Ich glaube, die Hunde müssen raus«, sagte Barbara und korrigierte sich sofort. »*Deine* Hunde.«

Brummen.

Barbara schlug endgültig die Decke zurück und stellte die Füße auf den kalten Dielenboden. Sie warf sich ihren dicken Bademantel über die Schultern, schlüpfte in die klammen Hausschuhe und tappte zur Tür. Unten ging das lang gezogene Jaulen in wildes Kläffen über. Leise zog sie die Schlafzimmertür hinter sich zu. Da sie nun schon mal aufgestanden war, machte es auch nichts mehr aus, dafür zu sorgen, dass Thomas ungestört weiterschlafen konnte. Das Leben war nun mal ungerecht.

Auf der Schwelle zur Küche blieb sie wie vom Donner gerührt stehen. Konrad, der rabenschwarze Mischlingswelpe, brachte sich fast um vor Freude, sie zu sehen. Er tobte ihr um die Beine, leckte ihre nackten Zehen ab, biss ihr in die Schuhe und gab dazu kleine, kehlig heisere Glücksgeräusche von sich, während Else, die alte Jagdhündin, weise abwartend an der Kühlschranktür stand und nur hin und wieder zuckend den Kopf hochwarf, um zu zeigen, dass auch sie von heftigen Gefühlswallungen nicht verschont blieb.

Heilloses Chaos herrschte in diesem einzigen einigermaßen bewohnbaren Raum des Hauses, das sie erst vor ein paar Wochen endgültig bezogen hatten. Das alte Pfarrhaus am Rand des Dorfes, das jahrzehntelang leergestanden hatte, war von der Substanz her zwar noch gut, in der Ausstattung aber stark renovierungsbedürftig. Barbara hatte ein bisschen Geld geerbt, gerade genug für den Hauskauf. Thomas hatte mit viel Elan die notwendigen Arbeiten in Angriff genommen. Er war Kirchenmusiker ohne Hang zur Kirche, also ohne festes Einkommen. Vor einer Weile hatte er eine Rockband gegründet, die sich mittlerweile als ganz erfolgreich erwies. Wenn er nicht gerade mit seinen Leuten unterwegs war, hockte er stundenlang im Studio und war mit dem Einstudieren oder Schreiben von neuen Stücken beschäftigt. Tapezieren und Streichen konnte er auch ganz gut. Doch eine Wasserleitung zu verlegen oder gar ein ganzes Bad zu installieren, schien seine handwerklichen Fähigkeiten entschieden zu übersteigen. Barbara war bisher der Ansicht gewesen, dass sie ihrem Lebensgefährten das nicht wirklich verübeln konnte. Er hatte sich einfach übernommen. Doch nach Wochen ohne fließend Wasser, ohne Dusche und Waschmaschine, bei fortlaufender harter Arbeit in der Gemeinschaftspraxis spürte sie, wie ihre Geduld allmählich zu Ende ging.

An die dicke Eichenholzplatte, die von der Spüle über den Kühlschrank und einen tiefen Unterschrank bis zum Herd reichte, hatte Thomas eine große Schraubzwinge angebracht, in die er seine Werkstücke einspannte. Dort, wo in gewöhnlichen Küchen die Kochlöffel oder ein Gewürzregal an der Wand hingen, befand sich bei ihnen ein Werkzeugbrett mit verschiedenen Feilen, Hohleisen, Metallsägen, einem Hobel, Messwerkzeugen, Messern und einem Sortiment an Schraubenziehern. In die Zwinge waren ständig die unterschiedlichsten Kupferrohre eingespannt, T-Stücke, meterlange Eckenverbindungen, Kreuzungen, Abzweigungen – Herzstücke der neuen Wasserleitung, deren Lötstellen immer wieder aufplatzten. Auf dem Boden und rund um die Spüle herum lagen feine Kupferspäne zwischen Lötkolben, Lötzinn und allen möglichen Rohrzangen und Dichtungsringen verstreut. Das Chaos breitete sich aus bis hart an den Herd. Dazwischen standen Essensreste, die Butterdose, Tüten mit altem Brot, alles notdürftig abgedeckt oder eingewickelt.

Die Küche war außerdem der einzige Raum im Haus, der beheizbar war. Außer den Betten gab es keinen Ort, an dem man sich aufwärmen konnte, seitdem der Ölofen im Schlafzimmer mit Heizöl vollgelaufen war, das man nur mit Lappen und alten Zeitungen mühsam wieder heraussaugen konnte. Außerdem hatte der Schornsteinfeger festgestellt, dass die beiden Kamine des Hauses für Ölöfen nicht geeignet waren und eigentlich sowieso neu ausgemauert werden müssten.

Am liebsten wäre Barbara gleich wieder ins Bett gegangen. Das war nun wirklich kein würdiger Anfang für einen Sonntagmorgen, schon gar nicht nach einer so harten Arbeitswoche, wo doch der Sonntag wenigstens ein bisschen schön und faul beginnen sollte. Normalerweise. Aber die Normalität hatten Barbara und Thomas genau an dem Tag hinter sich gelassen, an dem sie beschlossen hatten, von der Stadt aufs Land zu ziehen. Barbara als Landärztin und Thomas als musizierender Hausmann. Normalität hieß von da an nur noch Chaos. Und Arbeit.

Auf dem Küchentisch türmte sich schmutziges Geschirr. Es sah aus, als sei alles Geschirr, das sie besaßen, dort aufgestapelt. Am Freitag waren die Nachbarn zu Besuch gewesen und Thomas hatte eins seiner berühmten Vier-Gänge-Menüs gekocht. Zum Abwaschen war er natürlich noch nicht gekommen. War ja auch nicht so einfach ohne fließendes Wasser. Jeden Tropfen musste man in Kanistern von besagten Nachbarn, dem Lehrer Peter Ochs und seiner Frau Colette, herüberschleppen.

Barbara schloss die Küchentür hinter sich, damit der Welpe nicht auf den Flur tobte. Drei unterschiedlich große Kothaufen lagen symmetrisch verteilt auf dem schwarz-weißen Terrazzoboden. Wenigstens hatte Konrad keinen Durchfall.

Else wedelte buhlend mit dem Schwanz, als Barbara anfing, die Kothaufen mit Küchenpapier einzusammeln und in Zeitungspapier einzuwickeln. Die ältere Hündin fühlte sich immer irgendwie verantwortlich für Konrads Missetaten, obwohl sie nicht seine Mutter war. Hunde sahen das vielleicht nicht so eng. Barbara beruhigte Else mit sanften Worten und nahm sich Konrad vor, der durchaus schon so etwas wie ein Schuldbewusstsein entwickelt hatte in den vier Monaten seines eigentlich recht glücklichen Hundelebens. Sie packte das wuselige Fellknäuel am Genick. Seine zarten Knochen stachen durch die Haut und seine heiße Zunge versuchte verzweifelt, die Hand zu lecken, die ihn hielt. Aber Barbara ließ sich nicht erweichen. Sie war fest entschlossen zu einer wirkungsvollen Erziehungsmaßnahme und ließ Konrad direkt neben der großen Pfütze nieder, die er unter dem Küchentisch hinterlassen hatte. Er war weit nach Mitternacht, gleich nachdem sie von der goldenen Hochzeit im Gasthof Mohr nach Hause gekommen war, zum letzten Mal rausgelassen worden. Er bekam nach zwanzig Uhr kein Wasser mehr zu trinken. Woher um Himmels Willen nahm das kleine Tier die Flüssigkeit, um so große Seen zustande zu bringen? Und warum konnte seine Blase noch immer nicht die sechs bis sieben Stunden durchhalten, bis er wieder vor die Tür durfte?

»Was ist das hier? Was soll das?« Ihre Stimme klang streng und kalt, obwohl sie sich das Lachen verkneifen musste. Was sollte ein Welpe schon auf so eine Frage antworten? Aber sie konnte ihn schließlich nicht wortlos tadeln, wenn sie ihm mit ihrem Tonfall klar machen wollte, dass er sich mal wieder danebenbenommen hatte.

Konrad zappelte und quiekte erbärmlich und fing vor Stress an zu hecheln. Else wedelte mit dem mächtigen Schweif. Barbara brachte es nicht über sich, die empfindliche Hundenase in den See zu stupsen, und ließ Konrad deshalb wieder frei, doch nicht ohne ihn nochmal kräftig im Genick zu schütteln. Der Welpe sprang wie ein Gummiball durch die Küche, laut kläffend, als wollte er Barbara auslachen oder sich springend von der schrecklichen Schuld befreien, die ihn schon stundenlang gequält haben mochte. Dann öffnete Barbara die Küchentür zum Garten und entließ die Tiere in die kühle, feuchte Morgenluft. Sie holte tief Luft und blickte überrascht auf, als ihr ein scharfer aufdringlicher Brandgeruch in die Nase stieg.

3

»Schnell«, rief Barbara, ohne die Herzmassage zu unterbrechen. »Meinen Koffer. Neben dem Auto, bitte schnell!«

Klaus Schöller, ein Riesenbaby von einem Mann, standen die Schweißperlen auf der Stirn, als er vom Auto zurückgerannt kam und den Arztkoffer vor Barbara fallen ließ. Barbara kniete neben der bewusstlosen Frau auf dem Boden vor der Garage, aus der dicke Rauchwolken quollen. Zwei Löschzüge der freiwilligen Feuerwehr aus Lensahn standen quer auf dem Gelände der Tankstelle und pumpten Wasser über die Gebäude. Um ein Haar hätte es eine Riesenkatastrophe gegeben.

»Ich hab ja gleich gesagt, es riecht nach Feuer«, sagte Schöller. »Schon als meine Mudder rausging, um die Hühner zu füttern. Und dann sah ich Adele da raustaumeln, erst dachte ich, die ist wieder besoffen ...«

Endlich schlug Adele Jakobsen die Augen auf. Barbara kontrollierte Puls und Atmung, zog eine Spritze auf und injizierte ein herzstärkendes Mittel.

»Kabelbrand«, rief einer der Feuerwehrleute den Polizisten zu, die inzwischen aufgetaucht waren. »Oder jemand hat 'ne Kippe weggeschmissen. Jedenfalls, wenn die Tanks hochgegangen wären, hätten wir hier nichts mehr machen können.«

»Kommt der Rettungshubschrauber nicht?«

»Unfall auf der A7 Richtung Flensburg. Beide Hubschrauber sind im Einsatz«, antwortete jemand.

Immer mehr Leute fanden sich bei der Tankstelle ein. Toni Jakobsen, Tankwart und Ehemann der Verletzten, tauchte plötzlich neben Barbara auf. Er war kreidebleich und brachte kein Wort heraus. Abwechselnd starrte er auf seine am Boden liegende Frau und die rauchenden Gebäude der Tankstelle. Er trug Hausschuhe ohne Strümpfe und eine Pyjamajacke statt Hemd.

»Sollen wir sie nicht hineintragen«, schlug jemand vor. »Am besten gleich hier ins Haus. Die holt sich doch den Tod auf dem kalten Boden.«

»Sie haben Recht«, sagte Barbara. Es war kalt, nur wenige Grade über dem Gefrierpunkt, und die Luft roch schon nach Schnee. Ein Feuerwehrmann brachte Decken. Gemeinsam trugen sie die Verletzte ins Nachbarhaus.

»Keine Ahnung, was meine Frau in der Garage wollte«, wiederholte Jakobsen immer wieder. Mit seinem schmalen, länglichen Kopf und der zierlichen, aber zähen Statur unterschied er sich deutlich von den Holsteiner Bauern, die eher gedrungen und rundschädelig waren. Er entstammte einer der vielen Flüchtlingsfamilien, die während des Krieges aus Ostpreußen, Westpreußen und Pommern geflohen waren und sich in Schleswig-Holstein angesiedelt hatten. »Wahrscheinlich war sie mit dem Hund raus. Der kam eben allein nach Hause. Da wunderte ich mich. Hatte ja noch geschlafen.«

Ellmeier, der Wachtmeister aus Lensahn, machte sich eifrig Notizen, während die Nachbarin die dritte Kanne Kaffee aufgoss und immer neue Teller mit frischem Butterkuchen auf den Tisch stellte. Feuerwehrleute, Nachbarschaft und Neugierige versammelten sich in wechselnden Konstellationen in der Wohnküche, während Adele Jakobsen im Ehebett nach kurzem Aufwachen aus ihrer Bewusstlosigkeit in tiefen Schlaf gefallen war.

»Brandstiftung«, murmelte Jakobsen und schüttelte den Kopf. Das Wort hatte plötzlich im Raum gestanden. »Wieso denn? Wer sollte denn so was tun?«

»Adele hatte Zigaretten und Feuerzeug in der Jackentasche«, sagte Ellmeier.

»Na und? Du glaubst doch nicht, dass Adele die Tankstelle anzünden wollte? Klar ist sie Raucherin, das weißt du doch selbst. Wenn sie mit dem Hund rausgeht, raucht sie immer gern mal eine unterwegs.«

»Vielleicht hat sie sich für einen Augenblick in die Garage gesetzt und geraucht«, meinte Barbara. »Dabei kann etwas Feuer gefangen haben.«

Jakobsen zuckte die Achseln. Barbara seufzte. Die Bäuerin schüttelte den Kopf. Der Wachtmeister schrieb und schrieb.

»Heinrich, du weißt doch, wie das geht«, fing der Tankwart nochmal an. »Hinterher heißt es, Adele hat Feuer gelegt, und die Versicherung zahlt keinen Pfennig. Kannst du das nicht einfach weglassen, dass sie in der Garage war?«

»Das geht nun wirklich zu weit, Toni«, meinte Ellmeier. »Schmu is nicht. Du musst die Kirche schon im Dorf lassen.«

Jakobsen griff nach seinem Schnapsglas, das die Bäuerin wieder gefüllt hatte, und kippte den Köm in einem Zug hinunter.

»Alle Welt weiß, dass deine Tankstelle geschlossen werden soll. Und nun plötzlich gibt es Feuer. Das sieht schlecht aus für dich, Toni. Ganz schlecht.«

»Lass man gut sein, Toni, es geht immer irgendwie weiter«, meinte ein anderer Nachbar, ein kleines, hutzeliges Männchen, dem das Schnapsglas heftig in der Hand zitterte. »Die Wahrheit kommt schon noch ans Licht. Hauptsache,

Adele ist nichts passiert. Hauptsache gesund, sage ich immer. Nicht wahr, Frau Doktor?«

Barbara schob sich einen letzten Bissen Butterkuchen in den Mund und stand auf, um noch einmal nach ihrer Patientin zu sehen. Die schlief wie ein Engel. Zum Glück war sie schnell gefunden worden.

»Sie lassen Ihre Frau am besten schlafen, bis sie von allein aufwacht. Dann bringen Sie sie nach Hause«, sagte sie zu Jakobsen. »Sie in ein Krankenhaus einzuweisen halte ich für unnötig. Aber sie soll morgen oder übermorgen mal in unsere Praxis kommen. Dann gucken wir, ob ihre Lunge auch nichts abbekommen hat. Wenn irgendwas ist, Sie wissen ja, wo Sie mich erreichen können.«

»Nichts für ungut«, murmelte Jakobsen.

Zuerst waren es nur ein paar dicke weiße Flocken, die langsam wie Papierschwalben vor den dunklen Edeltannen niedersanken, die den zum Garten gelegenen Behandlungsräumen der Gemeinschaftspraxis sommers wie winters das Licht raubten. Dann trudelten mehr und mehr Flocken durcheinander, immer kleinere und immer rascher und dichter, bis das Schneetreiben perfekt war.

»Ich habe einfach nicht daran gedacht«, sagte Barbara und hob beschwörend die Hände über ihrer Teetasse. »Die Frau war bewusstlos, ich habe alles getan, um sie zurückzuholen. Anschließend war ihre Atmung normal, Blutdruck und Puls auch.«

»Das ist doch vollkommen in Ordnung, Barbara«, wiederholte Jürgen Stähr und griff nach ihren Händen, um sie zu beruhigen. »Nun hören Sie endlich auf, sich Vorwürfe zu machen. So war das doch gar nicht gemeint. Sollte Adele Jakobsen wirklich betrunken gewesen sein, wird das schon noch ans Tageslicht kommen. Von Ihnen als Notärztin zu erwarten, dass Sie als Erstes einen Blutalkoholtest machen, ist vollkommen absurd. Sie haben wie immer goldrichtig gehandelt, Barbara.«

»Ich hätte sie eben doch ins Krankenhaus schaffen lassen sollen. Aber weder Hubschrauber noch Ambulanz waren verfügbar wegen des Auffahrunfalls auf der A7. Ich weiß, das war ein Fehler.«

»Es war kein Fehler und niemand kreidet es Ihnen an. Sie sind immer so furchtbar selbstkritisch, das ist nicht gut für einen Landarzt.«

Der Doktor, der vor Barbara auf der Schreibtischkante hockte, erhob sich und fing an, in seinem Sprechzimmer herumzuwandern. Seit mehr als zwanzig Jahren lebte und praktizierte er in Bevenstedt und es war verdammt lang her, dass er die erste große Lektion eines Landarztes gelernt hatte: Dass man in diesem Beruf in den schwierigsten Situationen grundsätzlich allein auf sich gestellt war. Darum konnte man es sich einfach nicht leisten, an sich selbst zu zweifeln. Sonst verzweifelte man. Und die Patienten verzweifelten mit einem. Man musste gewillt sein, diese Verantwortung zu tragen, komme was wolle. Dazu bedurfte es eines ziemlich starken, selbstsicheren Charakters. Zum Glück hatte seine neue Kollegin diese Stärke, dessen war sich Stähr ganz sicher. Sie wusste es nur noch nicht. Auch das war normal. Sie ahnte ja nicht, wie froh er war, sie gefunden zu haben. Wer wollte sich schon heutzutage einer so schweren Aufgabe stellen, wie der Beruf des Landarztes es war? Und was für eine wahnsinnige Erleichterung war es für ihn, diese Verantwortung nach Jahrzehnten endlich teilen zu können. Jemanden zu haben, auf den er sich hundertprozentig verlassen konnte.

»Sie sind immer so freundlich zu mir«, sagte Barbara. »Ich bin halt in vielen Dingen noch eine blutige Anfängerin. Es ist

doch gerade mal zehn Monate her, dass ich meine Assistenzzeit beendet habe.«

»In unserem Beruf lernt man sowieso nie aus. Jeder Patient, jeder Fall ist anders. Nur die ständige neue Erfahrung
bringt uns weiter. Wenn man als Arzt die Grundbegriffe intus
hat, fängt das eigentliche Lernen erst an. Das ist eine schwere
Erkenntnis, das weiß ich selbst. Ich erinnere mich noch recht
gut daran, wie es mir ging in Ihrer Situation. Ich war damals
in einem sehr kleinen Krankenhaus in Bayern am Rande einer Kleinstadt als Oberarzt angestellt. Man musste dort einfach alles können. Ich hatte vor allem von Gynäkologie keine
Ahnung. Und eine Heidenangst, dass ich an einem Wochenende, an dem ich allein Dienst hatte, eine Geburt betreuen
müsste. Ich weiß nicht, wie viele Geburten verzögert oder
vorschnell eingeleitet werden, nur weil ein junger Arzt Angst
davor hat, allein damit klarzukommen. Aber irgendwann
passiert es halt doch. Und dann lernt man es ganz automa-
tisch. Und man kommt klar, in den allermeisten Fällen. So
verschwindet die Angst dann nach und nach.«

»Eine Geburt würde ich mir sogar noch zutrauen«, sagte
Barbara und schenkte sich und dem Doktor Tee nach. »Aber
Lebensrettung, davor hatte ich wirklich Angst.«

»Für uns Landärzte tägliches Brot. Für alles Mögliche gehen
die Landleute zum Spezialisten in die Stadt. Solange sie noch
kriechen können, trauen sie uns nicht über den Weg und fahren lieber nach Kiel oder Hamburg oder Lübeck, wo ihnen
die Kapazitäten und Fachärzte kompetenter scheinen als
unsereiner. Nur wenn's um Leben und Tod geht, wenn keiner
der Spezialisten verfügbar ist, bei Nacht und Nebel, bei
Schnee und Eis, wenn der Rettungshubschrauber nicht star-
ten kann, bei Sturmflut oder wenn es um Minuten geht –
dann sind wird dran, wir Landärzte. So ist das, Barbara, das
ist der Beruf, den Sie sich ausgesucht haben. Und mit dem Sie

sich ganz sicher bald anfreunden werden. Denn Sie haben das Zeug dazu. Und das hat nicht jeder.«

»Ich habe mir das allerdings ganz anders vorgestellt. Ich habe gedacht, in einer Landarztpraxis habe ich die Chance, meine Patienten besser kennen zu lernen, ihre Lebensumstände und ihre Herkunft in die Therapie einbeziehen zu können. Das ist in der Stadt fast unmöglich. Die Leute kommen und gehen, wie es ihnen gefällt, und man erfährt nichts von ihnen als das, was sie einem zufällig anvertrauen. Man weiß nicht, wie sie wohnen, wie ihr Arbeitsleben aussieht, ihr soziales Umfeld, ob sie einsam sind oder aufgehoben in einer Familie. Was bleibt einem da anderes übrig, als mehr oder weniger unspezifische Medikamente zu verschreiben. Mal abgesehen davon, dass die Leute von uns ja auch gar nichts anderes erwarten.«

»Sie sind noch sehr idealistisch«, sagte der Doktor und nahm einen Schluck Tee. Ohne seinen weißen Kittel wirkte er nicht ganz so groß und hager wie sonst. Sein dunkelgraues, volles Haar war an den Schläfen und im Nacken kurz geschnitten und fiel ihm mit einer dicken Tolle weit in die Stirn, die im Übrigen glatt und hoch war und immer ein wenig von der Sonne verbrannt. Jürgen Stähr war bestimmt kein geborener Landarzt und er hatte es am Anfang nicht leicht gehabt mit der bäuerlichen Bevölkerung. Sie waren misstrauisch ihm gegenüber gewesen, weil er ihnen arrogant vorkam, zu intellektuell. Er hatte sich auch nie richtig ins Dorfleben eingefügt. Noch heute dachte er sich seinen Teil zu allem, was geschah. Das merkten die Leute. Sie fühlten sich beobachtet und durchschaut. Zudem hatte er so seine eigenen, absonderlichen Methoden, um Krankheiten zu kurieren. Er war Homöopath aus tiefer Überzeugung. Er glaubte an nichts anderes als an die Selbstheilungskräfte des Menschen, und seine Therapien zielten immer darauf ab, diese Kräfte zu aktivieren. Auf die meisten seiner Patienten wirkte er darum überheblich und irgendwie ketzerisch. Aber er konnte gut zuhören, und da er nicht wirklich überheblich war, hatten sie sich mit den Jahren an ihn gewöhnt und Zutrauen gefasst.

Ihn selbst störte das alles nicht. Im Gegenteil. »Jeder Reiz fordert einen Gegenreiz heraus«, hatte er Barbara gleich an ihrem ersten Tag in der Praxis erläutert. Und nur ein gereizter Organismus sei ein wacher Organismus. Dieser könne am besten für sich selbst sorgen.

»Aber das macht nichts«, fuhr er nun fort und in seinen Augen blitzte der Schalk, eine Eigenheit, die Barbara von Anfang an für ihn eingenommen hatte. »Wer keine Ideale hat, erlangt auch keine moralische Tiefe. Und wenn wir irgendetwas brauchen können in unserem Beruf, dann ist das eine sichere und tief verwurzelte moralische Einstellung. Sehr unmodern, sehr unpopulär heutzutage.«

Barbara nickte, obwohl sie keine rechte Vorstellung von dem hatte, was der Doktor damit meinen mochte. Es klang jedoch richtig und überzeugend und sie konnte zurzeit alles brauchen, was sie irgendwie aufrichtete. Sie wusste genau, sie würde es schaffen, hier Fuß zu fassen. So wie sie bisher noch alles geschafft hatte, was sie sie sich im Leben vorgenommen hatte. Auch wenn diese Lektion nicht gerade zu den einfachsten gehörte.

»Dann also bis morgen früh«, sagte sie und erhob sich. Sie wollte das Geschirr zusammenräumen und in die Teeküche der Praxis bringen, die im Erdgeschoss des Stährschen Hauses untergebracht war.

»Lassen Sie alles stehen, ich räume das gleich weg. Wann gehen wir nun mal zusammen auf die Vogelpirsch? In dieser Jahreszeit gibt es allerdings nicht viel zu sehen, im Winter sind die Vögel ja nicht so aktiv.«

»Daran hatte ich noch gar nicht gedacht.« Barbara lächelte. »Dann verschieben wir es halt auf das Frühjahr, wenn die Zugvögel wiederkommen.«

»Aber vorher gehen wir mal zusammen essen, abgemacht? Und bis dahin versuchen Sie, ein bisschen weniger perfektionistisch zu sein, mir zuliebe.«

»Abgemacht«, lachte Barbara und ließ die Praxistür hinter sich ins Schloss fallen.

4

Die Küche war vorbildlich aufgeräumt. Im Herd glimmte noch reichlich Glut, die Barbara mit dem Schürhaken aufrüttelte. Sie legte Holz und Briketts nach und lauschte, wie das Feuer zu prasseln anfing. Konrad und Else saßen auf ihrer Decke und verfolgten jeden ihrer Handgriffe mit aufmerksamen Blicken. Es war bald Zeit für ihren Napf.

Barbara stellte den Wasserkessel auf den Herd – alle drei großen Wasserkanister waren randvoll gefüllt – um wenigstens noch ein bisschen Wäsche zu waschen, ehe am Montag eine neue Woche begann, die neben der übrigen Kleidung wieder fünf schmutzige weiße Kittel hinterlassen würde. Thomas war schon am Nachmittag nach Hamburg aufgebrochen, wo er am Abend in einem Jazzclub auftreten würde.

Das ehemalige Wohnzimmer im Erdgeschoss war vollgestellt mit Thomas' Musikinstrumenten: ein Klavier, ein altes Harmonium, zwei Keyboards und diverse Koffer mit Blasinstrumenten. Vor ein paar Tagen hatte der Drummer auch noch sein Schlagzeug bei ihnen untergestellt. Man bekam kaum einen Fuß in das Zimmer. Der Raum daneben, der mal ihr Arbeitszimmer werden sollte, wurde gerade renoviert. Die Möbel waren abgedeckt, die Tapeten hingen in Fetzen von den Wänden und die elektrischen Kabel staksten wie Kraut und Rüben aus der Decke. Die Wandleitungen sollten unter Putz gelegt werden. Aber Thomas kam aus irgendwelchen Gründen nie so recht weiter damit. Stattdessen riss er immer neue Baustellen auf.

Im ersten Stock befanden sich drei Zimmer, eins davon war ihr gemeinsames Schlafzimmer. Es wurde kälter, je weiter man die schöne alte Kirschbaumtreppe hinaufstieg, denn das Dach war nicht ausreichend isoliert. Sie würden die Holzverschalungen abnehmen und alle Hohlräume mit Glaswolle ausstopfen müssen. Bei der Gelegenheit waren auch gleich ein paar Dachbalken und Latten zu ersetzen, womöglich gab es auch Maurerarbeiten, die jetzt noch gar nicht abzusehen waren. Arbeit über Arbeit.

»Kaufen Sie sich kein altes Haus, bauen Sie lieber ein neues«, hatte Frau Claasen, die Arzthelferin, Barbara geraten, als sie den Kaufvertrag bekam. Aber Barbara hatte nur gelacht. Sie wollte keine neues Haus, abgesehen davon, dass sie das nicht hätte bezahlen können. Ihr stand ja nur eine kleine Erbschaft zur Verfügung, und Thomas hatte erst recht kein dickes Bankkonto im Rücken. Alles, was er verdiente, steckte er in den Aufbau seiner Band. Die technische Ausstattung allein verschlang ein Vermögen.

Die anderen beiden Räume im ersten Stock waren nur kleine Kammern. In der rechten unter der Bodentreppe türmte sich die Wäsche bis unter die Dachschräge. Kein Wasser, keine Waschmaschine, keine Zeit. Seufzend sortierte Barbara ein paar Wäscheteile aus und warf sie auf die Treppe. Dann räumte sie das Schlafzimmer auf. Die Federbetten fühlten sich klamm und steif an, als hätten sie im Regen draußen auf der Leine gehangen und wären nie wieder richtig trocken geworden. In der Ecke stand trotzig und eiskalt der mit Öl vollgelaufene Ofen. Bestimmt war Thomas noch nicht dazu gekommen, ihn wieder so weit herzurichten, dass man ihn abbauen und durch einen Kohleofen ersetzen konnte. Außerdem blieb da noch das Problem mit dem Kamin. Nirgendwo war eine Lösung in Sicht.

»Frau Dr. Pauli?«

Es klopfte und die Hunde fingen an zu bellen. Barbara ging ins Schlafzimmer und trat ans Fenster, das in einer Gaube auf den Garten hinausging. Aber vor der Küchentür war niemand zu sehen. Auf der Terrasse stand nur der Handwagen mit den groben Säcken, aus denen Mohrrüben quollen. Thomas hatte sie gestern geschenkt bekommen und nicht verraten wollen, was sie damit anfangen sollten. Vermutlich würde es den ganzen Winter über nur noch Möhrensuppe geben, Eintopf mit Möhren, Möhrenrohkost mit Zitrone und Zucker oder mit saurer Sahne, Möhrenschnitzel, Möhrengemüse, Erbsen und Möhren, Möhren an jedem Bratensud, in jeder Brühe, Möhren im Hundefutter, Möhrenkuchen, Möhrenbrot ... Wenigstens in die Scheune hätte er die Säcke schaffen können. Stattdessen hatte er wieder große Pläne gemacht, eine Miete zu bauen, in der das Gemüse bis zum Frühjahr frisch bleiben würde.

Wieder klopfte es. Die Hunde tobten durch den Flur. Barbara warf ihre Wäsche aufs Bett und lief die Treppe hinunter. Vor der Haustür, die sie noch nie geöffnet hatten, zeichnete sich undeutlich der Umriss einer großen schlanken Gestalt ab.

»Guten Abend! Störe ich?«, lachte Susanne Stähr, als Barbara die morsche Tür endlich ein Stück weit aufgezogen bekam. Sie trug irgendetwas Dunkles auf dem Arm. Die Hunde sprangen aufgeregt an ihr hoch und schnupperten. Die Tierärztin riss die Arme hoch.

»Halten Sie die Hunde fest, sonst springt mir der Hase davon!«

Tatsächlich entpuppte sie das Wollknäul in ihrem Arm plötzlich als ein mageres, schwarz-weiß marmoriertes Kanin-

29

chen, das anfing, wie wild um sein Leben zu zappeln. Susanne packte seine langen Löffel. »Verflixt, kratzen tut das Biest auch noch.«

Barbara riss die Haustür weiter auf, wodurch die altersschwache Gardine herunterkam, die vor dem Eingang von der Decke baumelte. Eine Staubwolke hüllte die beiden Frauen ein, Putz rieselte auf sie nieder. Hustend taumelte Susanne in den Flur. Konrad und Else flitzten aus dem Haus. Barbara schloss rasch die Tür.

Susanne setzte das Kaninchen auf dem Flurboden ab. So sehr es vorher auf ihrem Arm gezappelt hatte, so erstarrt hockte das Tier nun auf dem kalten Steinboden. Nur seine Barthaare zitterten aufgeregt.

»Ein prächtiger Bursche, was? Wie ich Thomas gesagt habe – das wird ein Riesenbrocken. Ist er nicht da?«

Sie klopfte sich den Staub vom Kamelhaarmantel und zupfte sich ein paar Kaninchenhaare von den Ärmeln. Sie trug schwarze Lederhandschuhe an den auffallend schmalen, langen Händen. Sie war gertenschlank, fast hager. Die kurz geschnittenen dunklen Haare wellten sich in einer Naturkrause oder einer täuschend echt nachgemachten Welle um das wachsame Gesicht. Ihre Augen waren graublau, der Blick sehr kühl. Sie sah sich neugierig um. »Du liebes bisschen, Sie haben ja noch einen ganzen Haufen Arbeit hier. Aber das hätte ich Ihnen gleich sagen können. Das alte Pfarrhaus ist nie renoviert worden. Die Leitungen und sanitären Anlagen stammen alle noch aus der Vorkriegszeit, Jahrhundertwende. Ich hätte ihnen was Besseres besorgen können.«

»Uns gefällt es hier.«

»Haben Sie denn schon einen Käfig für das Tierchen?« Susanne fing an, ihre Handschuhe von den Fingern zu zupfen. Sie schien fest entschlossen zu sein, den Abend mit Barbara zu verbringen, und betrachtete das Kaninchen offenbar als Eintrittskarte.

»Nein«, meinte Barbara und lehnte sich demonstrativ neben die Haustür, die Arme vor der Brust verschränkt. »Bis eben wusste ich noch gar nicht, dass wir einen neuen Mitbewohner bekommen werden. Insofern betrachte ich seine Unterbringung auch nicht als mein Problem.«

»Also mitnehmen werde ich ihn jedenfalls nicht wieder«, lachte Susanne und legte die Hände an den Schalkragen ihres Mantels, als ob sie ihn gleich abstreifen wollte. »Wie ist es, laden Sie mich auf ein Bierchen ein? Oder trinken Sie etwa keinen Alkohol wie mein Ex?«

Barbara hatte nicht die geringste Lust, die Tierärztin auf ein Gläschen irgendwas in die Küche zu bitten. Sie würde ja doch nur an allem herumnörgeln. Außerdem hatte sie offensichtlich Thomas treffen wollen.

»Kommen Sie, zufällig habe ich noch eine gute Flasche Wein im Wagen, die trinken wir jetzt gemütlich zusammen aus, wo Sie doch eh sturmfreie Bude haben. Einen Korkenzieher haben Sie doch wohl zur Hand?«

»Ich habe Bereitschaft«, meinte Barbara und genoss es, den Eindringling auflaufen zu lassen. Normalerweise hatte sie keinen Spaß daran, unhöflich zu sein. Gastfreundschaft war auf dem Dorf eine Selbstverständlichkeit. Aber für diese Frau, erschien es Barbara, galten andere Gesetze. Sie konnte sich nicht erinnern, schon mal einer Frau begegnet zu sein, von der so viel Herrschsucht und Kälte ausgingen. Ob es daran lag, dass ihr Bruder, der Holzfabrikant Ludger Frien, der größte Arbeitgeber im Dorf war? Immerhin beschäftigte er mit seiner Holz- und Kartonagenfabrik über die Hälfte der Familien und die übrigen profitierten indirekt von der Firma, indem sie die Arbeiter ernährten oder Dienstleistungen für sie erbrachten. Frien wusste seine Rolle geschickt und mit einem gewissen patriarchalischen Verantwortungsbewusstsein auszufüllen. Seiner Schwester hingegen stand der nackte Hunger nach Macht ins Gesicht geschrieben.

Wie ärgerlich, dass sie ausgerechnet an einem Abend hereinschneite, an dem Thomas nicht zu Hause war. Aber flexibel, wie sie war, überlegte sie schnell, wie sie aus der Situation das Beste für sich machen konnte.

»So was Dummes, das kenne ich von Jürgen. Mein Gott, dieses elende Landarztleben – jede Nacht musste er raus, weil irgendwo ein Bäuerlein sich den Magen verdorben hatte. Vor allem bei Eis und Schnee, da scheint die Landbevölkerung besonders anfällig für Gallenkoliken und Nierenbeckenentzündungen zu sein, stimmt's? Oder haben die Zeiten sich etwa geändert nach den Kassenreformen? Kann ich mir nicht vorstellen.«

»Kriegen Ihre Kühe und Pferde nachts denn keine Kälber oder Fohlen? Die Tiere halten sich bekanntlich ja auch nicht an die Uhr oder den Kalender.«

Susanne lachte viel zu laut und zu lange. Dann nutzte sie die Gelegenheit, um das neue Gesprächsthema auszubauen, in der Hoffnung, dass Barbara dabei vielleicht doch anbeißen würde. Ausschweifend und humorvoll spulte sie einige Anekdoten aus dem Leben einer Tierärztin ab. Barbara wickelte sich fester in ihre Strickjacke, während sie höflich zuhörte. Es war eiskalt auf dem Flur.

»Ja, schade, dass Sie keine Zeit haben«, sagte Susanne schließlich. »Was fange ich nun mit dem angebrochenen Abend an?« Sie schielte auf die Wohnzimmertür, die einen Spalt offen stand. »Das ist wohl das Musikzimmer – darf ich mal einen Blick hineinwerfen? Ihr Freund ist ja ein echter Profi, was? Spielen Sie auch ein Instrument?«

»Dafür habe ich keine Zeit. Und vermutlich auch keine Begabung. Aber ich höre gern Musik.«

»Mein Bruder ist geradezu vernarrt in die Musik. Seine beiden Söhne spielen ziemlich gut, der eine Saxophon, der andere Querflöte und Posaune. Er hat für sie zu Hause einen Jazzkeller eingerichtet. Markus studiert jetzt in Hamburg an der Musikhochschule. Also, wenn Sie mal was von meinem Bruder wollen, dann brauchen Sie ihn nur auf die Musik anzusprechen. Am besten schicken Sie gleich Ihren Freund zu ihm. Dann wird er weich wie Wachs.« Sie lachte und stieß die Tür zu Barbaras zukünftigem Arbeitszimmer auf. »Toll, echt antike Möbel – waren die alle hier im Haus? Dann hat sich der Kauf wohl doch gelohnt, wie? Hat die alte Plettenbergsche Ihnen wenigstens einen guten Preis gemacht? Mir hat sie ja noch nie etwas verkauft. Obwohl sie mehr Grund und Boden besitzt als das ganze Dorf zusammen.«

Barbara fragte sich, wie es angehen konnte, dass der sanfte und liebe Doktor jemals mit dieser unverschämten Frau verheiratet gewesen war. Was hatte er bloß an ihr gefunden? Manchmal hatte sie sogar fast den Eindruck, dass er immer noch an ihr hing. Jedenfalls hatte er nie wieder geheiratet. Und hatte auch keine Affären, soviel Babara wusste. Und das hieß, soviel Frau Claasen oder der Dorfklatsch wussten.

»Ach, Bärbel Plettenberg ist ja Ihre Patientin. Sie hat Diabetes, nicht wahr? Da haben Sie bei ihr natürlich bessere Chancen als ich. Wenn ihre Hühner krank werden, kuriert sie sie immer selbst. Bloß kein Geld ausgeben für den Tierarzt. Oder sie holt Doktor Dehn aus Oldenburg. Sie mag mich halt nicht.«

Susanne trat wieder in den Flur und blieb vor Barbara stehen, die noch immer an der Haustür lehnte. Konrad jaulte zum Herzerbarmen, weil es ihm vermutlich zu kalt und zu langweilig draußen wurde.

»Und Sie mögen mich wohl auch nicht, wie?« Susanne lächelte. »Tja, ich weiß, ich bin etwas anstrengend. Aber Sie werden Ihre Meinung über mich schon noch ändern. Ich kann ein ganz guter Kumpel sein. Und ich kann Sie gut leiden, irgendwie. Sie haben so was Bodenständiges.« Sie streckte Barbara plötzlich die Hand hin. Ihre schwarzen Handschuhe hatte sie schon wieder übergezogen. »Kommen Sie, lassen Sie uns Freundinnen sein. Wir müssen doch zusammenhalten, wir Frauen hier draußen.«

Barbara drückte die Hand der anderen. »Tut mir Leid, aber ich muss mich jetzt wirklich um meinen Haushalt kümmern.«

»Klar.« Susanne Stähr drückte die Türklinke herunter. »Ich weiß doch, wie das ist, wenn man einen solchen Beruf hat. Grüßen Sie Thomas schön. Wenn es Probleme gibt mit dem Stallhasen, soll er mich anrufen. Ich bin immer im Dienst, genau wie Sie.« Sie öffnete die Tür einen Spalt breit und drehte sich dann noch einmal um. »Kommen Sie eigentlich gut klar mit meinem Ex? Er vergöttert Sie, stimmt's? Er liebt starke Frauen.«

Schwungvoll flog die Haustür auf. Die Hunde schossen an den beiden Frauen vorbei ins Wohnzimmer.

»Das Kaninchen!«, rief Susanne.

Aber der Hase war schon längst hakenschlagend unter dem Sofa verschwunden, während Else, die Jagdhündin, zitternd vor Aufregung vor dem Möbelstück lag und jaulte. Das konnte ja ein netter Abend werden.

5

Der Hof des Apfelbauern wirkte ungewöhnlich still und verlassen. Barbara parkte ihren Wagen irgendwo zwischen dem Gerümpel und den verschiedenen Aufstellungen von Gartenzwergen und anderen Sammlerobjekten und stieg aus. Der Hofladen war zugesperrt. Der Trecker stand vor dem Gatter, das in die Apfelplantage führte. Auch er sah irgendwie verwaist aus. Besorgt ging Barbara zur Verandatür, die meistens unverschlossen war. Sie klopfte kräftig. Nichts rührte sich. Sie drückte die Klinke hinunter und steckte den Kopf in den dunklen Flur.

»Jupp? Herr Putensen, ich bin's, Barbara.« Sie lauschte. Ein leises Scharren kam aus der Küche. Es roch nach Kohlenstaub und ein bisschen nach Rauch, also hatte Jupp schon den Ofen angezündet. »Sind Sie da?«

»Komm rin«, hörte sie ihn endlich rufen. Seine Stimme schien allerdings von weiter herzukommen. Barbara betrat die Küche, die chaotisch aussah wie immer. Die Katze sprang vom Küchentisch, wo sie gerade eine Fischdose ausgeschleckt hatte. Maunzend strich sie Barbara um die Beine.

»Ik bün hier achtern. In der Kammer.«

Zögernd betrat Barbara das Schlafzimmer, das direkt an die Küche anschloss. Dem Geruch nach zu urteilen war hier ziemlich lange nicht mehr gelüftet worden. Der Sauberste war Jupp wohl nie gewesen. Der alte Mann saß auf dem Bett, halb angezogen mit langen Unterhosen, langärmeligem, schmuddeligen Unterhemd und Socken. In der Hand hielt er ein leeres Wasserglas. Die Nachttischschublade stand offen. Jede Menge Krimskrams lag auf dem Boden verstreut.

»Noch nicht auf den Beinen, Jupp? Fühlen Sie sich nicht gut?«

Jupp zog ein merkwürdiges Gesicht. Irgendwie sah er anders aus als sonst. Eingefallen, alt. Er war weit über siebzig, bewirtschaftete seine Apfelplantage aber immer noch selbst, trotz der schweren Venenentzündung, die ihn an beiden Beinen quälte. Irgendwas war mit ihm geschehen. »Meine Zähne«, murmelte er. »Ich kann meine Zähne nicht finden.«

Er war kaum zu verstehen. »Ihr Gebiss?«, fragte Barbara. »Wo ist Ihr Gebiss? Deshalb sehen Sie so verändert aus!«

»Ich tue es immer hier ins Glas auf dem Nachttisch. Aber da ist es nicht.«

»Haben Sie es gestern Abend hier ins Glas gelegt? Sind Sie ganz sicher?«

Jupp wackelte mit dem Kopf. »Ich weiß es nicht. Ich kann mich einfach nicht erinnern.«

»Nanu, was war denn gestern los? Haben Sie zu lange gefeiert?«

»Wo denkst du hin – so weit kommt das noch, dass der Apfelbauer zu lange feiert. Nee, so was wirft mich nicht um. Gestern Abend war der Inbitter hier – zwei, höchstens drei Klare habe ich ihm angeboten. Er kam ja schon von Petersens, dann war er bei Bruhns und dann bei Schöller – haben Sie das schon gehört? Vom Brand an der Tankstelle?«

»Ja, ich wurde dazu gerufen. Es ist jemand verunglückt dabei.«

»Adele – die hat wohl gerade nochmal Glück gehabt, mehr

36

Glück als Verstand, sage ich. Wenn nun die Tankstelle in die Luft gegangen wäre? Dann wär' das ganze Dorf abgebrannt.«

Er hob die rechte Hand kurz an die Lippen und tat so, als ob er einen Schnaps kippen würde. »Die kann ja nicht genug kriegen, verstehen Sie? Am Sonntagmorgen noch so voll, dass sie nicht mehr weiß, was sie tut – da gehört schon was zu.«

»Erzählen die Leute sich das? Wie ist es nun mit Ihren Zähnen, wo könnten sie sein? Oder wollen wir uns heute mal ohne Zähne ihre Beine angucken?«

Jupp Putensen kicherte. »Das ist mir zu gefährlich, nee, nee, erst muss ich wieder zubeißen können. Also, erst war der Inbitter hier ...«

»Inbitter?«

»Das kennen Sie wohl nicht, junge Frau, was? Der geht herum und lädt die Hochzeitsgäste ein, jeden einzeln. Für meine lieben Nachbarn, da ist doch am nächsten Samstag Hochzeit. Die Kinder wohnen zwar in der Stadt, aber heiraten tun sie hier auf dem Land. Und anschließend feiern sie beim Mohr, kommt wohl billiger.«

»Und da geht einer rum und trinkt hier ein Schnäpschen und da ein Schnäpschen ...«

»Ganz genau wie Sie es sagen, Frau Doktor. So will es die Tradition. Ein Inbitter muss trinkfest sein. Ich war selbst jahrelang Inbitter. Nur wegen der Beine mache ich das heute nicht mehr. Man darf aber nur einen Schnaps nehmen, höchstens zwei, und dann geht's wieder weiter zum nächsten Gast. Vier Familien hatte Hinnerk gestern noch vor sich. Der weiß heute Morgen bestimmt auch nicht mehr, wo er seine Zähne gelassen hat – halt, jetzt fällt es mir wieder ein. Ins Hemd hab ich sie gesteckt. Das Hemd, das da drüben in der Küche über dem Stuhl hängt.«

Barbara ging zurück in die Küche. Über dem Stuhl hing kein Hemd.

»Ah«, stöhnte der Apfelbauer. »Dann war die Niklassche schon da. Die holt montagmorgens immer ganz früh meine Wäsche. Verdummer. Hoffentlich hat sie die noch nicht in die Waschmaschine gesteckt!«

6

Wie jeden Morgen in den letzten Wochen, wenn er die Post und die Zeitung hereinholte, ärgerte Kai-Uwe sich darüber, dass die Gartenpforte zuerst klemmte und dann über einer Bodenwelle hängen blieb. Diese Delle hatte es noch nicht gegeben, als er die Steine verlegt und den Gartenzaun aufgestellt hatte. Die verdammten Wühlmäuse, die ständig Friederikes Bauerngarten um- und umgruben, waren vermutlich auch hier am Werk gewesen. Inzwischen stand der Pfosten, an dem die Scharniere befestigt waren, schon ganz schief. Das waren die Freuden des Landlebens, dauernd gab es was zu reparieren.

Kai-Uwe war Diplompädagoge, aber seitdem er nicht nur mit schlauen Sprüchen, sondern mit seinen eigenen Händen mitgewirkt hatte, das verfallene ehemalige Bahnhofsgebäude in Sandesneben wieder aufzubauen, schreckte er vor keiner praktischen Tätigkeit mehr zurück. Als sein Vater ihn früher als Hilfskraft für seine ständigen Hausreparaturen hatte ausbilden wollen, war er immer hinter seine Bücher geflüchtet. Man musste eben erst ein eigenes Objekt, eine selbstbestimmte Aufgabe vor sich haben, dann entwickelte man auch die notwendigen Fähigkeiten, um die anfallenden Probleme zu lösen. Das war ja auch das Credo seiner Arbeit als Pädagoge.

Jeden Morgen, wenn er über seinen Hof zurückschlenderte, über die selbst verlegten bunten Pflastersteine, an dem Mäuerchen mit den eingesetzten Blumenkästen entlang, das im Sommer vor lauter blühenden, wuchernden Pflanzen kaum mehr zu sehen war, wenn die Sonne über die rot leuchtenden Dachziegel lugte, die er selbst Stück für Stück auf die Latten gehängt hatte, und sich dann in den großen Scheiben von Friederikes Atelier spiegelte und ihn blendete – jeden Morgen war er wieder aufs Neue stolz auf ihr kleines Paradies. Eigentlich war es Friederikes Idee gewesen, aufs Land zu ziehen, nachdem sie nach dem achten Semester ihr Studium der Sozialpädagogik und Kunstgeschichte an den Nagel gehängt und mit ein paar anderen eine Töpferwerkstatt im Hamburger Szeneviertel Ottensen aufgemacht hatte. Genauso und noch viel besser könnte sie auch auf dem Land leben und arbeiten, so ihre fixe Idee. Sie ließ sich von ihren Eltern einen dicken Vorschuss auf ihr Erbe auszahlen und fing an, ihre Träume von einer Künstlerkolonie, wie es sie um die Jahrhundertwende gegeben hatte, Schritt für Schritt in die Tat umzusetzen. Haus und Grundstück waren schnell gefunden, mit den passenden Mitbewohnern für die zahlreichen Wohn- und Schlafräume des alten Bahnhofs gab es allerdings Probleme. Am Anfang war ein befreundetes Paar zu ihnen gezogen. Aber da ihnen das Haus nicht gehörte, sahen sie auch nicht ein, sich an den Bauarbeiten zu beteiligen. Man fand einfach keinen Modus, Eigentum und Arbeit gerecht zu teilen, und ging nach endlosen Diskussionen im Streit auseinander. Kai-Uwe und Friederike beendeten die Renovierungsarbeiten allein. Dann suchten sie per Anzeige neue Leute zum Mitwohnen. Mit zwei Frauen ging es eine Zeitlang gut. Die eine arbeitete in der Landwirtschaft, verknallte sich dann aber in einen Großknecht von Gut Hollenstedt und heiratete ihn. Die andere erwartete ein Baby. Kai-Uwe und Friederike hatten nichts gegen

Kinder, auch wenn sie selbst keine eigenen in die Welt setzen wollten. Die Idee, mit Kindern zusammen zu leben, gefiel ihnen anfangs sogar ganz gut. Nach der Geburt von Tommi begann sie ihnen jedoch enorm zu missfallen. Wie eine Hyäne verteidigte die Mutter ihr Baby. Natürlich ließ sie sich in die Erziehung nicht hineinreden. Das hatten sie auch gar nicht tun wollen. Aber sobald das Kind sich rührte, entwickelte jeder der drei seine eigene Vorstellung davon, wann es ihm gut ging und wie man sich zu verhalten hatte in den verschiedenen Situationen. Das Ende des Zusammenlebens war vorprogrammiert. Als Tommi zu krabbeln anfing, fand die Mutter das Haus in Sandesneben »zu schmuddelig« für ein Kleinkind und zog zurück nach Hamburg. Soweit sie wussten, hatte sie dort eine Wohnung direkt auf St. Pauli bezogen.

Eigentlich hatten Kai-Uwe und Friederike inzwischen die Nase gestrichen voll von jeglicher Art Wohngenossen. Von einer Künstlerkolonie war schon lange keine Rede mehr. Friederike belieferte die Andenkenläden entlang der Ostseeküste mit kommerziellen Töpferwaren, der Hit waren zwei Äffchen auf einer Insel mit Palme, die Salz- und Pfefferstreuer waren. Kai-Uwe war beim Jugendamt in Kiel angestellt als Bewährungshelfer für gestrauchelte Jugendliche. Außerdem war er ehrenamtlich in diversen Umweltorganisationen aktiv. Sie hatten sich mit ihrer Zweisamkeit abgefunden, wäre da nicht der üppige Bauerngarten gewesen und die reinste Ernteprach, die sie jetzt im zweiten Jahr von ihrem Land geschenkt bekommen hatten – trotz der Wühlmäuse: reichlich tragende Beerensträucher und Obstbäume, Kohlköpfe und Kürbisse so groß wie Wagenräder, Porree, Möhren und Zwiebeln in Mengen, eine Schubkarre voll Zucchinis, rote Beete, Mais, Pastinaken. Sieben Zentner Kartoffeln hatten sie für den Winter eingelagert. Die Marmeladengläser waren schon nicht mehr zu zählen.

Weil aber das Kochen und Verzehren all dieser Herrlichkeiten erst in Gesellschaft so richtig Spaß machte, hatten sie am letzten Samstag nun doch wieder eine Anzeige in der *taz* aufgegeben: »Zwei glückliche Menschen auf dem Land suchen ebensolche zum Zusammenwohnen und -leben.« Als Erster hatte sich ein Typ aus Berlin gemeldet. Am Telefon hatte er endlich mal wie einer geklungen, der wusste, was er wollte und worauf er sich einließ, wenn er aufs Land zog. Noch am selben Wochenende kam er zu ihnen zu Besuch und es war Liebe auf den ersten Blick. Man hatte zusammen gesessen und geredet, als ob man sich schon ewig kannte. Rolf war handfest und bodenständig, genau wie Kai-Uwe und Friederike es sich wünschten. Er machte sich keine Illusionen über das Landleben und war außerdem gewohnt, sich seinen Lebensunterhalt selbst zu verdienen. Mit ihm würde es weder Probleme mit der Miete noch mit der Hausarbeit geben, war ihr übereinstimmender Eindruck. Und für Umweltfragen hatte er offenbar auch großes Interesse, jedenfalls kannte er sich bestens aus in der Szene. Vor seiner Rückfahrt nach Berlin hatte er noch in Lensahn in der Schlosserei angefragt, ob man nicht seine Mithilfe brauchen könnte, denn er hatte gerade eine Umschulung zum Maschinenbauer abgeschlossen. Der Meister war offenbar nicht abgeneigt.

Kai-Uwe und Friederike waren sich einig: Rolf war genau der Richtige für sie. Gern hätte Friederike auch noch eine Frau gefunden, aber was nicht war, konnte ja noch werden. Vielleicht traf Rolf hier eine neue Liebe, die ebenfalls zu ihnen passte. Warum sollten sie nach so viel Pech nicht endlich mal Glück haben? Es hatten noch ein paar Leute angerufen, aber niemand war so interessiert gewesen, dass es zu einem Treffen gekommen wäre. Sie konnten also froh sein, dass sie Rolf gefunden hatten.

»Jede Menge Rechnungen«, sagte Kai-Uwe und legte die

Post auf dem Frühstückstisch neben seinem Brettchen ab. »So sieht es jedenfalls aus.«

»Da hat gerade eben jemand aus der JVA Neumünster für dich angerufen. Er probiert es gleich noch einmal.« Friederike griff nach der *taz* und verschwand dahinter.

Kai-Uwe öffnete die Umschläge und sortierte die Schreiben nach Datum. Dann schmierte er sich zwei Scheiben von Friederikes selbst gebackenem Sonnenblumenkernbrot. Das Himbeermus war glutrot und mit wenig Zucker gekocht, gut für die Zähne. Während er kaute, studierte er gründlich eine Rechnung nach der anderen. Der letzte Brief war ein Rundschreiben von Robin Wood mit den neusten Informationen über die Aktionen gegen die Zerstörung der Waldgürtel im Amazonasgebiet. Angeblich wurde dort immer weiter gefällt, allen Importverboten und internationalen Interventionen zum Trotz. Viel schlimmer aber war, dass die auf Schiffe verladenen Stämme auf hoher See mehrfach den Besitzer wechselten, bis sie schließlich als skandinavisches Holz deklariert auch in deutschen Holz- und Möbelfabriken landeten. Lkw für Lkw wurden die wertvollen Hölzer über die Vogelfluglinie quer durch Ostholstein ins Land gebracht. Die Rodungen waren schließlich nicht nur ein Skandal für die Holzwirtschaft, sondern letztlich auch eine ständig wachsende Bedrohung für das Weltklima. Für das kommende Wochenende war darum in Neustadt ein Sternmarsch geplant. Kai-Uwe würde dabei sein.

Friederike fing an, den Küchentisch abzuräumen. Kai-Uwe raffte seine Papiere zusammen und stand auf, um in sein Arbeitszimmer zu gehen. Der monatliche Bericht für seine Klienten war mal wieder fällig. Der trübe, neblige Morgen war genau richtig für eine lange Sitzung am Computer. Dabei mochte Kai-Uwe den norddeutschen Winter. Er brauchte nicht ständig blauen Himmel und strahlenden Sonnenschein.

Wenn die dicken Wolkengebirge über das flache, graue Winterland zogen, die kahlen schwarzen Sträucher und Äste der Bäume sich im Wind bogen, fand er das heimelig und gemütlich. Sie hatten einen zusätzlichen Kamin hochgezogen, um in der Küche ein offenes Herdfeuer zu haben, auf dem Friederike am Abend Äpfel mit Zimt und Zucker oder Schaschliks briet. Nichts schien ihm reizloser zu sein als der ständige Sonnenschein, von dem Friederikes Eltern auf ihrer Lieblingsinsel Teneriffa so schwärmten.

»Das ist bestimmt wieder für dich«, meinte Friederike, als das Telefon erneut anfing zu klingeln. »Wenn es um diesen Jungen geht, der immer Ärger in seiner Wohngruppe hat – komm bloß nicht auf den Gedanken, ihn hierher zu bringen.«

»Darüber haben wir doch schon oft genug gesprochen.«

»Ich habe keinen Bock auf Sozialarbeit zu Hause.«

»Das ist klar, Friederike. Außerdem ist Freddi schon lange wieder im Knast. In der Wohngruppe kam er nicht klar. Und nach Hause zurück konnte er nicht. Sein Vater hätte ihn totgeprügelt.«

»Ich mein ja nur.«

»Patrik«, meldete Kai-Uwe sich und ließ die Stimme am Ende ein wenig ansteigen. »Freddi, schön dass du dich mal meldest. Was gibt's denn?« Kai-Uwe strahlte versonnen und winkte, als Friederike die Küche in Richtung Atelier verließ. »Entlassen? Die wollen dich heute rauslassen? Klar komme ich, keine Panik. In spätestens einer Stunde bin ich da.«

7

»Gefährlicher Großbrand in letzter Minute verhindert«, lautete die fette Überschrift im *Ostholsteiner Anzeiger*, der auf dem Empfangstresen der Arztpraxis lag. Frau Claasen telefonierte gerade mit einer aufdringlichen Patientin, die unbedingt einen Termin außerhalb der Sprechzeiten, am liebsten nach Feierabend haben wollte, um mit dem Doktor über ihre abgebrochene Diät zu sprechen. Barbara setzte sich mit der Zeitung ins Wartezimmer, aus dem eben die letzte Patientin ins Sprechzimmer von Doktor Stähr gerufen worden war.

»Wie durch ein Wunder konnte am Sonntag Morgen ein fahrlässig ausgelöster Brand in der Tankstelle von Bevenstedt rechtzeitig gelöscht werden. Die Tankstellenpächterin Adele J. wurde bewusstlos aus der angrenzenden Garage geborgen. Die Tankstelle soll zum Jahreswechsel geschlossen werden«, schrieb die Journalistin. »Zufall oder Schicksal – fragen sich die Beauftragten der Brandkasse. Sollte etwa die Unart des ›Warmsanierens‹ mal wieder um sich greifen wie früher im Herbst mit den brennenden Heustadeln? Fragt Ihre – Anna-Luisa Täck«.

»Unmöglich«, murmelte Barbara und ließ die Zeitung auf das Tischchen zwischen den Stühlen im Wartezimmer sinken. »Haben Sie das gelesen?«

»Ist ja nichts Neues«, meinte Frau Claasen, schlüpfte aus ihrem weißen Kittel und langte nach der fliederfarbenen Strickjacke an der Garderobe. Sie trug wie immer einen dunkelblauen Wollrock und eine perlmuttfarbene, tadellos gebügelte Bluse mit Schalkragen. Ihre dreiundfünfzig Jahre sah man ihr nicht an – sie schaffte es immer, mindestens zehn Jahre älter auszusehen.

»Ich habe mir ja schon lange gedacht, dass es mit denen mal so endet.«

»Dieser Artikel ist eine einzige Unverschämtheit. Man weiß doch gar nicht, wie der Brand zustande gekommen ist. Es ist noch gar nichts erwiesen. So was nennt man Verleumdung.«

»Ach, Barbara, Sie sind zu gut für diese Welt. Sie kennen unsere Pappenheimer eben noch nicht. Sonst wüssten Sie, was Sie von den Jakobsens zu halten haben. Toni hatte früher einen guten Posten in der Kfz-Werkstatt in Lensahn. Sie kauften ein bisschen Land, wo Adele ihre Gänseherde mästen konnte – sie hatten es richtig zu was gebracht. Dabei sind sie beide Flüchtlingskinder und konnten von zu Hause keine Hilfe erwarten. Ihre Kinder waren gesund und munter. Aber statt dass sie damit zufrieden waren, musste es immer mehr sein. Zusammen übernahmen sie die Pachttankstelle. Adele stand den ganzen Tag in der Tankstelle, da blieb natürlich zu Hause die Arbeit liegen. Ihr Sohn schmiss die Schule und trieb sich mit diesen Hell's Angels aus Neustadt herum. Bis er eines Nachts mit dem Motorrad verunglückte. Oben an der großen Kurve. Er war sofort tot. Adele fing an zu trinken. Dann verlor Toni seine Arbeit in der Werkstatt. Schließlich mussten sie das Land verkaufen. Mein Mann hat ihnen noch abgeraten. Und der kannte sich aus, der war doch fünfundzwanzig Jahre bei der Raiffeisenkasse. Aber Toni und Adele wussten es ja immer besser. Bis ihnen alles durch die Finger geronnen war. Heidemarie, ihre Jüngste, hat letztes Jahr nach Südafrika geheiratet. Seitdem haben sie überhaupt niemanden mehr. Und nun soll die Tankstelle geschlossen werden. Dass man dabei verzweifelt, kann man sich doch wohl vorstellen.« Frau Claasen machte eine unzweideutige Geste. »Mittlerweile trinken sie eben beide. Und das geht ja so ins Geld.«

»Wovon werden sie denn leben, wenn die Tankstelle geschlossen wird?«

Frau Claasen zuckte die Achseln. »Stempelgeld werden sie wohl nicht kriegen, die haben bestimmt nichts eingezahlt. Bleibt nur das Sozialamt. Was meinen Sie, Herr Doktor?«

Jürgen Stähr stand in der Tür zum Sprechzimmer. Seine letzte Patientin verließ die Praxis.

»Hunger habe ich«, sagte er und legte Frau Claasen einen Arm um die Schultern. »Und sonst habe ich keine Sorgen, mit Ihnen beiden Schönen an meiner Seite.« Er legte auch Barbara einen Arm um die Schulter und zog sie ein wenig an sich. »Was halten Sie denn davon, wenn wir drei Hübschen mal zusammen Essen gehen, sagen wir als Weihnachtsfeier.«

»Aber nicht heute«, sagte Frau Claasen resolut. »Ich hab die Kartoffeln schon geschält.«

»Dann morgen oder übermorgen, oder meinetwegen nächste Woche Freitag«, sagte Stähr.

Barbara nickte.

»Wenn Sie unbedingt wollen«, meinte Frau Claasen. Es hörte sich an, als ob sie es als großes Opfer empfand, sich zu einem Restaurantessen einladen zu lassen. »Herr Frien hat übrigens versucht, Sie zu erreichen. Ob Sie wohl rasch bei ihm rumkommen könnten. Jetzt muss ich aber los, meine Kartoffeln aufsetzen. Sie kommen doch zu Tisch?«

Jürgen Stähr streifte seinen Kittel ab und schlüpfte in die Lederjacke, die an der Garderobe hing. »Ich kann mir schon denken, was Ludger will. Da muss ich wohl selbst hinfahren.«

»Ich nehme Ihnen das gerne ab«, sagte Barbara. »Ich muss sowieso noch zwei Hausbesuche machen.«

Frau Claasen wartete in der Tür.

Der Doktor versicherte der Praxishelferin, dass er pünktlich in einer halben Stunde bei ihr zum Essen erscheinen würde. »Es geht diesmal nicht um seine Bandscheiben«, sagte er zu Barbara, während sie zusammen von der Praxis zu ihren Autos gingen, die direkt vor dem Haus hintereinander geparkt waren. »Ludger Frien hat zurzeit andere Probleme. Ich kann ihm dabei allerdings auch nicht viel helfen.« Er beugte sich vor, obwohl kein Mensch auf der Straße zu sehen war, und flüsterte: »Deutsche und skandinavische Naturschützer und Umweltaktivisten wollen hier am Wochenende Radau machen. Sie haben da irgendetwas rausbekommen, einen Skandal in der Holzwirtschaft. Das nimmt Frien natürlich sofort persönlich. Er reagiert ja immer recht emotional. Ein Choleriker eben, aber sympathisch. Als ehemaliger Schwager sehe ich es halt als meine Pflicht an, ihm zu helfen, wenn er mich darum bittet.«

»Und wie wollen Sie das machen?«

Jürgen Stähr zuckte die Achseln. »Er will sich einfach nur ausquatschen. Ich kenne das schon. Er braucht das für seine Seelenhygiene.«

»Wissen Sie denn, worum es bei dieser Sache überhaupt geht?«

»Das ist doch ganz egal. Ich sehe es nur als meine Aufgabe an, Ludger zu beruhigen. Ich bin immer für Deeskalation. Ich finde, es gibt keine Sache auf der Welt, für die es sich wirklich lohnt, zu streiten. Wollen Sie nicht mitkommen? «

»Ich weiß nicht«, sagte Barbara. »Lieber ein andermal.«

Der Doktor lachte. »Gut. Geht es Ihnen wieder besser?

Haben Sie sich ein bisschen erholt von dem Schrecken am Sonntag?«

»Ich habe eingesehen, dass wir mit Fehlern leben müssen.«

»Das ist es«, sagte Stähr und stieg in seinen alten VW Golf. Der Diesel startete kalt und knatternd und stieß eine dicke schwarze Rußwolke aus, ehe der Doktor davonfuhr.

»Total klasse, dass Sie mich mitnehmen«, meinte Freddi, nachdem er seine beiden armseligen Plastiktüten im Kofferraum verstaut hatte und auf den Beifahrersitz des Combis gerutscht war. »Sonst hätten die mich womöglich nicht wieder rausgelassen. Entweder mein Alter oder Sie sollten mich abholen.«

»Eine Unverschämtheit«, murmelte Kai-Uwe, während er sich auf der Ringstraße in den vierspurigen Verkehr einfädelte. Und damit meinte er nicht seine spontane Entscheidung, den Jungen einzupacken und entgegen aller Absprachen mit Friederike und wider alle Vernunft ins Auto zu packen und mit ihm nach Hause zu fahren. Sondern natürlich die Entscheidung dieses Ignoranten von einem Jugendrichter, der einen Bewährungsbeschluss erließ, ohne vorher abzuklären, ob für die Unterbringung des mittellosen, stark rückfallgefährdeten Jugendlichen gesorgt war. »Ein Irrtum«, hatte der Sozialarbeiter der Haftanstalt versichert. »Da muss ein Irrtum vorliegen. Wir werden das prüfen.« Aber dann hatte Kai-Uwe Freddis Blick aufgefangen. Die Spannung des Jungen gespürt, der seit Stunden mit gepackten Sachen auf dem Gang vor der Entlassungsschleuse saß und darauf wartete, dass die Türen der Haftanstalt sich endlich für ihn öffneten. Er hatte es einfach nicht über sich gebracht, darauf zu bestehen, dass Freddi wieder in seine Zelle geführt wurde, bis man für seine Unterbringung in Freiheit eine ordentliche Lösung gefunden hatte.

Im Rückspiegel verschwand rasch der mächtige rote Backsteinbau, der so unverkennbar nach Gefängnis aussah, mitten in der Kleinstadt Neumünster zentral an einer der Hauptverkehrsadern gelegen.

»War bestimmt mächtig laut da drin«, meinte er, um irgendwas zu sagen. »Der viele Verkehr hier.«

»Nö«, sagte Freddi. »Hat mich nicht gestört.«

Freddi war gerade sechzehn Jahre alt geworden, der erste Flaum spross auf seiner Oberlippe. Seine Jeans hingen weit um die mageren Beine. Er war noch nicht mal ganz ausgewachsen, ein kleiner, zäher Bursche mit einem aufmerksamen, flinken Blick aus hellgrauen Augen, der ständig wachsam seine Umwelt taxierte. Sein Haar war extrem kurz geschoren. Hemd und Bomberjacke waren frisch gewaschen. Er sah ein bisschen aus, als sei er zu früh aus dem Nest gefallen, gab sich aber enorme Mühe, lässig und cool zu wirken. Er bohrte die Hände mit den brutal kurz geschnittenen Fingernägeln neben seinen Oberschenkeln in die Sitzpolster und wölbte die gespannte Brust zwischen den Oberarmen.

»Wohin fahren wir jetzt? Bloß nicht zu meinem Alten.«

»Das ist klar. Ich fahre erst mal zu mir nach Hause. Dann sehen wir weiter.«

Freddi nickte.

»Fällt dir nicht irgendjemand aus deiner Verwandtschaft ein, wo du erstmal bleiben könntest? Wie ist es denn mit dieser Ärztin, die dich in der Haft besucht hat?«

Freddi zuckte die Achseln. »Keine Ahnung.«

»Ich werde mal bei ihr anrufen.«

Sie passierten die letzte Ampel vor der Ortsausfahrt. »Wir

finden schon was für dich. Am besten hier in der Nähe, damit du deine Schule fertig machen kannst. Du hast doch in der Haft am Unterricht teilgenommen?«

»Ich gehe nicht zurück in meine alte Klasse. Damit sie alle mit dem Finger auf mich zeigen – das mache ich nicht mit.«

»Das hättest du dir vorher überlegen müssen. Im Übrigen wird es denen schnell langweilig werden, mit dem Finger auf dich zu zeigen.« Kai-Uwe fädelte sich auf der Autobahn auf die linke Spur ein und gab Gas.

»Ich will nach Hamburg«, sagte Freddi. »Oder nach Berlin. Da fällt man nicht so auf.«

»Würde ich nicht befürworten.«

Freddi kniff die Lippen zusammen. Er würde schon nach Hamburg kommen, wenn er das wollte. Er war fest entschlossen, nicht länger in Bevenstedt zu bleiben, wo jeder ihn kannte und wusste, dass er aus dem Gefängnis kam. Auch wenn er gar nichts Besonderes verbrochen hatte – zwei Einbrüche in die Kartonagenfabrik in Bevenstedt, was war das schon? Viele Jungs in seinem Alter waren schon mal irgendwo eingestiegen. Man durfte sich halt nicht erwischen lassen. Aber er hatte ja auch nur ein paar Monate gesessen und der Knast hatte ihn, wenn er ehrlich war, nicht besonders beeindruckt. Ein paar gute Typen hatte er kennen gelernt. Nicht solche Weicheier wie seine Mitschüler in Lensahn, diese Petzer und Streber.

Es war kurz vor drei Uhr, die Autobahn war so gut wie leer. Freddi musterte Kai-Uwe Patrik aus den Augenwinkeln. Am Anfang hatte er nicht viel mit ihm anfangen können, aber wie er sich heute für ihn eingesetzt hatte, das war in Ordnung gewesen. Unter den Jugendlichen im Bau hatte er auch keinen schlechten Ruf. Er setzte sich ein, hieß es, das war so ungefähr eine Drei, befriedigend. Am besten war natürlich ein Bewährungshelfer, der einen in Ruhe ließ. Aber die waren relativ selten. Am schlimmsten waren die, die meinten, sie müssten einen bessern. Da musste man zusehen, dass man sich absetzte.

Kai-Uwe trug neue Jeans, Hemd und Pulli, Typ Familienvater, aber ohne Ring am Finger. Sein Haar war ziemlich flott geschnitten, obwohl die Geheimratsecken schon durchkamen. Und er fuhr wie einer, der grade die Fahrprüfung bestanden hatte. Immer mit dem Blick im Rückspiegel und dem Fuß neben der Bremse. Uncool.

Als der Wagen auf den Hofplatz des alten Bahnhofs von Sandesneben rollte, pfiff Freddi allerdings leise durch die Zähne.

»Geil. Da ist ja richtig viel Platz.«

Eine Frau öffnete die Glastüren des flachen Anbaus neben dem Wohnhaus und sah ihnen beim Aussteigen zu. Sie hatte lange, dunkelrote Locken und trug einen ehemals blauen, ziemlich schmutzigen Kittel über schwarzen Leggins, dessen Ärmel bis über die Ellbogen aufgekrempelt waren. Als sie näher kamen, sah Freddi, dass ihre Arme und Hände mit Ton verschmiert waren.

»Hallo«, sagte sie und warf Kai-Uwe einen fragenden Blick zu. Der gab ihr einen flüchtigen Kuss und blieb lächelnd vor ihr stehen.

»Hallo«, sagte Freddi.

»Das ist Freddi«, meinte Kai-Uwe. »Friederike, meine Freundin.«

Friederike nickte. Sie sah nicht besonders erfreut aus. Freddi spürte das bekannte, unangenehme Gefühl, nicht willkommen zu sein. Er würde hier sowieso nicht bleiben wollen. Nicht einen Tag lang.

»Rolf hat gerade angerufen«, sagte Friederike. »Er hat einen großen Wagen bekommen und ist schon unterwegs hierher mit ein paar Freunden. Er will heute noch einziehen. Ich habe gesagt, für uns ist das okay. Sie werden so gegen Abend hier sein.«

Kai-Uwe nickte. »Dann fahren wir jetzt erst mal einkaufen. Wir haben einen Bärenhunger.«

Er sah Freddi aufmunternd an. Freddi sah zu Boden und nickte wenig begeistert.

»Ich backe heute Abend Pizza. Gründe zum Feiern gibt es ja genug. Sag mal, du hast doch nichts dagegen, wenn Freddi heute eine Nacht hier schläft? Ich erklär dir das später.«

»Hat er denn kein Gepäck?«

»Ich habe alles da drin gelassen, was ich nicht unbedingt brauche. Die Kumpel wollen ja auch leben.« Freddi packte seine beiden Plastiktüten fester.

»Du machst ja sowieso, was du willst«, sagte Friederike zu Kai-Uwe mit einem abfälligen Blick auf Freddis Tüten. »Aber mit Rolf musst du schon selbst reden.«

Kai-Uwe zwinkerte Freddi zu, dann legte er ihm einen Arm um die Schultern und schob ihn ins Haus.

Die Tür stand offen und Barbara tastete sich über die dunkle Diele bis zur Küche vor. Dem Lärm nach zu urteilen redeten und lachten dort mindestens acht bis zehn Leute durcheinander. Im Hintergrund lief laute Musik, Frank Zappa mit irgendeinem Hit aus den siebziger oder achtziger Jahren. Niemand bemerkte sie, als sie in der Tür stehen blieb und sich umschaute.

Friederike hatte sich ihr Haar mit einem bunten Tuch hochgebunden und wischte sich immer wieder mit dem Unterarm die Strähnen aus dem Gesicht, während sie Gemüse und Salami schnippelte, Käse rieb und Dosentomaten passierte. Kai-Uwe knetete und walkte den Pizzateig und schlug ihn mit Wucht auf die Arbeitsplatte. Am Tisch debattierten unter einer dichten Rauchglocke Rolf, der neue

Mitbewohner, und seine Berliner Freunde, die ihm beim Umzug geholfen hatten. Zwischen ihnen standen zwei halb leere Weinflaschen und mehrere Gläser. Mitten auf dem Tisch prangte in einem großen, aquamarinblauen Keramiktopf ein Strauß getrockneter Herbstblumen. Alles in allem die bekannte Mischung aus Familienidylle, Bahnhofskneipe und Großküche, wie sie in Land-WGs häufig anzutreffen war.

Barbara machte einen Schritt in den Raum. Ehe sie etwas sagen konnte, löste sich plötzlich Freddi aus der Gruppe am Tisch und kam mit seiner typischen Haltung – Brust raus, Kopf ein bisschen unsicher schräg gehalten – auf Barbara zu. Er streckte ihr grinsend die Hand zur Begrüßung hin.

Barbara ignorierte sie und drückte den Jungen spontan an sich. Vor Rührung brachte sie kein Wort heraus. Zuletzt hatte sie Freddi in diesem schrecklichen Besuchsraum der Jugendhaftanstalt gesehen, nach demütigenden Körperkontrollen, umgeben von Vollzugsbeamten und -beamtinnen mit ihren sturen Gesichtern und absurden Anweisungen. Sie hatte mitbekommen, wie er verhaftet worden war, und vor allem kannte sie seinen Vater, Walter Scholz, und die schwierige Situation in der Familie. Freddi schien Vertrauen zu ihr gefasst zu haben. Schließlich mochte sie den Jungen einfach und hoffte, ihm ein wenig auf den rechten Weg helfen zu können. Rasch zog sie das Marlboropäckchen aus der Tasche, das sie noch schnell an der Tankstelle in Bevenstedt am Automaten gezogen hatte. Zwinkernd drückte sie es Freddi in die Hand. So wie sie es im Knast beim Abschied immer gemacht hatte. Heimlich, denn er war ja erst letzte Woche sechzehn Jahre alt geworden.

Freddi grinste. »Kann ich brauchen. Hab schon lange nichts mehr zu rauchen.«

Immer derselbe Satz. Ein Ritual. Barbara holte ihr Porte-

monnaie aus der Tasche und hielt ihm einen Zwanzigmark-
schein hin. »Steck schnell weg.«

»Da sind Sie ja endlich. Wir haben Sie gar nicht gehört.
Guten Abend!« Kai-Uwe kam auf Barbara zu und wischte
sich die Hände am Handtuch ab, das er sich um die Hüften
geschlungen hatte. »Schön, dass Sie kommen konnten. Kai-
Uwe Patrik, ich bin Freddis Bewährungshelfer. Und das ist
Friederike, meine Lebensgefährtin.« Friederike blieb, wo sie
war, nickte aber zur Begrüßung herüber.

Dann wurden Barbara die drei Männer vorgestellt, die um
den Tisch herum saßen. Sie sahen alle irgendwie so aus, wie
man sich Berliner Studenten vorstellte: Die Haare wirr, nicht
mehr ganz saubere Flanellhemden, ziemlich abgearbeitete
Jeans. Sie nickten Barbara grinsend zu, ein bisschen reser-
viert, aber freundlich.

Rolf goss ihr ein Glas Rotwein ein. Alle sahen sie erwartungsvoll an.

»Auf Freddi. Auf die Freiheit«, sagte Barbara und prostete Freddi zu, der sich Cola eingeschenkt hatte. Man stieß
an.

Als das erste Pizzablech im Ofen war, setzten Kai-Uwe und
Friederike sich mit an den großen Tisch. Das Gespräch drehte sich um Straßen und Straßenverhältnisse, Kilometerentfer-
nungen – Lensahn-Hamburg, Hamburg-Berlin, Lübeck-Ber-
lin. Die beiden Umzugshelfer wollten am liebsten noch in der
Nacht zurück nach Berlin, Rolf und Kai-Uwe versuchten, es
ihnen auszureden. Freddi hockte mit spitzem weißen Gesicht
zwischen den Großen und schenkte sich literweise Cola ein.
Der Rotwein schien ihn nicht zu interessieren. Plötzlich kam
das Gespräch auf ihn. Barbara bat um Mineralwasser. Sie
musste noch Auto fahren.

»Wir dachten, Sie hätten vielleicht eine Idee, wo Freddi
wohnen könnte, solange er noch zur Schule gehen muss«,

meinte Kai-Uwe. »Ich habe heute Nachmittag schon ein bisschen herumtelefoniert. Die bestehenden Jugendhilfemaßnahmen sind alle besetzt.«

»Du kannst auf keinen Fall zurück zu deinen Eltern«, sagte Barbara.

»Das will ich auch nicht«, entgegnete Freddi. »Kennen Sie nicht jemanden in Hamburg, wo ich wohnen könnte?«

»Das kommt nicht in Frage«, meinte Kai-Uwe. »Erst machst du die Schule hier fertig. Dann kann man überlegen, wie es weitergeht.«

»Wieso kann er denn nicht hier wohnen. Hier ist doch Platz genug«, meinte einer der Berliner.

Freddi sah nicht auf. Kai-Uwe warf einen kurzen Blick zu seiner Lebensgefährtin. Rolf rauchte.

Schließlich fing Freddi an, auf seinem Platz herumzurutschen. »Ich kann Holz hacken und umgraben und solche Sachen. Habe ich zu Hause auch immer machen müssen. Ich kann auch in der Küche arbeiten.«

Kai-Uwe starrte auf die Tischplatte. Friederike zerrte sich eine Zigarette aus der Marlboroschachtel, ohne Freddi um Erlaubnis zu fragen.

Rolf schob ihr ein Feuerzug zu, von dem mehrere auf dem Tisch herumlagen. »Warum eigentlich nicht«, meinte er. »Wo liegt das Problem?«

»Das ist ein bisschen schwierig«, murmelte Kai-Uwe. »Als Freddis Bewährungshelfer bin ich nicht eben die geeignete Person, um ihn aufzunehmen. Aber man könnte das natürlich deichseln.«

»Na, dann ist doch alles paletti«, meinte Rolf.

Seine Kumpel nickten

»Ich würde dich ja gerne aufnehmen, Freddi«, meinte Barbara. »Aber ich bin den ganzen Tag unterwegs. Ich fürchte, das wäre nicht so ideal. Aber vielleicht haben Sie Einwände,

Friederike. Schließlich ist das hier kein Jugendheim, sondern Ihre Wohnung.«

Friederike machte ein gleichgültiges Gesicht. Nur Kai-Uwe kannte sie gut genug, um zu wissen, was sich dahinter verbarg. Aber er schwieg.

Barbara ahnte, dass es Absprachen gab, die gerade gebrochen wurden. »Überlegen Sie es sich doch in Ruhe. Morgen ist auch noch ein Tag. Heute wird erst mal gefeiert. Die Pizza duftet jedenfalls fantastisch.«

Kai-Uwe sprang auf und lief zum Backofen. Im gleichen Augenblick fing das Telefon an zu klingeln. Barbara zuckte zusammen. Bloß kein Notruf. Sie war nicht mehr ganz nüchtern. Dann fiel ihr ein, dass ja niemand wusste, wo sie war. Thomas leitete heute Abend zum ersten Mal den Bläserkreis in Bevenstedt. Sie hatte ihm einen Zettel hingelegt, dass es später werden würde bei ihr.

»Wer?«, brüllte Kai-Uwe in den Apparat. In der linken Hand hielt er das heiße Pizzablech. Der dicke Handschuh konnte ihn nicht lange schützen. Vorsichtig setzte er das Blech auf einem Holzbrett ab, das Rolf ihm rüberschob. »Scholz, ja, Walter Scholz, ja, ich weiß, wer Sie sind. Freddis Vater. Ja, Ihr Sohn ist hier. Nein, Sie können ihn jetzt nicht abholen. Er ist hier bestens untergebracht. Durch das Gericht. Ganz genau, Sie haben richtig gehört. Überhaupt nicht. Nein, Sie können mich überhaupt nicht beeindrucken. Am besten, wir sprechen morgen miteinander. Morgen Mittag, zwölf Uhr.« Er nahm den Hörer vom Ohr und sah ihn verwundert an. Schließlich legte er auf.

Die Berliner grinsten. Freddi sah Kai-Uwe mit großen Augen an. Dann biss er sich auf die Unterlippe. Auch Friederike sah ihn angespannt an, dann stand sie auf, um die Pizza zu zerteilen. Kai-Uwe schenkte allen Wein nach.

»Okay, dann bleibst du also hier.«

Barbara klatschte Beifall, in den die anderen einfielen. »Bravo, Kai-Uwe, das haben Sie gut gemacht.«

Freddi strahlte. Sie stießen wieder an und Friederike verteilte die Pizza. Sie lachte zum ersten Mal und reichte Freddi lächelnd seinen Teller.

»Dann bleiben wir diese Nacht noch hier«, sagte einer der Berliner.

»So viel Grund zum Feiern gibt's ja nicht alle Tage.«

9

In der Küche brannte noch Licht. Barbara stellte den Wagen vor der Scheune ab und ging ums Haus. Von draußen sah sie Thomas am Küchentisch sitzen. Auf seinem Schoß saß das schwarz-weiße Kaninchen und ließ sich von ihm hinter den Ohren kraulen. Auf dem Tisch stand sein Abendessen. Daneben lag ein Block Papier, auf den er hin und wieder etwas notierte.

Konrad und Else hockten vor dem Tisch und ließen ihr Herrchen keine Sekunde aus den Augen. Von Zeit zu Zeit biss Thomas von seinem Brot ab und ließ dabei kleine Bröckchen fallen, auf die die Hunde sich gierig stürzten. Mal ließ Else dem Welpen den Vorrang, mal traute Konrad sich nicht, der alten Jagdhündin unter die Fänge zu gehen. Thomas beobachtete die beiden, in Gedanken jedoch schien er ganz woanders zu sein. Schließlich trat Barbara in die Küche und blieb einen Augenblick neben der Tür stehen. Dann ging sie zum Herd und wärmte sich die Hände.

»Hey, wo warst du denn? Ich warte schon seit Stunden auf dich.« Thomas schnitt drei dünne Scheiben Mettwurst ab und gab je eine den Hunden, an der dritten ließ er das Kaninchen schnuppern. Der Hase schien keine Wurst zu mögen. Schließlich steckte Thomas die Scheibe selbst in den Mund und biss dazu von seinem Brotkanten ab. Dann nahm er einen Schluck Pfefferminztee aus seinem angeschlagenen Lieblingsbecher.

»Freddi ist entlassen worden.«

Thomas schluckte den letzten Bissen hinunter und legte das Messer aufs Brettchen. Die Hunde kannten diese Geste. Else bewegte sich gähnend zu ihrem Lager, nicht ohne Barbara mit einem sachten Schwanzwedeln zu begrüßen. Sie schnüffelte kurz an ihren Schuhen, als erkundigte sie sich auf diese Art anteilnehmend, wo die Hausherrin herkam und was sie so erlebt hatte. Dann ließ sie sich wohlig seufzend auf ihrem Lager nieder, nicht ohne einen letzten wachsamen Blick auf das Kaninchen auf Thomas' Schoß zu werfen. Konrad tat es ihr nach und legte sich an ihre Seite.

»Er wohnt erst mal bei seinem Bewährungshelfer. Vorübergehend.« Barbara nahm sich eine Tasse aus dem Schrank und goss sich Tee ein, der in einer Kanne am Rand des Herds warmgehalten wurde. Sie setzte sich zu Thomas an den Tisch. »Wie war's bei dir?«

Thomas zuckte die Achseln.

»Der Bläserkreis ist ziemlich laut, nicht wahr?«

Thomas lächelte und fing an, eine kleine Melodie zu summen, während er mit dem Kugelschreiber auf dem Papierblock einen einfachen Rhythmus schlug. »Ich schreibe gerade eine neue Ballade.«

»Schön.« Barbara sah ihn besorgt an. »Stimmt irgendwas nicht?«

»Meinst du, wir schaffen es eines Tages, mit unserer Band in die Charts zu kommen? Sag mal ehrlich.«

»Wer kann das wissen? Das ist doch reine Glückssache.«

»Wenn ich den Rest meines Lebens Bläserkreise leiten soll, werde ich verrückt.«

»Aber sie nehmen ihre Sache doch so ernst.«

»Eben. Und es kommt trotzdem nichts dabei heraus. Ich

glaube, es ist kein Einziger dabei, der sein Instrument auch nur ansatzweise beherrscht. Schlecht gespielte Musik ist schlimmer als gar keine.«

»Mir macht meine Arbeit auch nicht immer Spaß. Was meinst du, wie ich es verfluche, wenn ich den ganzen Tag über Thromboseentzündungen verbinden muss oder mitten in der Nacht über die Landstraßen jage, um einen eingewachsenen Zehennagel rauszuschneiden? Wo ich in der Stadt in Ruhe in einem Krankenhaus meinen Dienst schieben könnte.«

»Aber du wirst hier gebraucht. Die Leute lieben dich. Mich brauchen sie nicht. Die können genauso gut mit einer Hebamme ein Blaskonzert einstudieren. Das macht absolut keinen Unterschied.«

»Vielleicht haben sie die falschen Noten. Vielleicht solltest du ein Stück für sie schreiben, das sie wirklich spielen können.« Barbara seufzte. Sie wusste, dass sich das zwar gut anhörte, aber völlig unrealistisch war. Blasorchester spielten immer dieselben schrecklichen Stücke. »Oder lass es einfach sein. Wir haben genug Arbeit hier im Haus. Und sie können weiter mit ihrem alten Häger aus Cismar üben.«

Thomas fing an, sein Abendbrotgedeck zusammenzuräumen. Er türmte vorsichtig Butterdose, Wurst und Teetasse auf sein Brettchen, legte das Messer an die Seite, stellte das Salzfass auf die Butterdose. »Ludger Frien hat mich zu sich nach Hause eingeladen. Er will mir seinen Jazzkeller zeigen.«

»Das musste ja passieren.«

»Frien will die Kirchenorgel restaurieren lassen. Er sucht einen Organisten, der ihn dabei unterstützt.« Thomas setzte das Kaninchen Barbara auf den Schoß und balancierte sein Brettchen auf die Abstellfläche vor dem Kühlschrank. Sorgfältig verstaute er Butter und Wurst und wischte das Brettchen mit einem Lappen ab. Das Wasser war noch immer abgestellt. »Dann will er das Schleswig-Holstein-Musik-Festival nach Bevenstedt holen. Weißt du, was das bedeutet?«

»Für wen?«

»Für uns. Für mich. Für meine Band. Die nehmen nicht nur Klassik auf in ihr Programm.« Er nahm Barbara den Hasen wieder ab und drückte ihn an seine Brust. Das Tier wehrte sich nicht. Vermutlich war es ein Schmusehase, höchstpersönlich überreicht von Susanne Stähr, um ihn auf ihre Bedürfnisse aufmerksam zu machen. »Kommst du noch nicht ins Bett?«

»Und der Hase?«

»Schläft oben. Ich habe ihm einen Karton hingestellt. Im Stall ist es doch so kalt.«

Barbara stöhnte, knipste das Licht in der Küche aus und schloss die Tür hinter sich, damit die Hunde nicht auf den Flur entwischen konnten.

10

»Tupfer«, sagte Barbara und legte eine kleine Naht über dem rechten Schläfenknochen, drei Stiche, mehr waren nicht nötig. »Noch einen, bitte.«

Doris Bruhns, auszubildende Arzthelferin, hatte mal wieder einen schlechten Tag. Sie war weiß um die Nase und in ihren Augen stand Panik. Sie konnte immer noch kein Blut sehen, genau wie an ihrem ersten Tag. Da war allerdings auch gleich eine ungewöhnlich große Menge Blut geflossen. Ein Waldarbeiter war in die Praxis gestürzt gekommen, sein linker Daumen hing nur noch an einem Hautfetzen. Kein guter Anfang für das Mädchen.

»Und jetzt kannst du ihn verbinden. Ein großes Pflaster mit Kompresse drunter. Nicht wahr, Herr Scholz«, wendete Barbara sich an ihren Patienten, der lang ausgestreckt auf dem Behandlungstisch lag. »Oder wollen Sie einen richtig hübschen Kopfverband haben?«

»Nee, danke«, sagte Scholz. Seine Stimme war abgesackt und klang rau und heiser. Der ganze Mann stank entsetzlich nach Schnaps und außerdem nach Kuhmist. Tatsächlich hatte er die halbe Nacht in einem Stall verbracht unweit des alten Bahnhofs von Sandesneben. Der Bauer hatte ihn am frühen Morgen gefunden und hergefahren. Die Kopfwunde war schon lange ausgeblutet. Die Prellungen im Gesicht und am

Oberkörper waren grün und blau angelaufen und beide Augen leuchteten wie Veilchen.

»Krankschreibung?«

Scholz schüttelte den Kopf. Ein richtiger Mann war nicht krank.

»Ich empfehle Ihnen aber dringend, heute nicht in die Fabrik zu gehen. Mit Kopfverletzungen ist nicht zu spaßen. Auf jeden Fall müssen Sie sofort von den Maschinen weg, wenn Sie merken, dass Ihnen schwindelig wird.«

Scholz richtete sich auf und legte eine Hand an die Stirn, betastete das Pflaster, das Doris ihm verpasst hatte. Er sah bemitleidenswert aus.

»Wenn ich die kriege«, murmelte er und versuchte, aufzustehen. »Die vermöbel ich so, dass sie nicht mehr wissen, wie sie heißen.«

»Sie wissen, wer Sie so zugerichtet hat?«, fragte Barbara und versuchte, ihrer Stimme einen beiläufigen Klang zu geben. Ihr war sonnenklar, was abgelaufen war. Scholz war noch in der Nacht im alten Bahnhof aufgekreuzt, um seinen Sohn aus der Wohngemeinschaft rauszuholen. Die Berliner hatten nur auf ihn gewartet und ihm bestimmt keine Chance gegeben, das Grundstück zu betreten. Barbara war nicht ganz klar, wie die rechtliche Situation aussah: Die Unterbringung von Freddi bei seinem Bewährungshelfer mochte ja aktenkundig sein, aber soweit sie wusste, war Scholz bislang nicht das Sorgerecht für seinen Sohn abgesprochen worden. Solange konnte er über seinen Aufenthaltsort verfügen.

»Die kenne ich noch wieder, wenn ich schon mit einem Fuß in der Kiste stehe. Die wollen mir meinen Jungen wegnehmen, die werden was erleben. Ich geh jetzt zur Polizei. Kindesentführung nennt man das.«

»Hauptsache, der Junge ist endlich aus der Haft entlassen, finden Sie nicht?«

»Eingesperrt hätten Sie ihn lassen sollen, bis er einsieht, was er angerichtet hat«, sagte Scholz. »Der Bengel hat doch nichts zugegeben. Störrisch ist er, und dann hält er sich für Robin Hood.«

»Meinen Sie nicht, dass es für Ihre ganze Familie das Beste wäre, wenn Freddi erst mal nicht wieder zu Hause bei Ihnen wohnt?«, versuchte Barbara den Mann zu besänftigen. Warum sollte sie bei Scholz nicht dasselbe erreichen, was Jürgen Stähr bei Ludger Frien schaffte? »So besonders gut war Ihr Verhältnis zueinander in der letzten Zeit doch nicht.«

Scholz sah misstrauisch auf. Seine Haut war gegerbt vom Wetter und der schweren Arbeit, dabei hatte er gar nicht mal hässliche Gesichtszüge, im Gegenteil. Vor allem die buschigen Augenbrauen über den jetzt zu schmalen Schlitzen verquollenen Augen wirkten eigentlich ganz anziehend. Nur der Alkohol hatte ihn zerstört. Physisch und moralisch. Ein Jammer.

»Was wissen Sie denn, Sie haben doch nicht mal einen richtigen Mann. Setzen Sie erst mal selbst Kinder in die Welt, ehe Sie anderen Leuten was erzählen wollen. Geben Sie mir doch so einen gelben Zettel mit. Ich habe eigentlich erst mal was anderes zu tun, als arbeiten zu gehen.«

Barbara trat hinter ihren Schreibtisch und gab ein paar Daten in den Computer ein, der mit dem Drucker draußen bei Frau Claasen verbunden war, wo die Krankschreibung gleich herausrattern würde. Doris sortierte leise die Instrumente in den Sterilisator. Sie wagte kaum, sich nach Scholz umzusehen. Der Mann verbreitete Angst und Schrecken, einfach nur durch seine Anwesenheit.

»Sie gehören ja auch zu denen, die ihm die ganzen Flausen in den Kopf gesetzt haben. Freddi war schon immer aufsässig. Von Anfang an. Sein Bruder Timmi ist da ganz anders. Ein wahrer Engel, der Junge. Ich war vielleicht nicht konsequent genug, meine Frau auch nicht. Aber das wird sich nun ändern. Der wird sich wundern, wenn er wieder zu Hause ist.«

Scholz zog sich sein blutverkrustetes Hemd über und legte mit schmerzverzerrter Miene die Lederjacke um die Schultern.

»Lassen Sie sich draußen ein paar Schmerztabletten geben«, meinte Barbara. »Die Prellungen werden noch ein paar Tage wehtun. Nächste Woche kommen Sie bitte zum Fädenziehen.«

»Ich rate Ihnen eins, Frau Doktor: Halten Sie sich da raus. Meine Geduld hat auch mal ein Ende.«

Scholz starrte Barbara aus blutunterlaufenen Augen an. Selbst in seinem jämmerlichen Zustand waren die Drohungen eindrucksvoll. Barbara spürte, wie sich eine leichte Gänsehaut auf ihren Armen bildete. Aber sie würde ihre Angst niemals zeigen. Dafür war ihr Trotz und ihre Verachtung einem so gewalttätigen Menschen gegenüber viel zu groß. Fast reute es sie, den Mann wieder zusammengeflickt zu haben. Hätte er doch mit einer zackig ausgefransten wilden Narbe auf der Stirn herumlaufen sollen. Verdient hätte er sie.

»Unsere Kinder sind nicht unser Eigentum«, sagte sie. »Sie sind uns nur anvertraut. Was Freddi braucht, ist vor allem viel Liebe und Nachsicht. Er braucht Förderung, nicht Prügel. Es ist ein Verbrechen, dass Sie den Jungen geschlagen haben. Nur deshalb ist er so außer Rand und Band. Sie ganz allein sind dafür verantwortlich.«

»Hört, hört, Frau Doktor, die Psychologin.« Scholz lachte böse und richtete sich zu seiner vollen Größe auf. »Na, wenigstens nehmen Sie kein Blatt vor den Mund. Alle Achtung.« Er beugte sich über Barbaras Schreibtisch und stützte sich auf seine geballten Fäuste. Barbara nahm widerwillig seinen muffigen Atem wahr. Aber sie wich keinen Zentimeter zurück.

»Passen Sie auf, wo Sie heute Abend langgehen, Madamchen. Und sagen Sie hinterher nicht, Sie wüssten nicht, warum Ihnen etwas passiert wäre. Sie wollen mir drohen, Sie haben also damit angefangen. Aber Sie werden meine Familie nicht kaputt machen, darauf können Sie Gift nehmen. Eher mache ich Sie kaputt. Hier, mit meinen bloßen Händen.« Er hob seine dreckige Faust vor ihr Gesicht.

Doris Bruhns stand am Sterilisator und blickte Barbara starr vor Angst an. Barbara schüttelte sachte den Kopf. »Ich glaube, es ist besser, wenn Sie jetzt nach Hause gehen, Herr Scholz.«

Scholz richtete sich auf. Er griff nach seiner Lederjacke, die von den Schultern zu rutschen drohte, und verließ ohne Gruß das Sprechzimmer.

11

Thomas bremste, ließ sein Rad ausrollen und sprang von den Pedalen, etwa auf der Höhe, wo der silbermetallicfarbene BMW blinkend stehen geblieben war. Susanne Stähr ließ ihre Scheibe auf der Fahrerseite herunter. Thomas beugte sich zu ihr hinab.

»Guten Morgen«, sagte die Tierärztin. »Was macht der Stallhase? Hat er sich schon eingewöhnt?«

Thomas lehnte sich über die Lenkstange, so war er ungefähr auf gleicher Höhe wie Frau Stähr. Sie sah eigentlich gar nicht so schlecht aus für ihre zweiundfünfzig Jahre. Ihr Gesicht war ein bisschen zu dick gepudert für seinen Geschmack. Die schmalen, blaugrauen Augen lächelten angriffslustig. Ihre Brauen waren zu schmalen, geschwungenen Bögen gezupft. Das Haar trug sie sportlich kurz und sie sprühte vor Unternehmungslust. Irgendwie belebend, fand Thomas.

»Es geht. Er frisst jedenfalls fleißig, falls das ein Zeichen für sein Wohlergehen ist.«

»Besser als Nahrungsverweigerung. Ist bei Karnickeln aber auch nicht besonders verbreitet. Wie ist es, gehen wir einen Kaffee trinken? Café Länders müsste schon aufhaben.« Susanne fuhr mit ihren schmalen Händen, die wie immer in schwarzen Lederhandschuhen steckten, über das Lenkrad, das seinerseits mit hellem Leder bezogen war. Es gab einfach nichts an dieser Frau, das nicht luxuriös gestylt war.

»Warum nicht«, sagte Thomas, schwang sich vom Rad und schob es auf den Bürgersteig. Er spürte den Blick der Tierärztin in seinem Rücken. Er trug Jeans, die längst eine Wäsche gebraucht hätten – ohne Wasser nicht so einfach –, einen dicken Wolltroyer, ausgetretene Boots und eine alte Weste, die er besonders liebte, weil sie vor Taschen nur so strotzte. Eigentlich hatte er nur rasch in die Klempnerei gehen wollen, um sich das endgültig letzte T-Stück für die verflixte Wasserleitung zu besorgen. Aber was sprach dagegen, vorher einen Kaffee mit der Tierärztin zu trinken? Susanne Stähr ließ ihren Wagen einfach da stehen, wo sie angehalten hatte, und sperrte die Fahrertür ab. Mit einem lässigen Winken grüßte sie einen vorbeifahrenden Wagen. Thomas hatte nicht erkennen können, wer drin saß. Es interessierte ihn auch gar nicht. Er spürte noch einen Augenblick seiner Idee für das Arrangement der neuen Ballade nach, die ihm unterwegs auf dem Fahrrad gekommen war. Einen Text hatte er noch nicht. Es müsste etwas ganz Schlichtes sein. Das Einfache war immer das Beste.

»Möchten Sie Kuchen?«, fragte Susanne. »Ich kann so früh am Morgen noch nichts essen.«

Thomas schüttelte den Kopf und setzte sich an den erstbesten Tisch neben der Tür. Das Café war weitläufig, aber völlig leer. Die Tische waren mit weißen Spitzendecken dekoriert, auf jedem stand eine Vase mit künstlichen Maiglöckchen, ein zinnoberroter Keramikaschenbecher, Getränkekarte und Serviettenhalter – damit war die kleine Tischplatte quasi ausgefüllt. Auf den Fensterbänken wucherten Grünpflanzen und die Begonien blühten so üppig, dass man kaum noch hinaussehen konnte. Wände und Decke waren mit dunkel gemusterten Tapeten ausgestattet. Die Atmosphäre war ein wenig bedrückend. Aber der Kaffee war gut. Als die Kellnerin wieder hinter ihrem Kuchentresen verschwunden war, zündete Susanne sich eine Zigarette an.

»Ich wollte mit Ihnen sprechen, weil Sie offenbar ein verständiger Mensch sind. Von der Sorte gibt es nicht viele in Bevenstedt. Ich würde Sie gern für meine Sache gewinnen.« Sie lächelte. Es war ein eiskaltes Lächeln.

Thomas tat Zucker in seinen Kaffee und rührte langsam um. Interessante Situation. Ihm kam eine kleine Textzeile in den Sinn, ein Fetzen nur, englisch, melancholisch. Könnte aus einem Song von Bob Dylan sein. Er sah auf.

Susanne Stährs Lächeln wurde wärmer. »Sie verstehen mich, ja? Ich brauche Mitstreiter. Ich will was erreichen für Bevenstedt. Für mich selbst auch, zugegeben. Ich will dieses müde Dorf in Schwung bringen. Passen Sie auf: Am nächsten Wochenende, Samstagnachmittag, kommen ein paar Leute zu mir zu Besuch. Darunter zwei sehr wichtige Herren aus Hamburg. Die Architekten für unsere Ferienhaussiedlung werden auch da sein. Außerdem habe ich ein paar Tourismusfachleute eingeladen. Einer gehörte zum Beispiel damals zu der Crew, die die Freizeitparks in Schleswig-Holstein errichtet hat. Ein Däne. Er hat auch bei Legoland mitgearbeitet, das sagt Ihnen doch sicher was?«

Thomas nahm einen Schluck Kaffee. *On a randy morning, morning. Nothing to do in town. On a randy morning, morning, only a game.* Randy – das hieß doch scharf, geil. Nicht übel. Er nickte.

»Ich fände es gut, wenn Sie mit dabei wären. Die Leute wollen sehen, dass ihr Projekt auch vom Dorf getragen wird, verstehen Sie?«

»Warum gerade ich?«

»Weil Sie jung sind. Und aufgeschlossen. Ich dachte, wir verstehen uns.«

Thomas schwieg. Die Tierärztin hatte inzwischen ihre Handschuhe ausgezogen. Ihre Hände waren gepflegt. Thomas mochte starke Frauen, sie reizten ihn viel mehr als die kleinen Girlies, die nach den Konzerten auf ihn und seine Jungs warteten und Autogramme haben wollten. Ihre Anwesenheit war schmeichelhaft, aber uninteressant. Ältere Frauen mit Selbstbewusstsein hingegen faszinierten ihn. Nicht ihre Geschäfte, auch nicht, was sie im Kopf hatten. Aber ihre Macht, die machte ihn an.

Er trommelte den Rhythmus seiner neuen Liedzeile auf die Tischplatte. »Samstagnachmittag, warum nicht. Wohnen Sie in Bevenstedt?«

»Grevesmühlen. Das liegt ein paar Kilometer hinter Grönwohlshorst. Am Landrahm heißt die Straße. Gleich nach der Abzweigung nach Kellenhusen geht es links rein, Sie können es gar nicht verfehlen. Der Hof am Ende der Straße, da wohnen wir.«

»Wir?«

»Mein Lebensgefährte und ich. Sagen wir, sechzehn Uhr?«

»Okay. Ich komme.«

12

Barbara nahm den Schleichweg hinter dem letzten Wiesen-
grundstück vor der Tankstelle. Im Sommer war sie dort ein
paarmal entlanggefahren. Aber jetzt hatte der Herbstregen
den Boden aufgeweicht. Aus riesigen Pfützen klatschte das
Wasser von unten an den Wagen. Nach etwa der Hälfte des
Weges fing sie an zu schwitzen und ärgerte sich, dass sie nicht
die Landstraße genommen hatte. Ein Schwarm Saatkrähen
flog aus dem abgeernteten Feld neben ihr auf. Sie erschrak
und achtete einen Moment lang nicht auf den Weg. Sofort
sackte der Wagen in eine tiefe Mulde, die Räder fassten jedoch gleich wieder Grund und wie ein Amphibienfahrzeug
rauschte der Ford Fiesta durch die lange Wasserlache. Am
Ende des Weges hielt Barbara einen Augenblick an und er-
holte sich von der Anspannung.

Adele Jakobsen stand in der Küche und wusch Geschirr
ab. Sehr langsam zog sie die Hände aus dem Waschwasser,
als Barbara in die Küche eintrat, und trocknete sie an der
Schürze ab. Das graue, strähnige Haar hing ihr wirr ins Gesicht und sie machte keine Anstalten, es zu bändigen.

»Sie sind schon wieder auf den Beinen«, sagte Barbara.
»Das freut mich. Wie fühlen Sie sich?«

Frau Jakobsen zeigte auf einen Küchenstuhl, auf den Barbara sich setzen sollte. Barbara tat ihr den Gefallen.

»Kaffee?«

Barbara nickte. Sie packte ihr Stethoskop aus und legte es neben sich auf den Tisch. Die Plastiktischdecke war noch ein bisschen feucht vom Abwischen. Die ganze Küche des Bungalows, der den trostlosen Charme der fünfziger Jahre nirgendwo verhehlen konnte, blitzte nur so vor Sauberkeit. Auch die Kücheneinrichtung schien noch aus der Nachkriegszeit zu stammen. Pastellfarbene Wandschränke mit schmalen, schrägen Metallgriffen, schon fast wieder modern. Die Kacheln hinter der Spüle und an der Wand hinter der Arbeitsfläche waren hellgelb. Jede dritte oder vierte trug ein Blumensträußchen in der Mitte. Es gab nur funktionale Gegenstände in diesem Raum und nirgendwo die geringste persönliche Note.

Die Tasse klirrte laut auf der Untertasse, als Adele Jakobsen sie vor Barbara absetzte, so sehr zitterte ihre Hand. Barbara griff nach ihrem Handgelenk und sah auf ihre Armbanduhr. Der Puls war unter sechzig. Sie stand auf und nahm das Stethoskop vom Tisch.

»Ich möchte Sie erst untersuchen, Frau Jakobsen. Machen Sie sich bitte frei. Oder wollen wir lieber ins Schlafzimmer gehen?«

»Nein. Mein Mann schläft ja noch.«

»Ich dachte, er wäre schon auf der Tankstelle.«

Adele Jakobsen schüttelte den Kopf. Sie band mit unsicheren Bewegungen ihre Schürze auf und streifte sie sich über den Kopf.

»Herr Taubert war da. Nun isses aus. Die Tankstelle ist geschlossen. Dabei wäre die Pacht erst nächsten Monat abgelaufen.«

Barbara horchte Brust und Rücken ihrer Patientin ab. Die Atemkapazität schien erheblich eingeschränkt zu sein. Eine chronische Bronchitis war nicht zu überhören. Raucherkatarrh. Dazu dieser desolate Allgemeinzustand – irgendwas musste diese Frau ändern in ihrem Leben. Sonst würde sie ernsthaft krank werden.

»Wer ist denn Herr Taubert?«

Adele Jakobsen holte tief Luft, was ihr offensichtlich schwer fiel. Barbara half ihr, den Pullover wieder über den Kopf zu ziehen. Von der Anstrengung erschöpft, ließ sich die Frau auf einen Küchenstuhl sinken. »Der kommt aus Neustadt, von der Esso. Mein Mann sagt ja, die Tankstelle wäre sowieso verlegt worden. An den See, bei der neuen Feriensiedlung. Wir hätten gar keine Chance gehabt. Aber wer weiß, ohne das Feuer, vielleicht wäre es ja doch noch weitergegangen. Ich weiß es auch nicht.« Sie erhob sich und holte die Thermoskanne von der Anrichte. »Milch habe ich aber nicht. Wir trinken ihn immer schwarz.«

»Das macht nichts«, meinte Barbara und sah zu, wie der schwarze Sud in die Tasse rann. Sie hatte eigentlich sowieso keinen Appetit auf Kaffee.

Die Tür zum Schlafzimmer öffnete sich. Toni Jakobsen blieb im Türrahmen stehen und starrte Barbara mürrisch an. Er trug Pyjamahosen und ein Unterhemd. Schließlich schlurfte er an den Tisch. »So, du hast schon Besuch. Gibt es noch Kaffee?« Er schüttelte die Thermoskanne. Sie war leer.

Barbara schob ihre Tasse zu ihm rüber. »Nehmen Sie doch bitte, ich glaube, mir ist er sowieso zu stark. Ihre Frau hat ihn gerade erst eingeschenkt.«

Jakobsen ergriff die Tasse und leerte sie in einem Zug.

»Ich werde Ihrer Frau eine Überweisung für einen Lungenfacharzt schreiben. Sie muss sich dringend untersuchen lassen. Sorgen Sie bitte dafür, dass sie es auch tut, sonst übernehme ich für ihren Zustand keine Garantie. Ihre Frau ist nicht ganz gesund.«

»Aber mit dem Unfall hat das doch nichts zu tun, oder? Sie

75

weiß ja gar nicht, wie sie in die Garage gekommen ist am Sonntagmorgen. Sie hatte auch nicht geraucht. Hast du ihr das gesagt, Adele? Was die Leute reden, das ist alles nicht wahr. Nicht, Adele, sag doch auch mal was. Sie trinkt auch gar nicht mehr. Schon lange.«

Adele Jakobsen schüttelte den Kopf. »Ich vertrage ja nichts mehr. Ich trinke immer nur Kaffee.«

Tatsächlich zeigte die Frau keinerlei äußere Anzeichen für Alkoholmissbrauch. Sie wirkte nur betrunken, weil sie sich so wenig unter Kontrolle hatte. Aber das konnte auch ganz andere Gründe haben.

»Ich würde gern eine Blutuntersuchung machen lassen«, sagte Barbara. »Ich nehme Ihnen jetzt etwas Blut ab und schicke es ans Labor. Vielleicht erfahren wir dann mehr.« Sie band den Arm der Patientin ab, fand eine kräftige Vene und zog zwei Ampullen auf. »Und jetzt ruhen Sie sich aus. Schalten Sie einfach mal einen Gang zurück. Ihr Mann wird schon eine andere Arbeit finden, Sorgen können auch krank machen, wissen Sie das? Und es hilft doch niemandem, wenn Sie nun wirklich krank werden.«

Adele Jakobsen nickte und knüllte ihre Schürze auf dem Schoß zusammen. »Meine Mutter, die ist ja auch an Asthma gestorben.«

»Haben Sie denn Asthma?«

»Nein, ich nicht. Aber unser Junge hatte Asthma. Ich habe nur immer diesen Druck auf der Brust.«

»Hatten Sie den auch am Sonntagmorgen, als Sie in die Garage gingen?«

»Das weiß ich doch nicht mehr. Ich wollte ja nur mit dem Hund rausgehen. Unterwegs wurde mir kodderig, mir war ganz übel. Und dann habe ich mich wohl einen Augenblick in die Garage gesetzt. Das Tor war ja immer offen. Aber daran erinnere ich mich schon nicht mehr.«

»Und Sie haben auch niemanden unterwegs getroffen? Niemanden gesehen?«

Adele schüttelte den Kopf. »Ich kann mich an nichts erinnern.«

»Ihr Mann war noch im Bett?«

Toni Jakobsen nickte. »Ich habe geschlafen. War abends ein bisschen spät geworden.«

Barbara packte ihr Spritzenbesteck ein und verstaute sorgfältig die Kanülen mit den Blutproben.

»Ich rufe Sie übermorgen an, wenn ich die Laborergebnisse habe. Spätestens am Montag. Bis dahin lassen Sie mal den Kopf nicht hängen.«

13

»Kann ich reinkommen?«, fragte Freddi und kniff die Augen zusammen, um in der dunklen Scheune etwas zu erkennen. Rolf und Kai-Uwe standen über eine alte Waschmaschine gebeugt, die ganz hinten an der Wand neben einem Haufen altem Gerümpel abgestellt war.

»Klar«, rief Kai-Uwe über die Schulter und wandte sich dann wieder dem neuen Mitbewohner zu. Die Berliner Freunde waren mittags abgefahren, nachdem sie noch ein Weilchen abgewartet hatten, ob Vater Scholz es womöglich wagte, mit der Polizei anzurücken wegen der kleinen nächtlichen Meinungsverschiedenheit. Aber ganz wie erwartet hatte Scholz nicht den Mut dazu. Schließlich hatte Kai-Uwe versichert, dass sie schon allein mit ihm fertig werden würden.

»Das Lager ist kaputt. Darum schleudert sie nicht mehr. Wenn du das hinkriegst, müsste das Ding wieder tadellos laufen.«

Rolf warf mit Schwung ein paar Dachlatten in die Ecke, die sich über der Maschine in einer Rolle Maschendraht verkeilt hatten. Gekonnt schob er seinen Schaubenzieher unter die Platte und hob sie ab. Darunter lag das Innenleben der alten Miele-Maschine frei. Er fing an zu schrauben, während Freddi interessiert zusah.

»Wenn du Lust hast, kannst du gleich mitkommen nach

Lensahn. Ich muss ein paar Sachen einkaufen«, meinte Kai-Uwe zu dem Jungen.

»Ich würde lieber hier bleiben und zugucken.«

»Kein Problem.«

Freddi konzentrierte sich auf Rolfs Schrauberei und griff geschickt nach einer Halterung, die drohte, herunterzuschlagen, nachdem die letzte Schraube gelockert war. »Eh, das ist ja ein richtiger Elektromotor.«

Rolf brummte etwas.

»Dann fahre ich jetzt mal«, kündige Kai-Uwe an. »Letzte Chance.«

Freddi schüttelte den Kopf und blieb stehen. Schließlich verließ Kai-Uwe den Schuppen.

»Kannst du auch Mopeds frisieren?«

Rolf ließ sich nicht stören. Er hatte inzwischen die Trommel ausgebaut und hing bis über den Bauchnabel in der Maschine, um an die Lager heranzukommen. »Scheiße«, murmelte er schließlich, hielt dann etwas in der Hand, was ziemlich kaputt aussah. »Das kannste komplett entsorgen.«

»Ich weiß, wo man solche Teile finden könnte«, meinte Freddi. »Ein Freund von mir handelt mit Schrott. Der hat auch jede Menge alte Waschmaschinen. Vielleicht ist da irgendwo so 'n Teil drin.«

»Weit weg?«

»Nee. Hinter der großen Kurve, da wo es nach Oldenburg geht.«

»Könnten wir vorbei fahren. Ich habe aber keinen zweiten Helm.«

»Mit deinem Moped?« Freddis Augen leuchteten. »Die gehört doch dir, die Maschine da draußen, oder?«

»Ja. Aber ohne Helm nehme ich dich nicht mit.«

»Ich hab 'nen Helm zu Hause.«

»Da wirst du ja wohl nicht hinfahren wollen.«

»Vielleicht hat Kai-Uwe auch irgendwo einen hängen.«

»Der fährt doch nur Fahrrad.«

Freddi grinste. »Mein Freund hat jede Menge Helme. Auf dem Rückweg setz ich mir einen auf. Komm, sei kein Spielverderber. Ich ducke mich hinter dich, wenn die Bullen uns entgegenkommen. Es ist doch nicht weit.«

Rolf zog den Reißverschluss seiner Lederweste hoch und seufzte. »Meinetwegen. Dann pack mal das Werkzeug da zusammen, die beiden Schlüssel und die Zange. Und dann zieh dir 'ne dicke Jacke über.« Er ging hinaus und einen Augenblick später hallte das sonore Tuckern der schönen alten BMW über den Hof.

Barbara fuhr über Lensahn zurück, um noch ein paar Einkäufe im Supermarkt zu erledigen. An der Kasse stand Jupp Putensen, das rechte Hosenbein aufgekrempelt, so dass der nicht mehr ganz weiße Verband hervorlugte, den sie ihm vor ein paar Tagen über seine offene Venenentzündung am linken Schienbein gelegt hatte. Er hatte ein paar Flaschen Bier in seinem Einkaufskörbchen, Heringsstücke in Aspik und ein großes Paket Toastbrot in Scheiben.

»Moin, moin, Frau Doktor«, strahlte er. Man konnte »Moin« sagen, bis die Sonne wieder unterging, denn mit dem Morgen hatte dieser Gruß nichts zu tun.

»Moin, Jupp«, erwiderte Barbara. »Sie lachen ja wieder. Wo haben Sie ihr Gebiss denn gefunden?«, fügte sie leise hinzu. Aber die Kassiererin war sowieso mit einer Kundin ins Gespräch vertieft.

»Frisch gewaschen und gebügelt bei meiner Nachbarin«, flüsterte Jupp hinter vorgehaltener Hand. »Sie hat es erst nach der Wäsche aus dem Hemd gefischt. Hat ihm aber nicht geschadet, wie man sieht. War noch ganz heil. Schmeckte nur zuerst ein bisschen nach Seife. Aber jetzt geht es wieder. Was macht die Kunst? Haben Sie unseren Freddi schon gesehen? Ich habe gehört, sie haben ihn endlich wieder rausgelassen.«

»Ich war schon in Sandesneben, um ihn zu begrüßen. Er wird wohl erst mal dort wohnen.«

Barbara legte ihre Einkäufe auf das Band hinter Jupps Körbchen.

Der Apfelbauer scherzte mit der Kassiererin, die seine Waren nach und nach über das Lesegerät schob und die Anzahl der Bierdosen eintippte. Barbara sah aus dem Schaufenster auf die Straße und riss erstaunt den Kopf hoch. Da ging Thomas, sie hatte ihn erkannt, noch ehe ihre Augen ihn ganz erfasst hatten. Sie ließ ihre Einkäufe stehen und trat an die große Glasscheibe, wollte winken. Thomas erreichte sein Fahrrad und schob beide Hände in die Hosentaschen, als suche er nach dem Schlüssel. Dann legte er plötzlich seine Hände auf den Sattel, beugte sich vor und gab der Frau, die vor seinem Fahrrad stand, einen Kuss auf die Wange. Barbara erkannte Susanne Stähr, die Tierärztin. Sie hörte nicht auf zu plappern, lachte und hielt ihm auch die andere Wange hin.

Barbara hatte an die Fensterscheibe klopfen wollen, um Thomas auf sich aufmerksam zu machen. Nun ließ sie die Hand wieder sinken. Susanne Stähr ging zu ihrem Wagen, der genau vor Thomas' Fahrrad geparkt war, winkte noch einmal und stieg ein. Thomas hob die Hand und winkte zurück. Dann wühlte er wieder in seinen Hosentaschen und beugte sich schließlich über sein Rad, um das Schloss aufzusperren. Barbara trat rasch in die Kassenschlange zurück.

Jupp Putensen verstaute seine Bierdosen in einer altmodischen Einkaufstasche mit zerfetzten Lederhenkeln.

»Kann ich Sie ein Stückchen mitnehmen?«, fragte Barbara. Ihre Stimme klang tonlos und kalt.

»Danke, meine Liebe«, sagte Jupp. »Ich bin motorisiert.«

Er setzte sich eine abgewetzte Lederkappe auf und schwang

sich vor der Tür auf ein schrottreifes Fahrrad mit Hilfsmotor. Die Einkaufstasche passte exakt auf den Gepäckträger. Mit ohrenbetäubendem Lärm knatterte er davon. Barbara sah gerade noch, wie er Thomas vor der Einmündung auf den Rathausmarkt die Vorfahrt nahm, dann fuhren beide auf der Hauptstraße in Richtung Bevenstedt davon.

»Genauso habe ich mir das vorgestellt«, meinte Friederike und tat sich und Kai-Uwe Kartoffelsalat auf. Auf einem flachen, länglichen Teller in der Mitte zwischen den vier Gedecken dampfte ein großer Berg knusprig gebratener Fischfilets. »Von nun an dreht sich alles nur noch um Freddi. Wo ist er, was hat er angestellt, wie biegt man das wieder gerade. Alle Sozialpädagogen landen irgendwann in dieser Falle. Und du bist auch nicht schlauer.« Sie nahm sich ein großes Filet und träufelte Zitrone darüber. Dann schob sie den Fischteller Kai-Uwe hin.

Er starrte auf den Kartoffelsalat, dann auf den Fisch. Irgendwie kotzte es ihn plötzlich an, immer so gut zu essen zu haben. Den Fischteller hatte Friederike von ihrer Tante geerbt, echtes Meißner Porzellan, Fischgrätenmuster. Die Essteller waren nachgemacht, aber immer noch teuer genug. Alles musste bei Friederike immer »schön« sein, passend, dekorativ. Neuerdings gab es sogar gestärkte Leinenservietten, manchmal jedenfalls. Heute Abend lagen sie nicht auf dem Tisch. Vielleicht wollte sie erst mal testen, ob Freddi sich mit der Serviette nicht die Nase putzte. Heute waren sie schlicht aus weißem Papier.

Schließlich überwand er sich und zog ein Stück Fisch auf seinen Teller. Lustlos stocherte er im Salat.

»Wenn Rolf mit ihm irgendwo hingefahren ist, kann der Junge schließlich nichts dafür.«

»Ich denke, Rolf repariert die Waschmaschine?«

»Tut er ja auch. Vielleicht musste er etwas besorgen. Was weiß ich. Jedenfalls sind die beiden zusammen weggefahren«, brummte Kai-Uwe. Er fing an, das Essen mechanisch in sich hineinzuschaufeln.

Heute Morgen hatte er Freddi die Regeln erklärt: Aufstehen um sieben Uhr, um halb acht würde der Schulbus ihn ab Montag hier abholen. Schuleschwänzen war nicht drin. Krankspielen auch nicht. Nach dem Mittagessen ein bisschen im Haushalt helfen, was gerade nötig war. Holz reinholen für den Kamin, Diele fegen, eventuell abwaschen, je nachdem. Abends vor oder nach dem Abendessen, das gemeinsam eingenommen wurde (pünktlich neunzehn Uhr), eine Stunde Hausaufgaben machen, mit Hilfe, wenn gewünscht. Dafür gab es jede Woche fünfundzwanzig Mark Taschengeld. Rauchen nicht oben im Zimmer. Bei Problemen: herkommen und ansprechen. Man konnte über alles reden.

Freddi hatte verständnisvoll genickt und weise geschwiegen. Dann hatte er sich an Rolf gehängt und ward nicht mehr gesehen. Jetzt war es kurz vor acht, das Essen war fast kalt, von Freddi und Rolf keine Spur. Kai-Uwe musste sich also eine schärfere Gangart überlegen. Keinesfalls durfte er Drohungen ausstoßen, die er dann nicht wahr machte. Er durfte nicht signalisieren, dass man seine Anordnungen folgenlos missachten konnte. Bislang war ihm noch keine einfache, wirkungsvolle Strafe eingefallen. Erst mal abwarten. Und hoffentlich war nichts passiert.

Friederike räumte die leeren Gedecke vom Tisch, stellte Fisch und Kartoffelsalat abgedeckt in den Kühlschrank. Dann ging sie ins Wohnzimmer, Tagesschau gucken. Normalerweise ging Kai-Uwe mit, wie ein altes Ehepaar hockten sie dann gemeinsam vor der Glotze und guckten noch irgendeine Krimischnulze. Waren schließlich zu müde, um noch was anderes zu machen. Heute nicht. Heute hatte er keine Lust dazu.

Er blieb in der Küche sitzen und blätterte gelangweilt im *Ostholsteiner Anzeiger,* den Rolf gekauft hatte. »Naturschützer aus Berlin machen mobil zur Sternfahrt. Fehmarnsundbrücke gesperrt? Verkehrschaos zum Weihnachsfest?«

Auch Kai-Uwe und seine Leute aus der Umweltinitiative in Neustadt waren seit Wochen damit beschäftigt, die verschiedenen Demonstrantengruppen aus allen Teilen der Republik für den Aktionstag am Samstag zu organisieren. Die Schnapsidee, die Brückenverbindung vom Festland über die Insel Fehmarn nach Skandinavien zu blockieren, kam allerdings von den Chaoten aus Berlin und ein paar Dänen aus Kopenhagen. Die Neustädter waren dagegen und wollten stattdessen an mehreren Orten Info-Stände und Diskussionsveranstaltungen zum internationalen Holzgeschäft auf die Beine stellen. Verschiedene Kirchengemeinden hatten ihre Mitarbeit zugesagt. Er überflog den Artikel. Die Presse war natürlich scharf auf Randale.

Als Kai-Uwe die Zeitung bis zum Fernsehprogramm durchgeblättert hatte, hörte er endlich das Tuckern des Motorrads auf dem Hof. Es blubberte noch einen Augenblick, dann war es wieder totenstill. Ein paar Minuten später standen Rolf und Freddi in der Küche. Freddi hatte frische rote Wangen. In der Hand hielt er einen schwarzen Motorradhelm. Er trug eine rote Lederjacke mit schwarzen Streifen. Rolf hängte seinen Helm an die Garderobe hinter der Tür und grüßte knapp, indem er die Hand an einen imaginären Mützenschirm legte. Dann ging er zum Kühlschrank und hockte sich davor.

»Bier?«

Kai-Uwe musterte Freddi ruhig und wartete ab, was der Junge sagen würde.

»Klar«, sagte Freddi und rutschte auf die Küchenbank. »Oder ist das verboten?«

Kai-Uwe drehte sich um, so dass er Freddi direkt in die Augen sah.

»Wir waren beim Schrotthändler, haben zwei alte Lager ausgebaut, für die Miele.« Rolf stellte drei Dosen Bier auf den Tisch. Freddi riss die Lasche von einer Dose ab und nahm einen Schluck. »Das war ein guter Tipp«, fuhr der Berliner fort. »Morgen dürfte die Maschine wieder heil sein. Komischer Typ übrigens, dieser Schrotthändler. Er hat uns nicht mal was abgeknöpft. Wie heißt er noch mal?«

»Theo.« Freddis Augen leuchteten.

»Die Motorradkluft für Freddi hat er uns auch so mitgegeben. Wenn wir mal ein paar Mark übrig haben, sollen wir was vorbeibringen. So was gibt es echt nur auf dem Land.« Rolf ließ sich am Tisch nieder.

»Wir haben heute Morgen abgemacht, dass du jeden Abend zum Abendessen hier bist«, fing Kai-Uwe an. »Punkt sieben Uhr. Das ist eigentlich eine sehr einfache und leicht einzuhaltende Regel, oder? Und du hast zugestimmt, Freddi. Das war eine Abmachung.«

»Wir mussten doch arbeiten.«

Rolf wollte eingreifen, aber Kai-Uwe ließ ihn nicht zu Wort kommen. »Du hättest anrufen können. Wir haben mit dem Essen auf dich gewartet. So läuft das nicht.«

»Okay«, sagte Freddi. »Ist ja schon gut. Ich bin ja Knast gewöhnt.«

Kai-Uwe spürte, wie ihm die Wut in der Kehle hochstieg. Er versuchte, seine Gefühle zu kontrollieren. »Nächstes Mal rufst du an, wenn dir was dazwischen kommt. Letzte Warnung.«

»Gibt's denn noch irgendwas zu futtern?«, meinte Rolf. »Das wär echt 'ne Granate.«

Kai-Uwe stand auf und reichte Freddi die Hand. »Vertragen wir uns wieder?«

Freddi ergriff die Hand, sah ihn aber nicht an. Seine Mundwinkel zuckten. Er nahm er einen großen Schluck Bier.

»Ich mache euch das Essen warm«, sagte Kai-Uwe.

14

»Advent, Advent, die Brücke brennt«, las Thomas halblaut vor und fing an zu lachen. »Das ist gut, hier lies mal, Barbara.« Er schob das Flugblatt der Naturschützer mit dem Aufruf für die Blockade der Fehmarnsundbrücke am zweiten Adventswochenende über den Küchentisch. Barbara kam gerade von draußen herein und brachte einen Schwall kalte Nachtluft mit. »Was wollte Peter denn schon wieder?«, fuhr Thomas fort. »Kommt der jetzt jeden Tag?«

»Das hier schickt dir Colette. Du wüsstest dann schon Bescheid.«

Sie reichte Thomas ein großes Notenheft und schob das Flugblatt zur Seite. »Willst du jetzt wieder anfangen, Klavierunterricht zu geben?«

Sie konnte nicht verhindern, dass ihre Stimme scharf und vorwurfsvoll klang.

»Wieso?«, fragte Thomas überrascht. Ihm war ihr Tonfall nicht entgangen.

»Ich denke, du wolltest nicht mehr unterrichten. Das hattest du jedenfalls vor ein paar Jahren mal entschieden.«

»Will ich auch nicht. Wer sagt denn das? Ich habe auch gar keine Zeit dazu.«

Konrad gab keine Ruhe. Ochs' Hündin, eine zottelige Briard-Dame, war läufig. Das kapierte der Welpe vermutlich noch nicht, aber irgendetwas regte ihn auf an dem Geruch, den der Lehrer mit sich spazieren führte. Immer wieder sprang Konrad am Tisch hoch und versuchte, nach der Klavierschule zu schnappen, mit der Thomas nachlässig herumwedelte.

»Emonts, Band 1, total veraltet. Danach unterrichtet man schon lange nicht mehr.«

»Colette hat danach gelernt, meint Peter.«

»Ich weiß. Sie war heute Nachmittag hier und wir haben ein bisschen geplaudert. Du weißt schon, sie möchte so gern, dass ihre Kinder ein Instrument lernen, aber Philipp ist noch zu klein und Xenia hat keine Lust und keine Ausdauer, und so weiter. Das Übliche.«

»Und Susanne Stähr, will die auch Unterricht bei dir nehmen?« Es platzte einfach aus ihr heraus. Barbara ärgerte sich im gleichen Augenblick, aber da war schon nichts mehr daran zu ändern. Sie beugte sich hinunter, öffnete die Ofenklappe und schob zwei Briketts in die Glut, die eigentlich noch ausreichte.

»Susanne Stähr«, wiederholte Thomas langsam. Man spürte deutlich, wie er schalten musste. »Was ist mit der?«

Barbara rüttelte die Asche aus dem Heizfach. Die Flammen fassten gierig nach den beiden Briketts. Schnell schloss sie die Ofenklappe wieder.

»Du hast doch heute in Lensahn so innig mit ihr geplaudert. Man wagte gar nicht, euch zu unterbrechen.«

»Du hast uns gesehen? Im Café? Warum bist du nicht hereingekommen?«

»Im Café wart ihr also auch?«

»Sag mal, was wird das hier eigentlich? Ein Verhör?«

Barbara schwieg. In ihrem Kopf entstand in Sekundenschnelle ein heilloses Chaos. Sie war selten eifersüchtig. Sie fühlte sich eigentlich sehr sicher bei Thomas und sie brauchte dieses Gefühl auch. Auch jetzt glaubte sie nicht wirklich, dass Thomas sich von Susanne Stähr oder Colette einwickeln lassen würde, mal vorausgesetzt, eine der Frauen hatte es überhaupt darauf abgesehen. Vermutlich war er für die beiden lebenshungrigen Damen nur eine willkommene Abwechslung im richtigen Alter. Ein kleiner Flirt, der die Laune hob. Eine typischer Dorfspaß, das Beziehungskarussel in Gang zu setzen. Trotzdem schaffte Barbara es nicht, den Mund zu halten, sondern spürte das starke Verlangen, die Sache noch weiter zu treiben. Sollte er doch fremdgehen, wenn er schon nicht die Wasserleitung reparierte. Ihre Geduld war plötzlich zu Ende. Lieber mal ein ordentlicher Krach, sie war es leid, ständig Verständnis zu mimen.

»Das meinst du doch nicht wirklich ernst, Barbara.« Thomas suchte nach Worten. »Du bist doch nicht etwa eifersüchtig, oder? Es gibt doch überhaupt gar keinen Grund dafür. Es ist doch gar nichts passiert.«

»Muss denn erst was passieren? Wir schlafen doch auch nur noch zu Weihnachten und Ostern zusammen – ist das so wichtig für eine Beziehung, was und wie viel im Bett passiert?«

»Na ja, was meinst du denn sonst?«

»Und was sollte die Nummer mit dem Schmusehasen? Hat die Stähr ihn dir geschenkt zum Warmwerden?«

»Jetzt reicht's aber, Barbara! Susanne Stähr hat mich nur gefragt, ob ich sie nicht bei diesem Ferienhausprojekt unterstützen kann. Sonst nichts. Ich bin auch dafür, dass hier im Dorf ein bisschen was in Gang kommt in Sachen Kultur. Darum werde ich auch morgen zu dem Empfang bei ihr gehen. Ich habe nun mal nicht so eine soziale Ader wie du. Ich war schon immer mehr für das Nutzlose, Luxuriöse.«

Barbara schwieg, rümpfte aber verächtlich die Nase. Offenbar war dies der Zeitpunkt, an dem nach vielen Jahren der

Harmonie mit einem Mal der Ernst des Lebens in ihre heimelige, traute Beziehung hineinfahren musste wie ein Blitz. Und er setzte das ganze morsche Gebäude ihrer Beziehung im Nu in Flammen. Gut so. Barbara war immer dafür, Nägel mit Köpfen zu machen. Wenn Thomas sich entschied, von nun an auf der Seite der Friens und Stährs zu stehen, so würde sie ganz klar auf der anderen Seite bleiben. Trennung von Tisch und Bett. Zu sachlichen Argumenten war sie heute Abend einfach nicht mehr fähig. Sie startete einen letzten Versuch.

»Und die Tankstelle? Wie kann man den Jakobsens einfach so die Tankstelle wegnehmen? Und Freddi – Ludger Frien hätte ihn nicht anzeigen müssen nach dem Einbruch in seiner Kartonfabrik. Er hat ihn auf frischer Tat ertappt. Er hätte ihn mit einem Nasenstüber nach Hause schicken können. Nein, Thomas, du kapierst nicht, mit was für Leuten du dich einlässt. Die sind viel gerissener, als du denkst. Du lässt dich blenden. Aber die nutzen dich aus und am Ende lassen sie dich fallen wie ein Stück Abfall.«

Thomas zog das Flugblatt zu sich heran und klopfte mit den Fingerknöcheln auf die Schlagzeile. »Barbie, ich lass mich nicht kaufen, da musst du keine Angst haben. Guck mal hier, zum Beispiel diese Aktion. Die wollen die Fehmarnsundbrücke blockieren, wegen der Holztransporte aus Südamerika. Die sind doch beknackt – trotzdem finde ich das gut. Ich stehe immer auf der Seite derjenigen, die sich wehren. Das weißt du doch. Andererseits: Kunst geht nach Brot. Das hat Lessing schon gesagt.«

»Du bist verrückt«, sagte Barbara und stand auf.

Thomas sprang auch auf. »Komm, wir gehen hoch, komm, es ist bald Weihnachten, Baby. Üben wir schon mal.«

»Und der Schmusehase?«

»Der ist schon lange im Stall. Verdammt, bist du auf den etwa auch eifersüchtig?«

»Jetzt reicht's mir aber«, rief Barbara und ging zur Tür. »Ich schlafe heute Abend hier unten.«

»Und ich wollte dir meine neue Ballade vorspielen. Aber das interessiert dich ja sowieso nicht. Kannst mir die Bettwäsche runterschmeißen. Ich bleibe hier.«

Barbara warf ihm einen giftigen Blick zu und warf die Küchentür hinter sich ins Schloss.

15

»Was heißt denn das, du bist nicht im Dienst, Jürgen? Seit
wann redest du wie die Professoren in Kiel? Bist du nun mein
Hausarzt oder nicht?« Ludger Frien wechselte den Telefonhörer von der einen Hand in die andere, um durch eine andere Position die Schmerzen etwas abzumildern, aber es half
nicht viel. Nichts half mehr in diesem Stadium von Schmerz,
der wie ein Messer in seinem von den beiden verrutschten
Bandscheiben gequälten Rücken wühlte. Und das kam nur
von diesem teuflischen gelben Flugblatt, das heute anonym
mit der Post in alle Haushalte geflattert war. Anonym und
feige. Und das Impressum, eine Berliner Adresse, war wahrscheinlich erstunken und erlogen.

»Barbara hat heute Abend Dienst. Du kannst sie zu Hause
erreichen, Ludger«, wiederholte Jürgen Stähr, der schon im
Bett gelegen hatte, als der Holzfabrikant ihn um kurz nach
elf Uhr abends angerufen hatte. »Es sei denn, sie ist unterwegs zu einem Noteinsatz, dann erreichst du sie aber auf ihrem Handy. Hast du die Nummer?«

»Natürlich habe ich die Nummer. Sie wird ja auf eurem
Band angesagt. Aber ich dachte, wir könnten noch ein bisschen weiterreden über diese ganzen Sachen.«

»Ich bin wirklich müde, Ludger, es tut mir Leid. Ich habe
einen anstrengenden Tag hinter mir. Nimm zwei von den

Schmerztabletten, die ich dir neulich erst verschrieben habe, und lege dich möglichst gerade hin. Leg den Würfel unter die Beine, damit die Wirbelsäule gerade gelagert ist. Viel mehr kann Barbara jetzt auch nicht machen. Sie kann dir nur ein Schmerzmittel spritzen.«

Ludger Frien knallte kommentarlos den Hörer auf die Gabel, rappelte sich auf und schlurfte mit kleinen Schritten ins Bad. Jürgen hatte ihm schon vor Urzeiten Krankengymnastik verordnet, ein Krafttraining, dreimal die Woche. Aber wie sollte er es schaffen, morgens früh in Oldenburg zu sein und den ganzen Vormittag über zu turnen? Als ob er Zeit für so etwas hätte. Nur deshalb wollte der Doktor jetzt nicht kommen, das war sonnenklar. Er dachte, Frien könne ruhig ein bisschen leiden, vielleicht wäre er dann eher bereit, zu seinen Sportstunden zu gehen. Nächste Woche, gleich Montag, würde er sich einen Termin geben lassen bei dem Professor in Kiel, der ihm schon einmal eine Operation angeboten hatte. Jetzt war er so weit, Hauptsache, dieses Elend hatte ein Ende.

Ächzend griff er im Bad in das Medizinschränkchen über der Badewanne und holte das Röhrchen mit den Valiumtabletten heraus. Er ließ Wasser in sein Zahnputzglas laufen und schluckte erst eine, dann eine zweite von den bitteren, weißen Pillen. Er konnte kaum den Kopf in den Nacken legen vor Schmerzen. Jede, aber auch jede Bewegung war mit Schmerzen verbunden. Vorsichtig hockte er sich auf den Rand der Wanne, stützte sich mit beiden ausgestreckten Armen ab und wartete, dass die Tabletten ihre Wirkung taten. Er war müde und erschöpft, er hatte seit Tagen nicht mehr richtig geschlafen.

Ganz langsam beruhigten sich seine Nerven, die Drogen sickerten sanft in ihn ein, betäubten nicht nur den Schmerz in seinem Rücken, sondern auch sein aufgebrachtes Gemüt. Morgen früh würde er mit der Polizei in Oldenburg sprechen. Kriminalhauptkommissar Nadler war gar kein schlechter Kumpel, er war außerdem Rotarier, genau wie er, wie überhaupt alle, die Rang und Namen hatten in Ostholstein. Sie alle würden ein Interesse daran haben, diese Chaoten aus Berlin weiträumig abzublocken, sie gar nicht erst bis an die empfindliche Brückenverbindung über Fehmarn nach Dänemark und damit nach Skandinavien kommen zu lassen. Sie würden den Bundesgrenzschutz mobilisieren, oder das, was davon noch übrig war, würden perfekte Straßenkontrollen auf allen Zufahrtstraßen von Berlin bis Hamburg errichten – zum Glück gab es da ja gar nicht so viele Verbindungen – sie würden dafür sorgen, dass die Chaoten schön brav nach Hause zurückfuhren.

Außerdem würde Frien veranlassen, dass seine nächsten Holzlieferungen über Jütland erfolgten. Die Autobahn Flensburg-Hamburg war nicht zu blockieren. Bundesdeutsche Autobahnen waren einfach heilig. Die Demonstranten würden mit dem größten Polizeiaufgebot aller Zeiten konfrontiert werden, wenn sie das wagen sollten. Nicht mal bei den Atommülltransporten hatten sie es geschafft, eine deutsche Autobahn zu blockieren. Alles in allem war die Lage wie immer voll unter Kontrolle.

Frien erhob sich und stemmte eine Hand in die Seite. Der Schmerz war nicht verschwunden, aber er war dumpfer geworden. Langsam, vorsichtig jede falsche Bewegung vermeidend, tastete er sich zurück ins Wohnzimmer, wo auf dem niedrigen Couchtisch sein Whiskeyglas stand. Es war noch halb voll. Er ließ es stehen und schaltete den Fernseher aus, über den stumm irgendein Softporno gelaufen war, dann die Lampen. Im Gästezimmer auf dem Fußboden lag seit mehreren Monaten ein sehr harter, fester Futon, das einzige Lager, auf dem er bei seinen Anfällen ein wenig ruhen konnte. Da ihn die Nähe seiner Frau, die bereits seit ein paar Stunden im

Bett schnarchte, schon länger nicht mehr besonders reizte, hatte er sich mit diesem Arrangement ganz gut abgefunden. Ohne sich auszuziehen, ließ er sich ächzend auf sein hartes Lager nieder, bettete die Unterschenkel auf dem kniehohen Schaumstoffwürfel, löschte das Licht und schlief sofort ein.

»Hey!« Leise wie eine Katze kletterte Freddi aus dem Baum, als er sah, dass Theo das Licht in seinem Zimmer anschaltete. Endlich. Fünf Kiesel hatte er gegen das Fenster werfen müssen, bis der Kerl endlich aufwachte. Dabei war es bitter kalt in der alten Kastanie. Er war es einfach nicht mehr gewohnt, so lange draußen zu sein. Scheiß Knast.

Freddi lief zur Hintertür des Wohnhauses, in dem Theo mit seinem Vater, dem Schrotthändler Diem, wohnte. Sein Bruder Kalle hatte sich Anfang des Jahres das Leben genommen. Schuld war Frien gewesen, dieser Ausbeuter, der eiskalt Kalles Existenz zerstört hatte. Er hatte ihm so viele Schulden angehängt, dass Kalle bis an sein Lebensende nicht wieder frei gewesen wäre. Und außerdem hatte er ihm noch die Frau weggenommen. Jetzt ging Nicole in Kiel anschaffen, sie hatte sogar eine eigene Wohnung, wo sie die Kerle empfing. Vermutlich war Frien ihr bester Kunde, oder er machte ihr den Loddel. Aber hier in Bevenstedt den braven Holzfabrikanten spielen und für den Weihnachtsbasar den Glühwein spendieren. So waren sie alle, die Kapitalisten, das hatte Freddi endgültig in Neumünster begriffen. Und ihre Opfer hockten in den Knästen, so war es auf der ganzen Welt.

Theo schloss die Hintertür auf. Ein matter Lichtschein fiel aus dem Hausflur über den verwilderten Garten. »Los, komm rein, ehe dich jemand sieht. Bist du mal wieder abgehauen?«

»Nee. Ich hab mir ein Fahrrad ausgeliehen und bin einfach nur ein bisschen rumgegondelt. Das darf ich. Ich bin doch wieder ein freier Mensch. Muss nur wieder zu Hause sein bevor Kai-Uwe aufsteht. Hast du was zu rauchen?«

Theo ging voran in sein Zimmer, das im ersten Stock lag. Es sah alles noch so aus wie vor sechs Monaten, als Freddi zum letzten Mal hier gewesen war. Ein heilloses Chaos. Theos Mutter war schon vor Jahren abgehauen. Sein Alter trank entschieden zu viel und kümmerte sich so gut wie gar nicht um das, was Theo tat, solange er ihm nur jeden Tag bei der Arbeit half. Haushalte entrümpeln, den ganzen Schrott einsammeln, der die baufälligen Gebäude auf dem großen Grundstück in der Kurve hinter Bevenstedt bis unter die Decken füllte.

»Cooler Typ, mit dem du heute hier warst«, fing Theo an. Er hatte sich auf seinem schmuddeligen Bettzeug niedergelassen und für Freddi den einzigen Stuhl von einem Berg schmutziger Klamotten freigeräumt. »Wo kommt er eigentlich her?«

»Berlin. Fährt einen heißen Ofen, was?«

Theo nickte. Er war drei Jahre älter als Freddi, hatte die Schule schon lange verlassen und mit siebzehneinhalb den Führerschein machen dürfen, damit er seinem Vater helfen konnte. Der war regelmäßig zu besoffen zum Autofahren. Theo hatte auch den Führerschein Klasse 1, aber bisher noch keine Gelegenheit gehabt, eine Maschine zu fahren, die die erlaubten Kubikmeter aufwies. Nur frisierte Mopeds, mit denen die Jugendlichen mit ohrenbetäubendem Lärm über die Dörfer heizten.

»500er BMW, über zwanzig Jahre alt. Ein echter Oldtimer. So was hole ich mir auch, wenn ich das Geld dafür habe.«

»Und sonst?« Theo stellte Freddi einen Aschenbecher hin und kramte ein neues Zigarettenpäckchen aus dem Nachttisch. »Hier, kannste mitnehmen. Ich hab grade genug.«

»Danke«, sagte Freddi und ließ die Zigaretten rasch in der

Hosentasche verschwinden. »Ich gehe dann auch mal wieder. Wollte nur sehen, ob unsere alte Methode noch funktioniert.«

»Lass dich nicht erwischen«, sagte Theo. »Du weißt ja, Holzauge sei wachsam.«

»Kommst du morgen mit auf die Brücke? Da wird richtig was los sein.«

»Wir haben eine Haushaltsauflösung in Malente. Das geht schon morgens um halb sieben hier los.«

»Schade. Aber wir sehen uns, oder?«

»Klar«, sagte Theo, aber es klang eher unklar.

»Das war's dann wohl«, murmelte Freddi, als er wieder unten im Garten stand. Theos Fenster war schon wieder dunkel. Freddi schob die Hände in die Hosentaschen. Mit der rechten ertastete er die Zigarettenschachtel. »Mit Vorbestraften will man hier nichts zu tun haben. Klar.«

Er zog die volle Zigarettenschachtel aus der Tasche und zerdrückte sie in der Hand. Dann sprang er über den niedrigen Gartenzaun, warf das zerknüllte Päckchen hinter sich in den Garten und schwang sich auf das geborgte Rennrad.

16

»Wie war der Name? Gerdes, Entschuldigung. Ich hatte Sie nicht gleich verstanden. Angenehm, Doktor Trobitsch, Unimonza Deutschland.«

Thomas schüttelte die kleine, feste Hand des Mannes, der ihn mit schwarzen, stechenden Knopfaugen fixierte. Er war gut einen Kopf kleiner als Thomas und trug einen tadellos sitzenden dunkelblauen Anzug, weißes Hemd und Krawatte. Die schwarzen Lederschuhe waren blank poliert, obwohl die ganze Truppe nach dem Mittagessen den Bauplatz am See inspiziert hatte, wo die nächtlichen Regenfälle der letzten Wochen das Erdreich aufgeweicht hatten. Seinen Namen hatte Thomas im nächsten Augenblick wieder vergessen, nur der Firmenname blieb hängen. Warum eigentlich Unimonza? War das nicht ein Lebensmittelkonzern? Seit wann investierten die in Tourismus?

»Und das ist mein Kollege, Herr Johannsen. Herr Johannsen arbeitet für die Reederei Hanssen.« Auch Johannsens Händedruck war kräftig und solide. Handfeste Geschäftsleute halt.

Thomas sah sich um. Susanne war damit beschäftigt, Cocktails zu reichen und immer neue Gäste zu begrüßen. In der Diele quollen die beiden Garderobenstände bereits über von feuchten Mänteln und Jacken. Das große Wohnzimmer, das wie ein L geschnitten war, war voller Leute, deren Geschnatter und Gesumm in den Ohren dröhnte.

Thomas kannte niemanden außer Susanne Stähr, und niemand kannte ihn. Ihm war rätselhaft, was er hier sollte. Er war doch nun wirklich kein repräsentativer Vertreter des Dorfes. Aber das sah man unter den Gästen womöglich anders.

»Sie sind also Kirchenmusiker«, nahm der kleine, dralle Herr von Unimonza das Gespräch wieder auf. Thomas musste sich zu ihm hinunterbeugen, um ihn verstehen zu können. Es stellte sich heraus, dass sein Gegenüber ein großer Jazzfan war. Er schwärmte jedoch für Dixieland, womit Thomas nun wieder gar nichts anfangen konnte, sich aber hütete, das zu sagen. Der andere Herr, dessen Namen Thomas gar nicht erst verstanden hatte, fing an, von seiner Schwägerin zu erzählen, die Organistin irgendwo in Hamburg war und auch einen Kirchenchor leitete. Thomas kannte diese Art Geschichten, die den Leuten einfielen, wenn sie erfuhren, dass er Musiker war. Jeder hatte was dazu zu sagen. Wenn man Prokurist in einer Fabrik oder einem Großhandelsbetrieb war, waren alle zufrieden und hielten den Mund. Als Künstler aber war man sozusagen Gemeingut. Musik mochte jeder. Und als Musiker war man ja eigentlich nur zu beneiden, weil man den ganzen Tag etwas machen durfte, was die anderen nur ausnahmsweise in ihrer Freizeit trieben. Dass sie es eben nicht besser konnten, sich nicht mehr Zeit dafür nahmen, nicht hart genug dran arbeiteten, vielleicht auch nicht das Zeug dazu hatten, wirklich gut zu werden auf ihren Instrumenten, sich wirklich auszukennen in ihrem geliebten Hobby, das hörten sie natürlich gar nicht gern. Also schwieg man besser dazu und ertrug die dilettantischen Fachsimpeleien und das Gemeinmachen mit einem freundlichen Grinsen – bis die Gesichtsmuskeln schmerzten.

Schließlich erlöste Susanne Stähr ihn, indem sie zu der Gruppe trat und Thomas freundschaftlich unterhakte.

»Mein Bruder verspätet sich offenbar. Ich frage mich, ob wir ohne ihn anfangen sollen mit dem Essen. Wie gefällt es Ihnen hier? Herr Trobitsch und Herr Johannsen sind unsere größten Gönner, haben Sie das schon mitbekommen? Die Unimonza hat einen Haufen Geld bezahlt für das Gemeinschaftshaus, das Herz unseres Ferienparadieses. Doch, doch«, fuhr sie fort, als Trobitsch abwehrend die Hände hob, »ohne Sie hätte ich das ganze Projekt hier gar nicht durchsetzen können. Wenn Sie nicht das Reiterfest im Sommer finanziert hätten – ich glaube, wir würden heute noch vor den Bauplänen sitzen und träumen. Nein, nein, Herr Trobitsch, das muss man Unimonza lassen. Die wissen, wie man Politik macht.«

»Politik?«, fragte Thomas und kam sich ziemlich blöd vor.

»Natürlich. Alles ist Politik«, sagte Susanne Stähr. »Oder meinen Sie, die großen Konzerne sind tatsächlich an Kultur und Kunst interessiert?« Sie lachte und zwinkerte den beiden Herren zu, die nicht richtig zurücklachten. Vielleicht konnten sie gar nicht lachen. Sie sahen steif in ihre leeren Gläser. »Bei aller Hochachtung, aber blöd sind wir hier auf dem Land auch nicht, meine Herren. Wir wissen wohl, welche Interessen da geschützt werden. Aber das macht ja nichts. Sie müssen dafür sorgen, dass Ihre Geschäfte reibungslos laufen, und wir hier müssen zusehen, dass wir irgendwie überleben. So wäscht eine Hand die andere.«

Thomas verstand nur Bahnhof. Er zog vorsichtig seinen Arm aus Susanne Stährs Umklammerung, denn vom anderen Ende des Raums sah er plötzlich doch ein bekanntes Gesicht. Und er musste ja nicht unbedingt Arm in Arm mit Susanne Stähr gesehen werden.

Die Klatschkolumnistin Anna-Luisa Täck kam geradewegs auf die kleine Gruppe zugesteuert. Sie begrüßte jeden per Handschlag und Namen. Man kannte sich.

»Herr Gerdes, wenn mich mein Namensgedächtnis nicht täuscht«, sagte sie zu Thomas und lächelte. Gold blitzte auf. Nicht nur an den Zähnen, auch in Form mehrerer wuchtiger Halsketten, unzähligen klirrenden Reifen an beiden Handgelenken und schweren, großen Ringen an fast jedem Finger. »Und wo ist Ihre reizende Frau, unsere neue Ärztin? Man hört ja nur das Beste von ihr. Der reinste Engel. Ein Glück für Bevenstedt, die Bevölkerung überaltert ja immer mehr. Umso wichtiger sind die Ärzte, nicht wahr?«

»Barbara hat Bereitschaftsdienst. Sie konnte leider nicht weg.«

»So ein Pech. Aber ist es nicht so, sie beschäftigt sich bestimmt lieber mit ihren Patienten, als auf einem solchen Empfang herumzustehen?« Die Journalistin kniff die Augen zusammen und lauerte, ob der Hieb saß.

Susanne Stähr lachte aufreizend. »Wie treffend, Frau Täck. Sie nehmen mal wieder kein Blatt vor den Mund. Und ich dachte, Sie wären an der Brücke und beobachteten mit Ihren Kollegen, was sich so tut an der Naturschützerfront.«

Anna-Luisa Täck wandte sich an die beiden Herren. »Da können wir uns doch ganz und gar auf unsere Polizei verlassen, nicht wahr? Ich habe gehört, der Bundesgrenzschutz hat ganz Ostholstein weiträumig abgesperrt. Dass nur ja niemand auf die Fehmarnsundbrücke kommt. Den ganzen Morgen über dröhnten die Hubschrauber über der Autobahn. Also, ich muss schon sagen, die Freiheit des Demonstrationsrechtes sollte uns doch ein wenig mehr Respekt abnötigen.«

»Wir haben damit nichts zu tun«, beeilte sich Johannsen von der Reederei Hanssen zu sagen. »Ich verstehe die ganze Hysterie sowieso nicht. Wir fahren seit Jahren für die Holzfabriken in der ganzen Welt die Stämme. Am Amazonas ist immer viel Holz geschlagen worden, das meiste davon als Brennholz für die Einheimischen. Da ist es doch besser, es aufzukaufen und nach Europa schaffen, das bringt den Ländern wenigstens harte Valuta.

Nun plötzlich, nur weil in Berlin ein paar Chaoten darauf aufmerksam geworden sind, soll das eine unmoralische Tat sein? Das ist doch lächerlich.«

»Der Protest sollte sich lieber gegen die Regierungen der Amazonasstaaten richten, die sind schließlich für den Einschlag verantwortlich zu machen«, sagte Trobitsch von der Unimonza ruhig. »Klimaschutz hin oder her, sollen wir das Holz denn verfaulen lassen? Solange eingeschlagen wird am Amazonas, so lange werden sich auch die berechtigten Forderungen der Klimaschutzkonferenzen nicht einlösen lassen.«

»Also, ich verstehe überhaupt nicht, was das Ganze mit unserer Fehmarnsundbrücke zu tun haben soll«, mischte sich eine junge Dame ins Gespräch, die Susanne Thomas flüsternd als Bankerin aus Kiel vorstellte. Ihr Chef stand mit ein paar Herren in grüner BGS-Uniform zusammen neben dem Kamin. »In Skandinavien herrscht doch eine vorbildliche Aufforstungspolitik.«

»Die Proteste richten sich ja auch nicht gegen die skandinavische Holzwirtschaft, sondern gegen angebliche skandinavische Unterhändler, die das Holz noch auf See aufkaufen und umdeklarieren. Um den europäischen Einfuhrstopp für Tropenhölzer zu umgehen«, erklärte Trobitsch. »Ich habe keine Ahnung, ob wirklich was dran ist. Vorstellbar ist ja heute einiges.«

Thomas erinnerte sich an das Flugblatt. »Richtet sich die Aktion denn gar nicht gegen unsere Holzfabrik hier?«

»Süß, der Kleine«, rief Anna-Luisa Täck entzückt. »Er wagt es, auszusprechen, was alle vermuten, aber keiner sagt.

Thomas, ich darf doch Thomas sagen? Sie sind ja ein Schatz. Wo ist überhaupt Ihr Bruder, Frau Stähr?«

Die Tierärztin fasste Thomas wieder am Ellbogen und zog ihn von der Gruppe fort. Die beiden Manager hatten sich schnell mit der Bankerin ins Gespräch vertieft und der Gruppe um ihren Chef angeschlossen. Anna-Luisa Täck blieb für eine Sekunde allein stehen.

»Kommen Sie, jetzt machen wir einfach ein bisschen Musik. Haben Sie Lust? Ich habe extra ein Klavier herschaffen lassen, leihweise. Ob es was taugt, kann ich freilich nicht sagen.«

Sie brachte Thomas zu einem hellen Yamaha-Kasten, auf dessen Deckel bereits jede Menge leerer Sektgläser standen, die ein Serviermädchen rasch abräumte. Sofort fingen die Leute an, sich um das Instrument zu versammeln.

Thomas protestierte. »Das hätten Sie mir aber wirklich sagen sollen. Ich bin doch gar nicht darauf vorbereitet zu spielen.«

»Ach, zieren Sie sich nicht. Spontane Einfälle sind immer die besten. Spielen Sie einfach, worauf Sie Lust haben. Wir sind für alles offen. Sie können doch bestimmt gut improvisieren.«

Die Leute begannen zu klatschen. Thomas seufzte und ließ sich auf dem Klavierhocker nieder. Es wurde still. Der Hocker war zu hoch eingestellt, er drehte ihn umständlich herunter. Als er die Hände endlich über den Tasten ausstreckte, hörte man plötzlich an der Haustür einen aufgeregten Wortwechsel. Jemand schob sich von der Diele her durch die Leute, die sich um das Klavier drängten. Ludger Frien, der Holzfabrikant, baute sich direkt neben Thomas auf.

»Es tut mir Leid, wenn ich hier so hereinplatze«, rief er. »Aber die Brücke brennt! Wir sollten mit ein paar Leuten rüberfahren und sehen, ob man etwas tun kann.«

17

»Ich finde es ganz schön mutig von dir, Thomas unter diesen Umständen allein zu dem Empfang gehen zu lassen«, meinte Colette, während sie die Nähmaschine in rasendem Tempo über den Stoff flitzen ließ. Am Ende der Naht angekommen achtete sie darauf, dass die Nadel noch im Stoff feststeckte, ließ den Fuß hochschnappen und drehte den Stoff um neunzig Grad, so dass ein rechter Winkel in der Naht entstand. Sie ließ den Fuß langsam herunter und schon schnurrte die Maschine wieder los. »Was mich angeht, da brauchst du dir wirklich keine Sorgen zu machen. Du glaubst doch nicht etwa, dass ich auch ein Auge auf ihn geworfen habe? Ich würde so was nie tun – der besten Freundin den Mann ausspannen. Das kommt für mich überhaupt nicht in Frage.«

»Wenn er sich wirklich von der Stähr einseifen lässt, kann er meinetwegen bleiben, wo der Pfeffer wächst«, meinte Barbara und wippte ungeduldig auf den Zehenspitzen, während sie aus dem Dachfenster von Colettes Arbeitszimmer auf ihr eigenes Haus blickte, das keine fünfhundert Meter weiter am selben Feldweg gelegen war. Das Dach sah noch tipptopp aus, zum Glück. Aber die Dachrinnen hingen an beiden Hausfronten teilweise herunter, teilweise fehlten sie ganz. Das war die erste Arbeit, die sie im Frühjahr in Angriff nehmen mussten. Vielleicht sollten sie dafür besser einen Handwerker engagieren. Dann wurde die Sache wenigstens irgendwann mal fertig.

»Wie lange seid ihr eigentlich schon zusammen?« Colette schnitt Ober- und Unterfaden mit der Schere ab und begutachtete ihre Arbeit. Ein Wickelrock aus karierter Wolle, dessen Kanten aufgerissen gewesen waren. Er gehörte Bärbel Plettenberg. Erst widerwillig, dann mit mehr und mehr Initiative hatte Colette, die eigentlich Kostümbildnerin an einem Berliner Theater gewesen war, in letzter Zeit angefangen, für ein paar Leute aus dem Dorf Änderungen zu schneidern. Wahrscheinlich war es die Langeweile, die sie dazu gebracht hatte, sich zu so einer Arbeit herabzulassen.

»Vierzehn Jahre«, sagte Barbara. »Wir kennen uns aus der Schule. Als meine Eltern starben – sie sind beide bei einem Verkehrsunfall umgekommen – wurde ich zu meiner Tante nach Bremen geschickt. Tante Tina war Ärztin und hatte keine Kinder. Sie war ledig und lebte eigentlich nur für ihren Beruf. Aber sie war meine Patentante und außerdem meine einzige lebende Verwandte. Geld hatte sie genug, ich war dreizehn Jahre alt, man musste nicht mehr dauernd auf mich aufpassen. Zuerst hatten wir es schwer miteinander, weil Tante Tina ständig in der Klinik und auch sonst nicht besonders gut geeignet war, mit einem Kind fertig zu werden. Geschweige denn mit einer traumatisierten Jugendlichen, wie ich es nach dem Unfall meiner Eltern war. Aber irgendwie haben wir uns schließlich zusammengerauft.

Ich wurde in ein Gymnasium in Bremen eingeschult. Vom ersten Tag an, als ich in die neue Klasse kam, war ich mit Thomas zusammen. Es war, als ob meine heimatlos gewordene Elternliebe auf ihn übersprang, vom ersten Augenblick an. Hinterher stellte sich heraus, dass Thomas gerade seine Mutter verloren hatte. Sie ist an Krebs gestorben. Vielleicht war es die vergleichbare Situation, die uns so fest zusammengeschweißt hat. Wir haben es nie genau analysiert. Warum auch. Es hält einfach, fast so als wären wir Geschwister.«

»Liebst du ihn?«

»Ich kann mir ein Leben ohne ihn nicht vorstellen.«

»Und was macht sein Vater?«

»Mit dem versteht er sich nicht besonders gut. Er war vollkommen hilflos und lebensunfähig, als seine Frau starb. Es hat ihn eigentlich viel mehr getroffen als seinen Sohn. Er war lange beim Militär, dann hat er eine Weile zivile Flugzeuge geflogen, schließlich arbeitete er irgendwo am Boden in der Flughafenverwaltung. Als ich ihn kennen lernte, war er ein resignierter, verbitterter Mann, der sich vom Leben betrogen fühlte. Er wollte gern, dass Thomas Jura studierte und für irgendeine Gerechtigkeit sorgte, die ihm das Leben angeblich versagt hatte. Aber Thomas hat immer nur Musik im Kopf gehabt. Als wir uns kennen lernten, spielte er schon irre gut Orgel. Klavier hat er seit seinem vierten Lebensjahr gelernt. Seine Mutter war sehr fromm. Darum hat Thomas nach dem Abitur die Aufnahmeprüfung gemacht und Kirchenmusik studiert. Eine Art Kompromiss, sonst hätte sein Vater das Studium vermutlich nicht bezahlt. Dabei ist Thomas total gegen die Kirche eingestellt. Das ist ziemlich schwierig für ihn. Er kann quasi in seinem Beruf nicht arbeiten.«

»Eigentlich seid ihr ganz schön verschieden. Aber man merkt trotzdem, dass ihr irgendwie zusammengehört.«

Barbara lehnte den Kopf auf die Hände, während sie aus dem Fenster starrte, die Ellbogen auf die Fensterbank gestützt. Der Feldweg, das alte Pfarrhaus, der kleine Pappelhain hinter dem abgeernteten Maisfeld – das alles sah genauso friedlich und öde aus wie immer. Sie hatte sich inzwischen daran gewöhnt, dass hier immer alles beim Alten blieb. Mehr noch, sie hatte sogar angefangen, Veränderungen wahrzunehmen, die hier so ganz anderer Natur waren als die Veränderungen, die sie aus der Stadt kannte. Es gab keine neuen Reklameflächen an den Häusern, der Autolärm wurde nie mehr, aber auch nie weniger. Nie waren Leute auf der Straße, oft weit und breit kein Mensch. Wen man traf, kannte man persönlich und grüßte ihn. Traf man Fremde, wunderte man sich und schaute sich nach ihnen um. Man wusste fast immer, wohin jemand fuhr, woher er kam, was er vorhatte. Man wollte es gar nicht wissen und wusste es doch. Selbst wenn man die Ohren verschloss, man bekam doch alles mit. Es wurde einem auf vielfältige Weise zugetragen. Das war das Gesetz des Dorfes. Das Gesetz der Stadt war die Unwissenheit, die Isolation, das diffuse Gesumm wie inmitten eines Bienenschwarms. Die Vielfalt der Eindrücke, die nichts zu bedeuten hatten. Meistens jedenfalls.

Barbaras Handy lag vor ihr auf der Fensterbank. Während des Bereitschaftsdienstes waren sowohl das Praxistelefon als auch ihr privates und die offizielle Notrufleitung auf den kleinen Apparat umgeschaltet. Wie durch ein Wunder hatte es den ganzen Nachmittag über geschwiegen.

»Weißt du was, da hinter den Pappeln, das sieht irgendwie aus wie Rauch. Ob die jetzt immer noch die Felder abbrennen, so kurz vor Weihnachten? Das ist doch eigentlich vorbei seit Erntedank.«

Colette biss den Faden ab und steckte die Nadel zurück auf das Nadelkissen. Sie schlug den Wickelrock kurz aus, damit er sich ein wenig aushing, und legte ihn dann mit zwei Handgriffen zusammen. Dann stand sie auf und trat neben Barbara ans Fenster. »Natürlich ist das Rauch. Da brennt irgendwas – mein Gott, und die Kinder sind noch draußen.«

Sie riss die Tür ihrer Dachkammer auf und stürmte die Treppe hinunter. Im gleichen Augenblick fing Barbaras Handy an zu klingeln.

18

Während Colette ihre Kinder ins Haus holte, lief Barbara das kurze Stück zurück bis zum alten Pfarrhaus, wo sie die Hintertür aufriss. Sie war nicht abgeschlossen, sie selbst hatte sie ja offen gelassen, als sie zu Colette ging, aber da war Thomas noch im Haus gewesen. Er hatte sich oben im Schlafzimmer angezogen für den Empfang bei Susanne Stähr. Barbara griff nach ihrer Jacke an der Garderobe und nach dem Arztkoffer, der immer griffbereit darunter stand. Sie fühlte in den Jackentaschen nach ihrem Autoschlüssel. Nichts.

Sie lief aus dem Haus, umrundete die Scheune – der rote Ford stand nicht davor. Sie hatte ihn aber ganz bestimmt dort abgestellt, sie stellte ihn immer dort ab. Sie brauchte einen Augenblick, bis sie begriffen hatte und der Befehl, zurück ins Haus zu gehen, ihre Beine erreicht hatte. Sie setzte den Arztkoffer ab und lief zurück, suchte überall, in der Küche, an der Garderobe, im Musikzimmer nach dem Schlüssel für Thomas' alten Ford Transit, der wie immer in der Garage stand. Schließlich fand sie den Schlüssel mit dem Fußballanhänger auf seinem Nachttisch im Schlafzimmer. Sie hastete zurück in die Garage, schloss mit fliegenden Händen die Fahrertür auf, warf ihre Tasche auf den Beifahrersitz und kletterte selbst hinter das Steuer. Sie war klitschnass geschwitzt, obwohl sie ihrem Einsatzort noch keinen Millimeter näher gekommen war. Das konnte sie ihre Zulassung kosten: Während des Bereitschaftsdienstes hatte man sich jederzeit und immer abrufbereit zu halten. Ohne Auto aber war sie als Landärztin unbrauchbar.

Der Anlasser des alten Transit machte brav ein paar Umdrehungen, so dass das ganze Gefährt sich mitbewegte, doch die Motorkolben regten sich nicht. Barbara probierte es so lange, bis die Batterie leer war. Jetzt klickte es nur noch, wenn sie den Schlüssel bis zum Anschlag im Schloss drehte. Erschöpft ließ sie ihren Kopf aufs Lenkrad sinken. Wer auch immer in diesem brennenden Auto auf der Brücke verunglückt war, von dem ihr der Anrufer berichtet hatte, er war jetzt mit Sicherheit nicht mehr zu retten. Nicht von ihr, jedenfalls. Sie konnte nur hoffen, dass der Rettungshubschrauber verfügbar war, der den ganzen Nachmittag schon über der Autobahn kreiste.

Sie sprang wieder aus dem Wagen. Ihr Blick fiel auf das alte Fahrrad, mit dem Thomas immer ins Dorf fuhr. Es sah nicht viel vertrauenerweckender aus als der Transit. Vermutlich war es genauso funktionsuntüchtig wie alles, was Thomas in die Finger bekam. Das hatte Barbara vergessen, Colette zu erzählen: Dass sie manchmal dachte, nur bei ihm zu bleiben, weil er allein einfach nicht klar kam. Weil er sich mindestens einmal am Tag mit Sicherheit seinen Untergang organisierte. Aber das war natürlich lächerlich, melodramatisch und einfallslos für eine Ärztin, der man sowieso ein Helfersyndrom nachsagte. Natürlich kam Thomas bestens allein klar. Und natürlich blieben sie nicht deshalb zusammen, weil er sie brauchte. Auch wenn er zu diesen Menschen gehörte, die ständig in Gefahr gerieten, ohne viel dafür zu können. Er war ein Tagträumer und mutete sich außerdem gern Dinge zu, die nicht seinen Talenten und Neigungen entsprachen und sich dann gegen ihn kehrten. Oder gegen andere.

Barbara marschierte los Richtung Hauptstraße. Es war noch hell, aber es fing bereits an zu dämmern. Kurz bevor sie die Landstraße erreicht hatte, bog vor ihr ein kleiner roter Wagen in den Feldweg ein und kam direkt auf sie zugefahren. Er hielt neben ihr. Thomas öffnete die Tür.

»Schnell«, rief Barbara und riss die Tür weiter auf. »Steig aus, ich habe einen Notruf.«

»Die kleine Brücke über der Autobahn brennt. Lass uns zusammen hinfahren.«

»Steig aus, verdammt noch mal! Was fällt dir eigentlich ein, meinen Wagen zu nehmen? Bist du jetzt ganz verrückt geworden?« Sie packte Thomas' Arm und zog ihn aus dem Wagen. Sie konnte nicht mehr folgerichtig denken. Sie war im Noteinsatz, ihr Adrenalinspiegel lag um ein Vielfaches höher als normal, so wie sie es sich antrainiert hatte. Sie warf ihren Koffer auf den Beifahrersitz, schmiss sich hinter das Steuer, knallte die Tür zu und wendete den Wagen auf dem Feldweg. Sie sah nicht in den Rückspiegel, aber wenn sie es getan hätte, wären ihr Thomas' entgleiste Gesichtszüge auch egal gewesen.

Kurz vor Großenbrode bog Rolf von der Bundesstraße ab, die ein paar hundert Meter weiter überging in die Trasse für die Fehmarnsundbrücke. Auf deren Standspur parkten seit dem frühen Morgen dicht an dicht die Mannschaftswagen des Bundesgrenzschutzes. Man sah ihre grünen Dächer schon von weitem in der Sonne glänzen, ab und zu unterbrochen durch die höheren Aufbauten der Wasserwerfer mit ihren bedrohlich ausgefahrenen Wasserkanonen. Freddi klammerte sich fester an Rolf und zog unwillkürlich den Kopf ein, damit ihn niemand erkennen konnte, während sie mit gedrosselter Geschwindigkeit durch die Ortschaft brummten. Die alte BMW war nicht gerade gemacht für unebene Kopfsteinpflasterwege, erst recht nicht für den Feldweg, auf den Rolf schließlich unterhalb der Brücke einbog. Der Ostseesund spülte nicht weit vor ihnen seine graugrünen Winterwellen ans Land. Der Strand war aufgeschüttet zu einem hohen Damm, der künstlich bepflanzt worden war, wo er nicht gleich hatte betoniert werden können.

Rolf parkte das Motorrad unter der Brücke und wartete, bis Freddi hinter ihm von der Maschine gestiegen war.

»Und jetzt?«, meinte Freddi. »Was wollen wir hier? Es ist ja keine Menschenseele außer uns bis hierher durchgekommen. Die Berliner und die Hamburger hängen alle vor Neustadt fest. Genau, wie sie es wollten.«

Im selben Augenblick setzten sich ein paar der grünen Wagen über ihnen auf der Brücke in Bewegung. Es wurden Befehle gebrüllt, die man bis hier unten hören konnte. Gleichzeitig stoppte das gleichmäßige Rauschen der Wagen auf der gegenüberliegenden, von Norden her kommenden Spur. Man hörte eine Stimme, die durch ein Megaphon sprach.

Rolf sprang die Uferböschung hoch und legte die Hand an seine Augen, um sie vor der Sonne zu schützen. Dann winkte er Freddi hoch. »Los, komm rauf, von hier aus hat man den vollen Überblick!«

Freddi lief hinter ihm her. Der gesamte Verkehr auf der Nord-Südrichtung der Brücke war zum Erliegen gekommen. Ein großer Planwagen stand quer auf der Fahrbahn. Seine Insassen entrollten ein Transparent: »Heute Brasilien, morgen Karelien«, stand auf darauf zu lesen. »Kein Tropenholz für deutsche Wohnzimmer«, auf dem nächsten. Aus den Pkws hinter dem Planwagen strömten immer mehr Leute und liefen auf der Betonpiste voran, bis sich die Kette von grün uniformierten Bundesgrenzschützern so weit formiert hatte, dass sie die Demonstranten stoppen konnten. Einige von ihnen ließen sich auf der Fahrbahn nieder. Plastikplanen wur-

111

den ausgebreitet. Von hinten kamen ständig Leute nach. Es wurden Decken weitergereicht und Kissen verteilt.

Auch die Polizei fing an, sich einzurichten. Der gesamte Verkehr auf der Brücke wurde abgeriegelt. Von Großenbrode aus war nicht abzusehen, wie viele noch hinter den Demonstranten aus Richtung Fehmarn auf die Brücke gerollt waren. Die Wagenschlange war sicher etliche Kilometer lang. Die meisten hatten dänische Kennzeichen.

Rolf verließ die Böschung und unterquerte die Brücke nahe am Ufer. Freddi folgte. Als sie auf der anderen Seite wieder herauskamen, hörten sie die Hubschrauber, ein ganzes Geschwader, das von Nordwesten her auf die Brücke zuflog.

»Hoffentlich haben die kein Chemical Mace im Einsatz wie damals in Brockdorf«, brüllte Rolf. Er kannte die Geschichten der alten AKW-Gegner aus den siebziger Jahren aus Erzählungen. Er selbst hatte damals noch in den Windeln gelegen. Ein ganzes Wochenende lang hatten die Demonstranten am Bauzaun und auf den Marschwiesen rund um das geplante Kernkraftwerk durchgehalten, im Regen und unter dem ständigen Beschuss der Wasserwerfer. Bis schließlich die Hubschrauber gekommen waren, die mit dem Einsatz des Kampfgases die Demonstranten in die Flucht geschlagen hatten. Panik war ausgebrochen, Schwerverletzte mit verätzten Augen und Hautausschlägen waren hilflos durch die Nacht geirrt. Bei der nächsten Demo ein paar Wochen später waren dreißigtausend Menschen mobilisiert worden. Die Empörung war so groß gewesen, dass die Polizei nicht gewagt hatte, noch einmal das gefährliche Kampfgas einzusetzen.

Rolf und Freddi erklommen einen der Brückenträger. Mit Gejohle wurden sie von den Demonstranten begrüßt. Sie setzten sich irgendwo zwischen die Leute, man sprach Dänisch, Deutsch und Englisch. Glühweinbecher kreisten. Von Zeit zu Zeit wurden Parolen und Lieder angestimmt. Freddi war begeistert. Eine Stimmung, besser als auf dem Schützenfest. Und dabei war hier noch niemand richtig betrunken.

»Setzt euch lieber eure Helme auf«, sagte ein großer Typ, der ganz in schwarzes Leder gekleidet war und ein kleines, rotes Tuch um den Hals trug. Er hatte ein Funkgerät in der Hand und am Arm eine Banderole, die anzeigte, dass er ein Ordner war. »Kann sein, dass sie uns gleich zum ersten Mal abräumen. Schön die Ruhe bewahren, ja?«

Die Hubschrauber kreisten. Sie waren jetzt genau über ihnen. Der Lärm war ohrenbetäubend. Die Demonstranten stimmten Sprechchöre an. Man hakte sich unter und rückte ganz eng zusammen.

Die Beamten fingen an, von drei Seiten her die Demonstranten einzukesseln. Es sah nicht besonders gemütlich aus.

»Noch können wir weg hier, zu unserem Moped«, meinte Rolf fragend.

»Nein«, rief Freddi. »Bangemachen gilt nicht.«

Im gleichen Augenblick flogen die ersten Wurfgeschosse aus der Menge in die Reihen der Polizisten. Dann fing die Keilerei an. Schlagknüppel sausten von allen Seiten auf die Sitzenden nieder. Die erste Gaspatrone zischte und ein beißender, schmerzhaft auf den Schleimhäuten brennender Rauch breitete sich in Windeseile auf der Erde aus. Ein paar Leute sprangen in Panik über die Brüstung von der Brücke. Rolf zog Freddi hinter sich her. Sie hangelten sich an ihrem Brückenfeiler hinunter. Unten nahmen BGSler die Flüchtenden in Empfang, die Richtung Heiligenhafen zu entkommen versuchten. Rolf und Freddi schlüpften unter die Brücke und sprangen auf ihr Motorrad. Mit Vollgas durchbrachen sie die Kette der Beamten. Ein Polizist wollte nicht weichen, Rolf trat ihn mit voller Wucht in die Seite und preschte davon. Zwei Schüsse peitschten ihnen hinterher, dann waren sie entkommen.

19

»Todesursache: Vermutlich schwere Verbrennungen, schreiben Sie: Verbrennungen dritten Grades. Stimmt das, Doktor?«

Barbara nickte.

»Todeszeitpunkt?«

»Fünfzehn Uhr, plus minus eine halbe Stunde, schätze ich.« Barbara verschloss ihren Arztkoffer. Sie hatte ein Beruhigungsmittel verteilen müssen an Toni Jakobsen und Erna Zemke, Adeles Schwägerin. Frau Zemke wohnte gleich hinter der kleinen Brücke über die Autobahn, die zweieinhalb Kilometer hinter der Ortausfahrt von Bevenstedt die waldige Hügellandschaft durchschnitt. Adele war mit dem Wagen auf dem Weg zu ihr gewesen. Für sie hatte Barbara nichts mehr tun können. Die Tote, beziehungsweise das, was die Flammen von ihr übrig gelassen hatten, lag unter einem Laken auf der Bahre neben dem ausgebrannten Wagen.

Vor dem letzten Pfeiler der kleinen Brücke war der Wagen ins Schleudern geraten und gegen das Geländer geprallt. Er war sofort in Brand geraten, sogar der Asphalt hatte Feuer gefangen und angefangen zu kochen.

»Sieht aus, als ob die Straße hier irgendwie abgesenkt war«, meinte Wachtmeister Ellmeier. »Nur warum?«

Die beiden Beamten von der Kripo, die gerade aus Oldenburg eingetroffen waren, kletterten unter der Brücke herum und dirigierten die Leute von der Spurensicherung, die überall in ihren weißen Anzügen herumliefen. Die Männer von der Feuerwehr standen zusammen und erholten sich von ihrem Einsatz.

»Vielleicht ein Frostschaden, allerdings – so richtig gefroren hat es in diesem Winter noch gar nicht«, meinte einer und trat achtsam seine Kippe auf dem Boden aus.

Ellmeier besann sich auf seine Pflichten. »Ich muss jetzt hier absperren, geht mal ein Stückchen zurück.«

Die Kumpel von der freiwilligen Feuerwehr fingen an, ihre Schläuche einzurollen und die Gerätschaften wieder im Wagen zu verstauen. Der Einsatzleiter nickte Barbara zu und legte eine Hand an den Helm.

»Was ist nun mit der Toten? Sollen wir sie mitnehmen? Ich glaube, der Hubschrauber kommt nicht mehr.«

»Aber ich habe ihn ganz deutlich gehört«, sagte Barbara. »Als ich auf dem Weg hierher war.«

Joost und Schöller, beide Mitglieder im Gemeinderat und bei der freiwilligen Feuerwehr, blieben stehen.

»Das waren die Einsatzhubschrauber des Bundesgrenzschutzes oben an der Fehmarnsundbrücke«, meinte Joost. »Die halten da die Krawallbrüder aus Dänemark in Zaum. Haben Sie nicht gehört, was da los ist?«

Barbara schüttelte den Kopf.

»Die sind alle von Norden her eingereist. Oben über Jütland und dann mit der Fähre rüber von Lolland nach Puttgarden. An die fünfhundert sollen es sein. Eingekesselt. Wir wollen gleich mal hochfahren.«

Barbara starrte hinunter auf die Autobahn. Richtung Puttgarden herrschte wie immer am Wochenende reger Verkehr. Auf der Gegenspur kam allerdings kaum ein Wagen. Wenn Joost Recht hatte, konnte da ja auch keiner kommen. Jeden-

115

falls nicht der übliche Wochenendreiseverkehr von der Fähr-station. Nur ein paar Wagen, die von Oldenburg oder Gro-ßenbrode Richtung Südwesten fuhren. Fünfhundert Demons-tranten eingekesselt, hoffentlich gab es dort einen Arzt.

»Sagen Sie oben Bescheid, dass ich gleich nachkomme«, sagte sie und sah zu, wie die Männer einer nach dem anderen in den roten Löschzug sprangen.

Immer mehr Wagen mit Neugierigen und Schaulustigen hielten vor der Brücke. Aus einem entstieg Susanne Stähr. Sie trug ein langes Lurexkleid und kuschelte sich fröstelnd in ihre Nerzjacke. Außer ihr stiegen noch ein paar Typen in dunklen Anzügen aus dem Wagen, die aussahen, als ob man sie direkt von einem Stehempfang hierher gekarrt hätte. Sie kamen auf Barbara zu.

»Darf ich vorstellen?«, meinte Susanne. »Unsere Ärztin, Doktor Barbara Pauli. Doktor Trobitsch und Herr Johann-sen aus der Gruppe der Bauherren für die Ferienhaussied-lung. Und das ist Herr Glanz, der Architekt.«

Barbara drückte ein paar Hände und verstand nur »Uni-monza« aus dem Gemurmel, das der kleinere der Herren an sein »sehr erfreut, Sie kennen zu lernen« anhängte.

»Thomas ist gerade zu Ihnen nach Hause gefahren, um Sie abzuholen. Wir haben die Nachricht von meinem Bruder ge-hört und sind gleich losgefahren. Schrecklich. Was ist denn bloß passiert?«

Bürgermeister Petersen und der alte Bruhns von der Land-gärtnerei, ebenfalls im dunklen Anzügen, griffen sich Wacht-meister Ellmeier und ließen sich die Unfallstelle zeigen. Die Kripobeamten wurden vorgestellt.

»Eine Explosion«, wiederholte irgendjemand. »Wenn man sich vorstellt, was hier hätte passieren können, eine Explo-sion, die stark genug gewesen wäre, um die Brücke einzurei-ßen – gar nicht auszudenken.«

»Was für eine Explosion?«

»Die Chaoten haben die Brücke sprengen wollen. Aber die Sprengladung war wohl zu schwach.«

»Wieso denn Adele«, fragte der alte Bruhns. »Was hat die denn hier gemacht?«

»... mit dem Wagen gegen den Brückenpfeiler gekracht und explodiert.«

»Nein, ein Sprengsatz«, korrigierte der jüngere der beiden Beamten aus Oldenburg.

»Adele Jakobsen von der Tankstelle?«, fragte Susanne Stähr. Sie trug ausnahmsweise mal keine Handschuhe und ihre Finger waren ganz rot von der Kälte.

»Ich dachte, die Umweltschützer wollten die große Sundbrücke blockieren.«

»Tun sie ja auch!«

Aus der Gruppe, die sich um die Kripokommissare versammelt hatte, löste sich Ludger Frien und trat auf Barbara zu. Er gab ihr die Hand.

»Guten Abend, Doktor. Man kann es gar nicht begreifen, nicht wahr? Und alles aus Fanatismus, aus reinem Fanatismus. Mir galt dieser Anschlag, meiner Firma. Die arme Frau Jakobsen.«

»Gab es tatsächlich einen Sprengsatz?«, fragte Barbara.

»Wir haben die Überreste eines alten Feuerlöschers gefunden«, erläuterte der Kommissar, der hinter Frien herkam. »Der Metallkörper, der sich wie eine Bombe verdämmen ließ, war vermutlich mit einer Mischung aus Unkrautvernichtungsmittel und Zucker gefüllt. Diese Art selbst gebastelter Sprengkörper wurde schon früher im Umkreis von linken Gruppierungen propagiert und eingesetzt.«

Frien war zu aufgewühlt, um genauer zuzuhören. Er wandte sich an Wachtmeister Ellmeier.

»Ich habe dir doch erzählt von den Drohungen, denen ich

in der letzten Zeit ausgesetzt war. Man wollte sogar mit mir verhandeln!« Er stemmte eine Hand in den Rücken, während er den Kopf in den Nacken legte.

Barbara wies mit einem Nicken in die Richtung, wo die tote Adele Jakobsen aufgebahrt war. »Wegen einer selbst gebastelten Bombe ...«, murmelte sie.

»Ich nehme an, sie war mal wieder betrunken und ist einfach in die Bruchstelle reingerast«, meinte Susanne Stähr. »So ein Pech. Dabei hat das alles doch uns gegolten.«

Auf der anderen Seite der Brücke führte die Straße direkt in das geplante Feriengebiet. Vereinzelt gab es noch ein paar Höfe und Landarbeiterhäuser, dann verlief die Straße eine ganze Strecke durch die Waldgebiete, die dem Grafen Hollenstedt gehörten. Diesseits der Brücke zum Dorf hin lagen ein paar Wohnhäuser, unter anderem ein Getränkehandel, dann begann das Firmengelände der Holzfabrik. Susanne Stähr wandte sich an ihren Lebensgefährten. »Was machen wir denn jetzt, Jochen?«

Der junge Anwalt zuckte die Achseln und schwieg.

»Sollen wir Anzeige erstatten?«, hakte sie nach. »Wir müssen doch irgendwas tun.«

Er schüttelte den Kopf. »Unsinn. Wir sollten jetzt wieder nach Hause fahren.«

»Vielleicht hast du Recht. Die anderen Gäste werden sich Sorgen machen. Kommen Sie mit, Frau Doktor? Zum Feiern hat man ja nun keine rechte Lust mehr. Aber wir könnten die ganze Sache nochmal besprechen. Das Büffet steht freilich auch schon bereit.«

Barbara ließ den Blick über die Autobahn schweifen. Die Wagen hatten inzwischen die Scheinwerfer eingeschaltet und verschwanden hinter ihren gelben und weißen Lichtkegeln. Eine nasse Kälte kroch unangenehm unter die Kleider. Barbara fror.

»Da kommt der Krankenwagen«, sagte Frien und zeigte auf eine Ambulanz, die mit Blaulicht, aber ohne Martinshorn aus Richtung Neustadt herankam. Sie bog auf der Abfahrt Lensahn ab und würde in wenigen Minuten bei ihnen sein. »Nun könnten Sie doch auch Feierabend machen, Doktor.«

»Danke für die Einladung. Ich fahre nach Großenbrode und will sehen, ob ich dort gebraucht werde.«

20

Es war tiefdunkle Nacht, als Barbara endlich wieder in die Stichstraße einbog, die von der Landstraße aus zum alten Pfarrhaus führte. Ein feiner Regen hatte eingesetzt und in ein paar Stunden würden die Straßen und Brücken vor Eisglätte unpassierbar sein. Ein Grad plus zeigte das Außenthermometer ihres Wagens an, gerade noch im grünen Bereich.

Langsam und vorsichtig war Barbara von Großenbrode aus über die Nebenstrecke zurück nach Bevenstedt gefahren. Kein Mensch war mehr auf der großen Brücke über den Fehmarnsund zu sehen gewesen. Gespenstisch still und verlassen hatte die Brücke vor ihr gelegen, so als wäre dort den ganzen Tag über nichts passiert. Nur ein paar Absperrgitter, die an den Seitenstreifen gelagert waren, erinnerten an das vorangegangene Gefecht.

»Hundertvierundzwanzig Verhaftungen«, hatte ihr ein Gastwirt in Großenbrode erzählt, in dessen Kneipe sie sich einen heißen Tee servieren ließ. »Chaoten aus Dänemark, Berlin und Hamburg. Sind alle mit auf die Wache gekommen. Aber von da aus lassen sie sie ja doch wieder laufen. Und wer finanziert das ganze? Wir, die Steuerzahler. Wie im Krieg sah das hier heute aus.«

Sie hatten gemeinsam die Nachrichten gehört und erfahren, dass es auch eine ganze Reihe Verletzter gegeben hatte.

Auf beiden Seiten. Sogar ein Schusswechsel hatte stattgefunden.

»Auch ein Berliner. Aber den werden sie schon kriegen, die haben sein Kennzeichen notiert. Das hat mir ein Kumpel erzählt, der ist hier bei der Bereitsschaftspolizei.«

Barbara hatte ihren Tee getrunken und einen Strammen Max gegessen und sich dann, ehe sie endgültig die Erschöpfung und der Schock über den Tod von Adele Jakobsen einholte, auf den Heimweg gemacht.

Sie war sich nicht sicher, was sie zu Hause erwartete. Sie konnte auch nicht richtig darüber nachdenken. Sie kannte diesen Zustand schon. Adele Jakobsen war nicht ihre erste tote Patientin. Am schlimmsten waren die Selbstmörder. Man brauchte Tage, um sich als Hausarzt von dem Vorwurf zu befreien, man habe etwas übersehen, irgendein Anzeichen von Lebensmüdigkeit. Man hätte helfen können, eine wichtige Chance verpasst. Aber gleich danach kamen die Unfallopfer. Die Vorstellung, abrupt, vollkommen unerwartet und ohne jede Möglichkeit des Abschieds aus dem Leben herausgerissen zu werden, war so grauenhaft, dass man sich dem auch als Arzt nicht so einfach entziehen konnte. Es fuhr einem wie ein Blitzschlag in die Glieder. Man begriff es einfach nicht. In der Folge schaltete das Gehirn alle anderen Gedankengänge auf Sparflamme und widmete sich nur noch dem Prozess, diesen Schock zu verarbeiten. Man kam einfach an alles andere nicht mehr ran.

Das alte Pfarrhaus lag dunkel und verschlossen vor ihr. Barbara fuhr in die Auffahrt und parkte ihren Wagen wie immer draußen neben der Scheune. Aus dem Augenwinkel sah sie, dass das Garagentor offen stand. Hatte sie es selbst heute Nachmittag in ihrer Aufregung offen gelassen?

Plötzlich sprang sie eine Unruhe an, die stärker war als der Schock des gerade Erlebten. Hoffentlich war zu Hause nichts passiert. Sie hatte Thomas nicht gerade gut behandelt heute Nachmittag. Schon in den letzten Tagen war er ihr auf die Nerven gegangen mit seiner widerspenstigen Haltung allem und jedem gegenüber. Er war unbequem und ihr Leben war doch schon unbequem genug, seitdem sie auf dem Land lebten. Ganz abgesehen von diesem Haus, dass noch immer eine Baustelle war. Dieser Arbeit, die keinen richtigen Anfang und nie ein Ende hatte, wo man immer im Einsatz war und immer als ganzer Mensch gefordert wurde. Auch im Krankenhaus konnte man nicht immer eine klare Linie ziehen zwischen sich selbst als mitfühlendem Menschen und sich als Ärztin, aber man lernte es mit der Zeit, die Gefühle, die man bei der Arbeit entwickelte, am Ende der Schicht abzustreifen. Wenn möglich ließ man sie im Krankenhaus wie den weißen Kittel, den man täglich in die Wäsche gab. Das war hier ganz und gar unmöglich. Hier hörten die Tage und Patienten einfach nicht auf, um sie herum präsent zu sein, egal was sie tat und wo sie ging oder stand. Nicht nur, wenn morgens früh um halb sieben der Apfelbauer anrief und um einen neuen Verband für sein entzündetes Wadenbein bat, weil er mit dem alten Wickel am Vorabend in einem Bewässerungsgraben gestanden hatte. Nicht nur, wenn Petra Brinkmann, die Postbotin, meinte, am Sonntagmorgen mit ihr über ihre Kurunterlagen sprechen zu wollen, weil sie ja unter der Woche dazu nie Zeit hatte. Nicht nur, wenn man an einem ruhigen Samstagnachmittag eine Brandleiche aus einem verunglückten Auto zerren musste. Den Leichnam einer Frau, die man noch am Vortag gründlich untersucht und versorgt hatte. Die Tage hörten auch so nicht auf, ganz einfach, weil jeden Moment die Möglichkeit bestand, dass man irgendwo dringend gebraucht wurde – auf Leben und Tod.

Barbara stieg aus dem Wagen, holte ihren Arztkoffer vom Beifahrersitz und warf die Tür zu, ohne abzuschließen. Ein kleiner Luxus, den sie sich hier gönnte. War sie wirklich so unmöglich zu Thomas gewesen, war es mit ihr durchgegangen? Sie hatte ihn furchtbar unwirsch aus dem Wagen befördert am Nachmittag. Aber es konnte doch auch nicht angehen, dass er mir ihrem Wagen davonfuhr, zumal wenn sie Bereitschaftsdienst hatte. Auch sonst war es eigentlich nicht möglich. Sie musste mobil sein, das war ihre Pflicht. Und nur weil er zu faul war, seinen Transit anzuschmeißen, der mal wieder nicht funktionierte, nicht ansprang, wie alle von Thomas' Apparaten. Oder weil es ihm unbequem erschienen war oder unangemessen, mit dem riesigen, bunt bemalten Gefährt zu einem schicken Empfang von Susanne Stähr zu fahren. Ihre Wut über diese Nachlässigkeit war in der Tat grenzenlos gewesen. Aber jetzt tat es ihr plötzlich Leid, als sie ihr Heim dunkel und verschlossen vor sich liegen sah. Jetzt fiel ihr ein, dass Thomas' Leben mit ihr ja auch nicht immer so einfach war. Stets war sie, Barbara, diejenige, auf die man wegen ihres Berufs Rücksicht nehmen musste. Und meistens nahm Thomas Rücksicht. Er war ja eigentlich ein Mann wie aus dem Bilderbuch: Charmant, immer guter Laune und immer hilfsbreit. Er machte sich nie wichtig und stellte seine eigenen Leistungen, seine Musik, seine Kunst, seine Konzerte oder die Tournee neulich nie unangenehm heraus. Nicht dass er sein Licht unter den Scheffel stellte, er machte halt, was er wollte – genau wie sie. Das war das Geheimnis ihres Glücks, seit so vielen Jahren. Aber irgendwie schien dieser Trick unter den neuen Bedingungen nicht zu funktionieren. Arztehen waren immer problematisch. Vielleicht brauchte man als Landärztin einen anderen Partner, einen praktischer veranlagten, mehr mit der Unterstützung ihrer selbst und der Sorge um andere Menschen befassten Lebensgefährten. Was für eine Idee! Einen solchen Mann gab es doch gar nicht. Oder wenn, dann war er schwerer zu finden als Gold.

Barbara lugte in die dunkle Garage. Der Transit war nicht da. Für einen Augenblick war es ihr, als würde eine eiskalte Hand nach ihrem Herzen fassen. Sie schloss die Garagentür und lief ums Haus bis zur Küche. Auch hier war alles dunkel. Pechschwarze Nacht. Mit fliegenden Händen schloss sie die Küchentür auf. Vertrauter Geruch und eine leichte Wärme schlugen ihr entgegen. Wo waren die Hunde?

»Konrad? Else?«

Nichts rührte sich. Er konnte doch nicht einfach weggefahren sein. Gerade heute. Gerade jetzt. Und warum hatte er die Hunde mitgenommen? Ihre Hände zitterten vor Kälte, als sie zum Lichtschalter tastete.

Die Küche war tadellos aufgeräumt. Die Hundedecke fehlte vor dem Herd. Der Holzkorb war frisch aufgefüllt und auch der eiserne Ständer für die Briketts war voll. Das Frühstücksgeschirr stand abgewaschen auf der Spüle. Auf dem Küchentisch lag ein weißer Zettel. Am liebsten hätte Barbara ihn gar nicht gelesen. Sie stellte ihre Tasche im Flur unter der Garderobe ab und zog ihre klamme Jacke aus. Dann setzte sie Wasser auf für eine letzte Tasse Tee und legte zwei Briketts nach. Glut war noch reichlich vorhanden.

»Es ist wohl besser, ich verschwinde für eine Weile«, las sie, ehe die Buchstaben vor ihren Augen verschwammen. Barbara biss sich auf die Lippen. Es hatte schon schlimmere Augenblicke in ihrem Leben gegeben und sie hatte sich das Heulen eigentlich abgewöhnt. »Wir müssen wohl beide mal ein Weilchen nachdenken, wie es weitergehen soll. Ich nehme die Hunde mit. Das Kaninchen lasse ich da. Du kannst es weggeben, wenn du willst. Ich melde mich. Thomas.«

»Scheiße«, sagte Barbara. Dann goss sie ihren Tee auf, ehe das Wasser überkochen konnte.

21

Kai-Uwe rammte den neuen Pfeiler mit wenigen gezielten Schlägen mit dem schweren Gummihammer in den federnden Ackerboden. Bei dem letzten Hieb spaltete das Holz sich ein ganz klein wenig auf. Kai-Uwe setzte den Hammer ab und fuhr mit der Hand über die Holzkuppe. Genau das hatte er vermeiden wollen. Zu spät.

»Gar nicht so einfach, wie?«

Kai-Uwe drehte sich um. Hinter ihm war ein alter Mann auf einem schwarzen Fahrrad mit Hilfsmotor aufgetaucht. Er hatte ihn gar nicht kommen hören. Seine roten Apfelbäckchen glänzten wie frisch lackiert unter der speckigen Schirmmütze und den reichlich langen, grauen Haaren. Über dem abgetragenen dunklen Jackett trug er eine sagenhaft zottelige Fellweste. Die Hosen sahen aus, als ob er sie schon das ein oder andere Mal bei schwerer Feldarbeit getragen hatte.

»Jupp Putensen«, stellte der Alte sich vor. »Ich bin der Apfelbauer aus Bevenstedt, das sagt Ihnen vielleicht mehr. Ich komm grad hier vorbei und dachte, ich sage mal Guten Tag. Freddi ist mein Patenjunge.«

Kai-Uwe nickte und reichte dem Apfelbauern die Hand. Jetzt erkannte er den Alten wieder. Er war sogar schon bei ihm auf dem Hof gewesen und hatte Apfelmost kaufen wollen. Den gab es dort allerdings nicht. Stattdessen hatte er mit

Friederike die sagenhafte Schrott- und Kitschsammlung des Alten bestaunt, die auch nicht vor dem abscheulichsten Gartenzwerg zurückschreckte. Friederike hatte noch Tage später mit einem wohligen Schauder von dem Sammelsurium gesprochen, der ihr eigenes Stilempfinden weniger gekränkt als vielmehr gestärkt hatte. Sie brauchte ab und zu den Anblick des künstlerischen Antichristen, um wieder zu wissen, wo es für sie langging. Allerdings schien ihr selbst die Stilsicherheit immer mehr abhanden zu kommen, je länger sie sich in ihrem Atelier verkroch und absurde Touristenartikel anfertigte. Die große Kunst, die ästhetische Materialschlacht mit Anschluss an die Moderne, die der finanzielle Freiraum durch den Kommerz ermöglichen sollte, trat immer seltener zutage. Friederike verkam zu einer ganz gewöhnlichen Töpfertante, deren Meisterschaft sich im Drehen von himmelblau zu glasierenden Blumenkrügen, einfachen Trinkbechern mit Namenszug und Serviettenhaltern mit Ostseemotiv erschöpfte. Dass sie darüber regelmäßig in tiefe Schaffenskrisen verfiel, neuerdings zunehmend mit einsamen Alkoholexzessen im Atelier gekoppelt, versuchte Kai-Uwe mit immer weniger Erfolg zu verdrängen. Als er gestern spät aus Neustadt zurück gekommen war, nach einem anstrengenden Tag zwischen den Fronten der wütenden, zu allem entschlossenen Berliner und Hamburger Umweltschützer, die auf dem Bahnhof und an etlichen Straßensperren rund um Neustadt aufgehalten wurden, und der einheimischen Polizei, der er sich ebenfalls irgendwie zu Anstand verpflichtet fühlte (das war nun mal ihr Job), da hatte Friederike mal wieder zwischen zwei leeren Weinflaschen vor ihrer Töpferscheibe gehockt. Vor ihr lag ein fettiger Klumpen Ton, an dessen Eindrücken die Stärke ihres letzten Wutanfalls deutlich abzulesen gewesen war. Ihr Glas war umgekippt und der letzte Rest Wein war über ihre neuesten Skizzen auf dem Boden gelaufen. Sie selbst war in

126

einem herzzerreißenden Zustand zwischen Selbstmitleid, Weltschmerz und ganz einfach Trunkenheit versunken, unfähig, einen einzigen zusammenhängenden Satz zu sprechen oder die Entschlusskraft aufzubringen, sich ins Bett zu begeben. Kai-Uwe hatte sie ins Bad gebracht, ausgezogen und sie dazu gebracht, sich zu erbrechen. Dann hatte er sie ins Bett gesteckt, eine große Flasche Wasser und einen Eimer bereitgestellt. Bis jetzt war sie noch nicht wieder aufgewacht.

»Freddi schläft wohl. Ich habe ihn heute Morgen noch gar nicht gesehen. Falls Sie ihn sprechen wollen ...«

Der Apfelbauer winkte ab. »Nicht so wichtig. Alles nicht so eilig. Hauptsache, dem Jungen geht's gut. Dass er nochmal 'ne Chance bekommt. Das sag ich immer: Jeder hat das Recht, noch 'ne Chance zu kriegen, wenn er sich ändern will. Hab ich Recht?«

Kai-Uwe lächelte. Der Alte gefiel ihm. Er hatte eine offene Art, ganz anders als die anderen Spießer aus dem Dorf, die immer alle Konflikte unter den Tisch zu kehren pflegten und scheinheilig so taten, als sei bei ihnen selbst alles in Ordnung. Eine total gefährliche Struktur für Menschen, die nicht ganz so stromlinienförmig gewachsen waren wie die Mehrheit. Für Freddi auf jeden Fall keine geeignete Umgebung, um wieder auf die Beine zu kommen.

»Fragt sich allerdings, ob eine Chance allein genug ist für einen Jungen wie Freddi. Er braucht Hilfe, tatkräftige Unterstützung.«

»Wem sagen Sie das«, meinte der Apfelbauer, lehnte sein Fahrrad an den vorletzten Pfeiler, den Kai-Uwe für die neue Gartenpforte eingeschlagen hatte, und holte einen kleinen Flachmann aus der Jackentasche. Er schraubte den Deckel ab und hielt die Flasche dem Jüngeren hin. »Selbst gebrannt, Apfelschnaps.«

Kai-Uwe nahm den Flachmann, schnupperte den Geruch

von starkem Alkohol und undefinierbarer Frucht und nickte ankennend. Er war kein Schnapstrinker, schon gar nicht am Morgen so kurz nach dem Frühstück. Aber er gab sich einen Ruck. Es kam auf die Geste an. Er schüttelte sich nach dem Schluck und reichte die Flasche wieder zurück. »Gut. Sehr gut.«

»Das will ich meinen.« Jupp Putensen ließ einen großen Schluck durch seine Kehle laufen und atmete mit offenem Mund aus. »Und was halten Sie von dem Unfall auf der Brücke? Schon gehört davon? Es soll ja einen Sprengsatz gegeben haben. Die arme Adele, Gott hab sie selig.«

»Ich dachte, es war ein Unfall? Das haben sie jedenfalls in den Nachrichten gesagt.«

Der Apfelbauer zog lautstark die Nase hoch und machte eine Grimasse. »Tja, nichts Genaues weiß man nicht. Man steckt ja nicht drin, sag ich immer. Wer da nun wieder die Finger im Spiel hatte – manchmal möchte man es lieber gar nicht wissen.«

Kai-Uwe griff nach seinem Hammer. »Ein Sprengsatz«, murmelte er und stellte den Hammer wieder ab. »Das wollen die jetzt bestimmt uns anhängen.«

»Sie waren wohl auch demonstrieren, wie?«

»Ich war in Neustadt. Wir haben friedlich die Bevölkerung informiert.«

»Die Bevölkerung«, wiederholte Jupp und nahm Kai-Uwe den Hammer ab. »Dann lassen Sie sich jetzt mal von der Bevölkerung zeigen, wie man einen Pflock richtig einschlägt.« Er fuhr mit seiner schwieligen Hand über den letzten Pflock, der so hässlich aufgespalten war. »Zu viel Kraft haben sie immer, die jungen Leute«, murmelte er und grinste. Er sah sich um, bückte sich ächzend und nahm ein Stück Holz auf, das Kai-Uwe zum Abstützen der alten Gartenpforte benutzt hatte. Er legte es oben auf den Pflock und sah Kai-Uwe an. »So, und nun mit gemäßigter Kraft draufhauen. Nicht so arg, lieber öfter. Dann passiert so was nicht.«

»Danke für den Tipp. Demnächst werde ich es so versuchen.«

Kai-Uwe sammelte sein Werkzeug ein. »Wie ist es nun, wollen Sie mit Freddi sprechen? Er freut sich bestimmt, wenn er Besuch bekommt. Ab morgen wird er wieder zur Schule gehen.«

Der Apfelbauer nickte und schob sein Rad aufs Grundstück. Im ersten Stock des alten Bahnhofsgebäudes wurde ein Fenster geöffnet. Friederike steckte den Kopf heraus.

»Guten Morgen«, rief Kai-Uwe. »Das ist Jupp, der Apfelbauer, du weißt schon.«

»Hast du 'ne Ahnung, wo Rolf steckt? Da ist jemand am Telefon, der will ihn sprechen.«

Kai-Uwe schob den Apfelbauern in die Küche und nahm den Telefonhörer im Flur ab. Die Stimme am anderen Ende der Leitung, eine aufgeregte Frauenstimme mit leichtem Berliner Akzent, stellte sich nicht vor.

»Ihr müsst ihm sagen, er soll sofort verduften, ey! Er soll bloß nicht hier aufkreuzen. Die nehmen ihn gleich hopps, verstehst du?«

»Wer bist du denn? Und wo ist *hier*? Von wo rufst du denn an?«

»Aus Berlin, ey, was dachtest du denn? Die haben sein Kennzeichen aufgeschrieben. Widerstand gegen die Staatsgewalt, Mordversuch. Haben hier mit dem Lappen rumgewedelt, echt, 'n Haftbefehl, knallrot. Ich kenne die Dinger, ey.«

»Rolf wird von der Polizei gesucht?« Kai-Uwe kam irgendwie nicht mit. »Wegen eines Mordversuchs?« Er dachte plötzlich an den Sprengsatz auf der kleinen Brücke hinter Bevenstedt. Rolf war wirklich ein verdammt guter Bastler. Und wie war das mit der toten Frau in dem ausgebrannten Auto?

Er schaffte es nicht, eins und eins zusammenzuzählen. Eine Hitzewelle stieg in ihm auf. »Ich habe ihn heute noch nicht gesehen«, sagte er wahrheitsgemäß. »Ich habe aber auch noch nicht nachgeschaut, ob er schläft.«

»Okay, also wenn du ihn siehst, sag ihm, dass die Bullen hier waren. Und dass er sich hier bloß nicht blicken lassen soll.«

Wie betäubt legte Kai-Uwe den Hörer auf. Mit ein paar langen Sätzen sprang er die Treppe hoch in den ersten Stock. Er hörte, wie Friederike unten in der Küche mit dem Apfelbauern lachte. Wenigstens ihr ging es heute Morgen wieder besser. Er lief den Flur entlang über den ausgebauten Dachboden. Ganz am Ende lag das große Zimmer, das Rolf sich ausgesucht hatte. Es war leer. Das Bett war zerwühlt, sah aber nicht so aus, als ob es heute Nacht benutzt worden wäre. Das Fenster war zugesperrt und die Heizung abgedreht. Trotzdem roch es nicht ungelüftet, es roch einfach unbenutzt.

Kai-Uwe klopfte an die gegenüberliegende Tür zu Freddis Zimmer. Keine Antwort. Er drückte die Klinke herunter. Die Tür schwang auf. Das Zimmer war leer.

22

»Sprengladung – na, das hört sich aber sehr nach Wildem Westen an – Frau Doktor, nein, das glaube ich nicht.« Frau Claasen schüttelte nachdrücklich den Kopf. Das Telefon klingelte, aber sie ging nicht dran. Und das wollte was heißen. »Nicht bei uns in Ostholstein, nein«, wiederholte sie. Dann nahm sie doch den Hörer ab.

Barbara versuchte, mit dem Fingernagel unter die Klebelasche des großen Briefumschlags zu fahren, der vom Labor aus Neustadt gekommen war und ganz zuoberst auf dem Poststapel auf dem Empfangstresen lag. Die Vormittagssprechstunde war gerade vorbei. Wie immer am Montag war es ziemlich voll gewesen. Jürgen Stähr hatte gerade die letzte Patientin zu sich ins Sprechzimmer gerufen.

Frau Claasen beendete das Telefonat und fing wieder von vorne an. »Glauben Sie mir, Barbara, ich lebe schon über fünfundzwanzig Jahre in Bevenstedt, ich kenne die Leute hier besser als sie sich selbst. Adele Jakobsen hat wieder angefangen zu trinken, genau wie ihre Schwägerin, die ist auch so ein Schluckspecht. Zu ihr wollte Adele doch gerade fahren und dabei ist sie verunglückt. Ich war einmal bei Frau Zemke eingeladen, zum Kaffee hieß es, aber Sie glauben ja nicht, was es da alles zu trinken gab. Ganz übel wurde mir davon. Als wir ankamen, gab es erst mal einen Likör, zum Aufwärmen. Ich war mit Frau Levendiek da, der Frau von unserem Schlachter, Sie kennen sie ja. Die mit der chronischen Nierenentzündung. Dann wurde der Sekt aufgemacht – am helllichten Nachmittag! Nach einem Glas war mir schon ganz schummrig. Den Rest der Flasche hat Erna quasi allein ausgetrunken. Und zum Abendbrot gab es Wein. Sternhagelvoll waren sie alle, ich kann Ihnen gar nicht sagen, wie zuwider mir das war. Ich musste geradezu kämpfen, um mal ein Glas Wasser zu bekommen. Adele hat natürlich immer tüchtig mitgehalten. Das sah man ihr doch weiß Gott auch an, vor allem in der letzten Zeit. Nur noch Haut und Knochen war sie. Vermutlich hat sie gar nichts mehr gegessen und nur noch getrunken. So ist das am Ende, ein Elend ist das mit dem Alkohol. Besonders wenn es die Frauen erwischt.«

Barbara hatte es endlich geschafft, den Umschlag aufzureißen und überflog die Berichte, die das Labor am Freitag fertig gemacht hatte. Es betraf mehrere Patienten. Als Letztes waren die Werte der Blutuntersuchung von Adele Jakobsen angeheftet. Makaber, das jetzt zu lesen, wo die Frau schon tot war.

»Sehen Sie, ich war ja am Wochenende auf Fehmarn, wo ich herstamme«, sagte Frau Claasen und verabschiedete mit einem Kopfnicken die Patientin, die aus Doktor Stährs Zimmer kam und zur Tür ging. Der Doktor lehnte sich auf den Empfangstresen und fing an, mit Kugelschreiber und Notizblock herumzuspielen, die dort für die Patienten bereitlagen.

»Bei meiner Nichte und ihrem Mann«, erläuterte Frau Claasen. »Sie haben ihren Bau gerade noch fertig bekommen vor dem ersten Frost und sind letzte Woche eingezogen. Ich wollte ein bisschen helfen, nach einem Umzug ist ja doch immer viel zu tun.«

»Doch die jungen Leute brauchten mal wieder keine Hilfe«, ergänzte Jürgen Stähr, der Frau Claasens Geschichten schon seit Jahren vom gemeinsamen Mittagstisch kannte. »Dabei haben Sie es so gut gemeint«, fügte er ironisch an und blinzelte Barbara zu. Aber die war ganz in die Papiere vertieft.

»Jedenfalls habe ich die Demonstration auf der großen Sundbrücke mit eigenen Augen gesehen: Ganz friedlich waren die. Alles nette junge Leute, keine Chaoten, keine Maskierten und Bewaffneten, wie sie in den Nachrichten durchgesagt haben. Wegtragen haben sie sich lassen, ganz friedlich. Und dann hat man sie alle verhaftet. Ist das denn wirklich nötig? Was meinen Sie, Herr Doktor?«

»Ich habe Hunger«, sagte Jürgen Stähr und tat so, als ob er an dem Blumenstrauß vor Frau Claasen riechen wollte.

Frau Claasen zuckte die Achseln. »Da waren keine Leute dabei, die Sprengsätze an Brücken befestigen, dafür würde ich meine Hand ins Feuer legen. Ich finde sowieso, die jungen Leute sind heutzutage ganz anders als früher, viel freundlicher ...«

Barbara legte den Laborbericht auf den Tresen und zeigte mit dem Finger auf die Zeile mit den Werten der klinischen Chemie.

»Frau Jakobsen war keine Alkoholikerin. Sie hatte keinen Tropfen Alkohol im Blut. Und ihre Gamma-GT-Werte waren auch vollkommen normal. Sie war also definitiv keine Gewohnheitstrinkerin.«

Frau Claasen nahm ihre Brille vom Terminkalender auf und studierte die Werte. Sie zuckte die Achseln. »Ich kann ja nur sagen, was ich erlebt habe.«

»Vielleicht hatte Adele Jakobsen sich inzwischen geändert. Auf jeden Fall ist dieser Befund ganz eindeutig. Auch der leiseste übermäßige Alkoholkonsum würde sich in den Gamma-GT-Werten unmittelbar niederschlagen und die normalisieren sich erst nach Monaten wieder. Frau Jakobsen war stocknüchtern, als sie über die Brücke fuhr. Sie war vermutlich auch stocknüchtern, als sie am letzten Sonntag auf der Tankstelle ohnmächtig wurde. Dafür macht mir ihr Blutbild Sorgen. Was halten Sie davon, Herr Stähr. Ist das nicht ungewöhnlich?«

Jürgen Stähr beugte sich über den Laborbefund und schüttelte den Kopf. Er nahm die Seiten in die Hand, blätterte vor und zurück. »Das sieht schlecht aus«, murmelte er schließlich. »Von wann ist das?«

»Freitagmorgen. Ich habe sie nochmal aufgesucht und ihr Blut abgenommen, weil ich mir Sorgen machte. Sie hat sich gar nicht erholen können von der Rauchvergiftung.«

»Ich würde sagen, dass ist fast eindeutig ein Befund für Leukämie. Vielleicht chronisch – hatte sie Beschwerden?«

Barbara schüttelte den Kopf. »Schwächezustände. Sonst nichts. Das gab sie auch als Grund an, warum sie auf der Tankstelle umgekippt ist. Sie sagte, sie hätte in letzter Zeit häufiger Schwindelanfälle gehabt.«

»Benzol, auch Benzindämpfe können chronische Leukämien verursachen, genau wie Dioxin. Die Situation wäre auf einer Tankstelle ja gegeben, nicht wahr?«

Barbara griff zum Telefonhörer. »Ich rufe Ellmeier an.«

»Jetzt ist Mittagspause. Aber später«, sagte der Doktor und legte eine Hand auf Barbaras, die über den Tresen nach dem Telefonhörer langte. »Außerdem wollten wir heute zusammen Essen gehen. Schon vergessen? Frau Claasen, Sie lassen mich doch nicht im Stich?«

»Heute schon? Nein, Freitag, haben wir gesagt. Ich war doch gar nicht beim Frisör. So kann ich nicht zu Mohr gehen, das geht wirklich nicht.«

»Na gut, dann gehen wir Freitag eben noch einmal. Aber heute gibt es im Gasthof Gemüseeintopf. Sie mögen doch Gemüse, nicht wahr, Barbara?«

Herr Mohr begrüßte Barbara und den Doktor höchstpersönlich und erkundigte sich, ob es Neuigkeiten aus der Praxis oder vom Unfall auf der Brücke gab.

»Ganz schön was los hier bei uns«, meinte er schließlich zu Barbara und fuhr sich mit den Händen über die Schürze. Für den Mittagstisch stand er am liebsten selbst hinter dem Herd. Am Wochenende und bei großen Feierlichkeiten wurde ein Koch engagiert. »Das hätten Sie wohl nicht gedacht, als Sie noch in Hamburg waren, was, Frau Doktor?«

Barbara lächelte. »Aus der Ferne stellt man sich das Landleben ein bisschen beschaulicher vor, das ist richtig. Aber normalerweise ist es hier ja auch so.«

»Und wie geht es Ihrem Lebensgefährten – hat er sich schon ein wenig eingelebt? Die Männer aus dem Bläserkreis sind ganz begeistert von ihm. Endlich einer, der richtig Musik machen kann, hat Ludger Frien mir erzählt. Ehrlich wahr. So, jetzt muss ich aber wieder in die Küche. Was darf ich denn bringen?«

Sie bestellten zweimal Gemüseeintopf und eine große Flasche Wasser. Jürgen Stähr ließ seinen Blick auf Barbara ruhen. Sie spielte nervös mit ein paar Bierdeckeln. Der Gedanke an Thomas tat verdammt weh. Nur jetzt kein Mitgefühl, sonst verlor sie die Fassung.

»Sie sehen bedrückt aus, Barbara. Sie brauchen mir nicht zu sagen, was los ist. Aber wenn es Sie erleichtert, höre ich Ihnen gerne zu.«

Sofort fingen die Tränen an zu fließen. Barbara kramte ein Taschentuch aus ihrer Handtasche und fing an, mehr oder weniger hemmungslos hineinzuschluchzen. Plötzlich gab es kein Halten mehr. Alles schien auf einen Schlag zusammenzubrechen: Ihre wackelige Existenz als Landärztin in Bevenstedt. Das Gefühl, mit den Leuten im Dorf zwar einigermaßen klar zu kommen, aber doch nicht richtig ernst genommen zu werden, nur ein Anhängsel, eben die Vertreterin von ihrem alten Herrn Doktor zu sein. Das große alte Haus, das ihr noch immer genauso unbewohnbar erschien wie an dem Tage, als sie es gekauft hatte. Und schließlich Thomas' Flucht und ihr Streit, der ihn vermutlich zu dieser Flucht getrieben hatte. Die Angst, ob sie den Konflikt würde lösen können, ob sie das überhaupt wollte, und ob sie nicht alles falsch gemacht hatte in den letzten Monaten. Der Boden rutschte ihr in atemberaubender Geschwindigkeit unter den Füßen weg und stattdessen strömten die Tränen, während die Kellnerin die Getränke brachte und Jürgen Stähr ihr ganz ruhig und still gegenübersaß und auf die Tischdecke starrte, die Hände entspannt übereinander gelegt, ohne ein einziges Wort zu sagen.

Nach einer Weile ließ das Beben im Zwerchfell ein wenig nach. »Entschuldigen Sie«, war das Einzige, was sie hervorbrachte.

»Dafür gibt es keinen Anlass«, sagte Doktor Stähr.

»Doch. Ich benehme mich ganz unmöglich. Es tut mir Leid. Mir wächst im Augenblick alles über den Kopf.«

»Ich sagte ja schon und ich meine es auch so: Wenn Sie sich mir anvertrauen möchten, stehe ich Ihnen ganz und gar zur Verfügung. Sie müssen aber nichts sagen. Wollen wir nun erst mal ein wenig essen?«

Herr Mohr setzte ihnen selbst Besteck und Geschirr vor und stellte eine riesige Suppenterrine auf den Tisch, die für eine ganze Familie gereicht hätte.

Barbara musste unwillkürlich lächeln. »So großen Hunger habe ich eigentlich nicht. Aber ...«

»... aber der Appetit kommt beim Essen«, meinte der Doktor und füllte ihre Teller. Die Suppe roch fantastisch nach den diversen Gemüsen. Sie wünschten einander Guten Appetit und fingen an zu essen. Mit jedem Bissen spürte Barbara, wie ihre Nerven sich beruhigten. Schließlich tupfte sie sich die Lippen ab und legte den Löffel beiseite.

»Ich weiß nicht, was mit mir los ist, aber ich habe das Gefühl, alles, was ich bisher gedacht und getan habe, passt plötzlich nicht mehr in mein Leben. Und ich bin wohl nicht sehr geschickt darin, das irgendwie vernünftig zu regeln.«

»Das kommt mir sehr bekannt vor,« sagte der Doktor.

»Wirklich?«

»Ja, natürlich. Schließlich habe ich auch mal hier angefangen.«

»Und es ging Ihnen genauso?«

»Ganz genauso. Und ich war auch nicht sehr geschickt darin, meine Probleme vernünftig zu regeln. Schließlich ging sogar meine Ehe daran kaputt.«

Barbara sah auf den Teller. Ihre Tränen waren getrocknet. Es gab doch nichts Tröstlicheres zu hören, als dass andere Leute an den gleichen Abgründen gestanden hatten und die gleichen Probleme hatten lösen müssen wie man selbst. Und es überlebt hatten. Wenn auch mit Blessuren. Aber überlebt. Sie nahm ihren Löffel wieder auf und begann, ihren Teller leer zu essen, Löffel für Löffel wie ein folgsames Kind

»Vielleicht passten wir sowieso nicht sehr gut zusammen, Susanne und ich«, fuhr Jürgen Stähr fort. »Wir hatten uns als Studenten kennen gelernt. Susanne hat sich regelrecht von mir erobern lassen. Wir habe beide in Marburg studiert. Abends traf man sich in den Kneipen und diskutierte über Gott und die Welt. Vor den Klausuren wurde gezittert, ansonsten war das Leben unbeschwert und man fühlte sich, als würde einem die ganze Welt zu Füßen liegen. Wir hatten so viele Möglichkeiten! Susanne hatte ein Auto von ihrem Vater geschenkt bekommen. Im Sommer fuhren wir nach Südfrankreich, bis hinunter ans Meer. Manchmal blieben wir wochenlang dort, die ganzen Semesterferien über. Erst später, als ich die klinischen Kurse machen musste, wurde das Leben ein bisschen ernster. Aber nicht viel. Wir nahmen es einfach nicht ernst. Susanne studierte nicht besonders fleißig. Sie ist recht begabt, die Seminarscheine fielen ihr fast von allein zu, und was sich ihr widersetzte, pflegte sie sich mit allen möglichen Tricks zu besorgen. Nur nicht mit harter Arbeit. Die liegt ihr nicht besonders. Verrückterweise bewunderte ich sie dafür. Denn ich musste mir immer alles erarbeiten. Mir fiel nichts einfach so zu und Tricks beherrschte ich schon mal gar nicht. Schließlich starb ein Patient in der Notaufnahme im Krankenhaus, während ich als junger Assistenzarzt Nachtdienst hatte. Ich konnte nichts dafür, der Oberarzt war nicht rechtzeitig erreichbar gewesen, der Patient hatte einen schweren Infarkt und man hätte ihn nur mit einer Intubation retten können. Zu Recht hatte ich mir das allein nicht zugetraut. Mir machte auch niemand Vorwürfe. Aber von diesem Tag an hatte ich Angst vor den Patienten. Ich wollte alles hinschmeißen. Ich unterbrach die Assistenzzeit und fuhr ein halbes Jahr lang weg, jobbte irgendwo, sah mir die Welt an.

Susanne hat sich sehr korrekt verhalten. Sie machte in der Zeit ihre Abschlussprüfungen. Als ich zurückkam, hatte sie sich entschlossen, eine eigene Tierarztpraxis in ihrer Heimat aufzumachen. Ihre Eltern hatten ihr versprochen, die Praxis einzurichten. Sie hatte schon die nötigen Räume in Lensahn angemietet. Und sie hatte auf mich gewartet. Da ich nicht wusste, was ich machen sollte – ich hatte sieben Jahre studiert, ich war approbiert und fast promoviert, ich war Arzt, etwas anderes hatte ich nicht gelernt – beschloss ich, mit ihr zu gehen. Wir heirateten und ich glaubte, wir würden nun anfangen, eine ganz normale Ehe zu führen. Wir hatten die besten Voraussetzungen dafür. Vielleicht wäre alles anders gekommen, wenn wir Kinder gehabt hätten. Aber Susanne wollte keine Kinder. Und ich war auch nicht besonders erpicht darauf. Und so begann die Hölle auf Erden. Wir waren wie eingesperrt hier in der freien Natur. Das Dorf kam mir manchmal vor wie ein Lattenzaun, der immer enger an uns heranrückte. Nichts drang mehr von außen zu uns herein. Und innen drin faulten und zersetzten wir uns.

Wie lebten uns immer mehr auseinander. Susanne konnte diese Abgeschiedenheit noch weniger ertragen als ich. Aber im Gegensatz zu mir war sie hier groß geworden. Sie kannte jeden und alle. Und sie wusste, wie man sich benehmen musste, wie man sich schützen konnte vor der tödlichen Enge, die das Dorfleben entwickeln kann. Während ich mich immer weiter in mich selbst zurückzog, fing sie an, mit Gott und der Welt Kontakte zu knüpfen. Schließlich ließen wir uns scheiden. Ich war gezwungen, endlich mein Leben selbst in die Hand zu nehmen. An dem Ort, an dem ich nun mal gerade war.«

»Warum sind Sie nicht zurückgegangen in die Stadt, wo Sie herkamen?«

»Ich bin in Dortmund geboren, wo meine Schwester noch wohnt. Auch meine Eltern leben dort in einem Altersheim. Aber was sollte ich da? Ich war seit dem Abitur nur noch zu Besuch in dieser Stadt gewesen. In Marburg lebt man nur als Student gut. Und sonst hatte ich keine Heimat. Ich glaube, die Heimat ist immer dort, wo man gerade ist. Egal, wie man dahin gekommen ist. Man muss irgendwann mal eine Situation annehmen. Man kann nicht immer davonlaufen. Das mag uns heutzutage ein befremdlicher Gedanke sein. Wir wollen immer so selbständig und selbstbestimmt leben. Große Worte, aber nichts dahinter. Selbstbestimmt sein heißt doch nur, mit sich selbst in Einklang sein, egal wo und unter welchen Bedingungen man lebt. Alles andere wankt und ändert sich. Meistens hat man nur sehr wenig Einfluss darauf. Wenn ich Susanne heute sehe, wenn ich sehe, wie sie lebt und was sie für wichtig hält im Leben, dann wundere ich mich, wie wir auch nur einen einzigen Tag zusammen verbringen konnten. Wir sind uns wesensfremd. Und ich liebe sie trotzdem immer noch. Ich bin so frei. Auch wenn unser Bild von dem anderen eine Täuschung ist – unsere Gefühle kann uns dennoch keiner nehmen. Als ich das begriffen hatte, habe ich mich selbst annehmen können. Denn das eigene Selbst ist doch das Einzige, worauf man sich wirklich sein ganzes Leben lang verlassen kann.«

»Sie meinen, man sollte sich trennen, wenn es zusammen nicht mehr geht«, sagte Barbara langsam. »Man sollte den Mut haben, allein zu leben.« Es war mehr eine Feststellung als eine Frage.

Jürgen Stähr schüttelte den Kopf. »Im Gegenteil. Ich meine, dass man sich selbst annehmen muss. Sie sind doch ein ganz wunderbarer und wertvoller Mensch. Und es liegt ganz in Ihrer Hand, das zu sein und zu bleiben. Darin können Sie sich nie täuschen. Nur in anderen Menschen kann man sich täuschen. Wenn Sie also mit sich selbst Frieden schließen, wird sich alles andere von selbst finden. Man muss es loslassen, damit man dem Leben begegnen kann.« Er hob sein Wasserglas und lächelte Barbara zu.

Auch Barbara erhob ihr Glas und trank einen Schluck. Für einen Augenblick fühlte sie sich unendlich leicht. Und irgendwie schmeckte das einfache Mineralwasser heute wie Champagner.

23

Der große Hof in der Kurve hinter Bevenstedt an der B22 Richtung Oldenburg lag ganz verlassen da, als Wachtmeister Ellmeier seinen Golf vor der großen Scheune parkte, deren Tore offen standen. Er stieg aus dem Wagen und zog seine Uniform zurecht. Der Mittagstisch im Gasthaus Mohr bildete den Höhepunkt der Woche, wenn Christa, seine Frau, wie immer montags zu ihrer Mutter nach Malente fuhr. Seitdem die Kinder aus dem Haus waren, kümmerte sie sich um ihre alten Eltern, als ob sie schon schwere Pflegefälle wären. Dabei waren beide noch ganz rüstig und konnten ohne weiteres alleine klarkommen. Christa hatte Langeweile, war sich aber gleichzeitig zu fein, um irgendeine Arbeit in Lensahn oder Umgebung anzunehmen. Denn sie hatte nichts gelernt vor ihrer Hochzeit. Dann kamen Schlag auf Schlag die drei Kinder und sie hatte keine Zeit gehabt, sich weiterzubilden. Da sie aus dem Kurort Malente stammte und bis zur elften Klasse die Oberschule in Eutin besucht hatte, konnte sie sich zeitlebens mit den anderen Frauen im Ort nicht anfreunden. Die waren ihr alle zu einfach gestrickt, und sie ließ keine Gelegenheit aus, das zu betonen. Bauersfrauen, einfache Landarbeiterfrauen, kleine Händlersgattinnen oder Verwaltungsangestellte – alle weit unter Christas Niveau. Eine Weile hatte sie um die Gunst der Schulleiterin der Grundschule von Lensahn gebuhlt. Aber die hatte sich nicht bestechen lassen von Christas leckeren Torten und Weihnachtsplätzchen. Sie wollte auch nicht über den Buchklub reden, in dem Christa seit ihrer Konfirmation Mitglied war und regelmäßig Krimis, Liebesgeschichten, Arztromane und Biografien von großen Künstlern bestellte. Nach der Lektüre verstaute sie die Dinger in ihrem Bücherschrank, der langsam, aber sicher aus den Nähten zu platzen drohte. Dabei rührte Christa all diese Bücher nie ein zweites Mal an. Ein seltsames Sammlervergnügen, fand der Wachtmeister. Er hatte nie Zeit und Lust zum Lesen. Wenn er von seinem Dienst kam, wollte er sich nicht noch mit ausgedachten Geschichten beschäftigen. Er hatte wahrlich genug zu knabbern an den menschlichen Tragödien, die ihm tagtäglich über den Weg liefen. Aber von denen wollte seine Frau ja nichts wissen. Die waren ihr ja wieder zu primitiv.

Ellmeier seufzte, weil sein Jackett erheblich spannte nach dem leckeren Schweinebraten mit Pilzen und Rotkohl, den er bei Mohr gegessen hatte. Wenn Christa wüsste, wie sehr er diese Montage genoss. Ein gutes Essen, keine unnützen und unzufriedenen Gespräche, dazu ein blondes, kühles Bierchen, so einfach war er glücklich zu machen. Ganz ohne Bücher und höhere Bildung, von Christas anderen kulturellen Ambitionen mal ganz abgesehen.

Der Wachtmeister schlenderte auf die Scheune zu. Anfang des Jahres hatte der Schrotthändler seinen ältesten Sohn verloren. Kalle war Spediteur gewesen, außer für seinen Vater war er hauptsächlich für Holzhändler Frien gefahren, der ihm auch seinen neuen Truck vorfinanziert hatte. Bis Kalle sich hoch überschuldet auf dem Dachboden seines neu gebauten Bungalows erhängt hatte. Ohne eine Spur zu hinterlassen war der früher mal ganz hoffnungsvolle junge Mann aus dem Leben getreten.

Die Frau war dem alten Diem schon vor Jahren weggelaufen. Nun blieb ihm nur noch sein Jüngster, Theo, lange nicht so vielversprechend wie Kalle. Im Grunde genommen ein Tunichtgut, den Ellmeier schon ein paarmal auf krummen Touren ertappt hatte. Nur aus alter Kameradschaft mit seinem Vater hatte er ihn bisher immer wieder laufen lassen. So ging es in seinem Leben zu. Einfache, traurige Schicksale, mit denen er sich nun mal herumschlagen musste. Nicht fein genug für seine Christa.

»Moin, Theo«, rief Ellmeier dem schlaksigen jungen Mann zu, der sich im Innern des Möbellagers an einer Wohnzimmerschrankwand zu schaffen machte. »Ist dein Vater nicht da?«

»Drinnen«, sagte Theo einsilbig, wie er nun mal war. Er wies mit dem Kinn hinter sich in Richtung Wohnhaus. »Der pennt.«

Mittagsschlaf, dachte Ellmeier. Oder aber der alte Säufer war bis mittags um zwei immer noch nicht aus den Federn gekommen. Wenn er schon so weit runter war, ging es wohl nicht mehr lange gut mit ihm. »Eigentlich wollte ich sowieso zu dir. Du warst doch mal gut befreundet mit Freddi Scholz.«

Theo ließ den Schraubenzieher sinken, mit dem er an den Scharnieren der Rauchglastüren der Schrankwand herumhantierte. »Na und?«

»Nichts na und. Nur eine Feststellung. Freddi ist letzte Woche aus der Jugendhaftanstalt entlassen worden. Hast du ihn seitdem schon mal gesehen?«

»Nee.«

»Aber ihr seid doch noch befreundet, oder?«, bohrte Ellmeier nach. »Ihr wart doch unzertrennlich, damals, als Freddi verhaftet wurde.«

Theo legte den Schraubenzieher in den Schrank, drehte sich aber nicht um, so dass der Wachtmeister sein Gesicht nicht sah. Der Junge hatte einem noch nie in die Augen sehen können. Er war verschlagen und hinterhältig, das gerade Gegenteil von seinem Bruder Kalle. Der hatte immer Wort gehalten und aufrichtig zu seiner Sache gestanden. Aber die Guten treten ja immer zuerst ab.

»Er war nur einmal kurz hier«, sagte Theo.

»Wann denn?«

»Vor ein paar Tagen.«

»Und gestern und heute ist er dir nicht über den Weg gelaufen?«

Theo schüttelte den Kopf. »Der kommt auch nicht wieder.«

»Wieso?« »Weil ich das nicht will. Ich will nichts zu tun haben mit Vorbestraften.«

»Nun sei man nicht päpstlicher als der Papst. Du warst ja auch schon manches Mal kurz davor, dir schwedische Gardinen aus der Nähe anzusehen.«

Theo zuckte die Achseln. »Was wollen Sie denn? Ich habe überhaupt nichts getan. Ich arbeite hier. Wie immer.«

»Dagegen ist auch nichts zu sagen«, meinte Ellmeier besänftigend. Er musste sich bremsen, durfte den Junge nicht zu hart anfassen. Seine schmierige, unaufrichtige Art, sein ganzes Auftreten waren ihm zuwider. Diese fettigen, dunklen Haare, die weit über den Kragen standen, die schlechte, eingefallene Haltung, die unreine Haut.

Theo steckte sich eine Zigarette an. Seine Finger waren kurz und die Nägel schwarz und abgekaut. Ohne dem Wachtmeister eine anzubieten, steckte er die Packung mit den Filterlosen wieder in die Hosentasche.

»Die Sache ist nur so. Freddi war heute Morgen nicht in der Schule. In Sandesneben ist er auch nicht. Ich habe schon mit seinem Bewährungshelfer gesprochen. Und nun hat sein Vater Anzeige erstattet. Hast du wirklich keine Ahnung, wo er sich aufhalten könnte?«

Theo schüttelte den Kopf und stieß den Rauch durch die Nase aus.

»Was hat er denn gewollt, als er hier war?«

»Paar Ersatzteile. Und Werkzeug.«

»Werkzeug?«

»Ja, er war mit 'nem Kumpel hier. Auf 'm Moped. Sie wollten eine Waschmaschine reparieren. Haben sich hier ein paar Lager ausgebaut.«

Ellmeier holte sein Notizbuch aus der Tasche und machte sich, auf eine abgeschabte Sofalehne gestützt, ein paar Notizen. »Was war das denn für ein Motorrad?«

»500er BMW, ziemlich alte Maschine. Berliner Kennzeichen.«

Ellmeier kratzte sich hinter den Ohren und blätterte. »B-NX 31 49, könnte das das Kennzeichen gewesen sein?«

»Kann sein. Erinnere ich nicht. Rolf hieß der Typ.«

»Und Freddi ist mit ihm zusammen wieder weggefahren?«

»Ja. Dann kam er aber abends noch mal wieder. Da wollte er den alten Feuerlöscher haben.«

»Einen Feuerlöscher?«

Theo nickte.

»Und du hast ihm den gegeben?«

Theo zuckte die Achseln. »Warum nicht? Hab ihm zwanzig Mark dafür abgeknöpft. Funktionieren tat der eh nicht mehr.«

Ellmeier schrieb. »Bestell deinem Vater mal schöne Grüße. Ich will ihn jetzt nicht wecken.« Ellmeier steckte sein Notizbuch ein und drehte sich in der Tür noch einmal um. »Wenn Freddi hier auftaucht, wäre es besser, du sagst mir Bescheid. Immer kann ich auch nicht die Hand über dich halten. Und dein Vater auch nicht.«

Er stieg wieder in seinen Golf und schob den Zündschlüssel ins Schloss. Ein Gefühl von Mutlosigkeit und Enttäuschung erfüllte ihn. Er kannte dieses Gefühl. Es stellte sich immer ein, wenn eine Niederlage sich in seinem Leben ankündigte. Wenn die Tatsachen seinen eigentlich guten Glauben in die Menschheit in Frage zu stellen drohten. Er kannte Freddi, er wusste, dass der Junge äußerst gefährdet war, für sein ganzes Leben auf die schiefe Bahn zu geraten. Aber zwischen ein paar übermütigen Einbrüchen oder Fahrraddiebstählen und der Sprengung einer Autobahnbrücke, bei der viele Menschen in Lebensgefahr gerieten und sogar ein Mensch starb, war ein solch großer Sprung, dass ihm schwindelte.

Theo lehnte in der Scheunentür und warf nachlässig seine Kippe in den Sand, während er so tat, als interessiere es ihn gar nicht, wann und ob überhaupt der Polizeiwagen sich wieder vom Hof entfernte. Auch Theos Zukunft schien dem Wachtmeister schon jetzt klar umrissen zu sein. Er würde sein Leben nicht viel anders zubringen als sein Vater. Der hatte auch mal so an einer Scheunentür gelehnt, lässig und selbstsicher. Zwanzig Jahre mochte das her sein, oder länger, dreißig. Anfang der siebziger Jahre. Damals waren sie gerade aus der Schule gekommen. Er, Ellmeier hatte sich bei der Bereitschaftspolizei beworben und Harald Diem hatte sich als ungelernter Arbeiter in Friens neuer Fabrik anstellen lassen. Geld verdienen wollte er und hoch hinaus. Und was war aus ihm geworden?

Ellmeier startete den Wagen und fuhr vom Hof. Im Rückspiegel sah er den Jungen immer kleiner werden. Theo würde in dreißig Jahren noch hier am Scheunentor lehnen, alt und grau geworden, mit einer Fettleber und einem Tatterich ausgestattet, den er nur mit reichlich Bier zum Frühstück in den Griff kriegen konnte. Vielleicht ohne Vorstrafenregister, genau wie sein Vater, aber darum nicht weniger kriminell. Ließen sich halt nicht erwischen, die Diems. Auch das setzte sich fort. Während seine Kollegen in der Stadt hilflos vor einer wie durch Zellteilung sich ständig vermehrenden anonymen Kriminalität standen, so stand er, Wachtmeister Ellmeier mit seinen Kollegen, vor dem Problem, täglich mit ansehen zu müssen, wie die Menschen sich vor ihren Augen selbst ruinierten. Und doch nichts dagegen tun zu können. Und manchmal wusste er nicht, was letztlich schlimmer und schwerer auszuhalten war.

Hinter dem Wasserturm bog Ellmeier in Richtung Gut Hollenstedt ab und gelangte so zur Unfallstelle. Die weißen Markierungen, wo der ausgebrannte Wagen gestanden hatte, waren noch deutlich zu erkennen. Am Waldrand parkte ein weißer VW Passat. Als Ellmeier ausstieg, kamen Walter Scholz und Toni Jakobsen auf ihn zu. Sie hatten auf der anderen Seite der Straße an der Böschung gesessen.

»Moin, Hinnerk«, sagte Scholz und legte kurz eine Hand an die Mütze. Sein hageres Gesicht war fahlgrau, wie immer. Unter der Mütze lugte ein großes Pflaster hervor. In seine Wangen hatten sich tiefe Kerben eingegraben. Wenn er lachte – aber er lachte so gut wie nie – legten sie sich vielfach in Falten. Seine Haare hingen ihm wirr in die Stirn. Er fuhr sich mit der rechten Hand über den Kopf und versuchte, die Strähnen am Hinterkopf anzulegen. Auch Walter war mit Harald Diem und Ellermeier zusammen zur Schule gegangen.

»Kommst grade richtig«, sagte Toni Jakobsen. Der Tankwart hatte es als Flüchtlingskind nie geschafft, feste Freunde im Dorf zu finden. Man blieb immer ein bisschen auf Abstand, auch wenn man zusammen die Schulbank gedrückt hatte. Aber mit Scholz schien er sich in der letzten Zeit gut zu verstehen. Der Wachtmeister war sich allerdings nicht recht im Klaren darüber, ob das wirklich gut für die beiden war.

»Hier, das haben wir da drüben im Gebüsch gefunden«, fuhr der Tankwart fort. »Wir wollten einfach noch mal gucken, ob ihr nicht was übersehen habt. Sieht aus wie der Verschlusskopf von einem alten Feuerlöscher.«

Ellmeier griff nach dem Metallstück und betrachtete es von allen Seiten.

»Das muss ich mitnehmen.«

»Denken wir auch«, sagte Scholz. »Könnte doch beweisen, dass die Brücke absichtlich in die Luft gejagt worden ist. Und dass Adele nichts damit zu tun hatte.«

Ellmeier musterte Freddis Vater und wandte sich ab.

»Und hast du schon was über meinen Jungen erfahren? Wenn dem was passiert ist, dann ist aber was los. Dann mache ich diesem Klugscheißer in Sandesneben das Leben zur Hölle. Wir Eltern waren ja nicht gut genug für das Gericht. Zu uns hat man ihn ja nicht gehen lassen wollen. Und nun ist er verschwunden, das haben sie davon.«

»Kai-Uwe Patrik ist meines Erachtens ein ganz anständiger Kerl«, sagte Ellmeier ruhig. »Und ich denke, dein Junge ist dort recht gut aufgehoben. Er wird schon wieder auftauchen, da mach dir man keine Sorgen.« Sehr überzeugend klang es nicht.

»Meines Erachtens – wie schlau er sich nun ausdrückt, der Herr Oberwachtmeister. Du willst wohl auch was Besseres sein, mit den Jahren, was? Nur weil deine Jungs alle studieren können, muss meiner noch lange kein Schlechter sein. Nur schlechten Umgang hat er immer leicht gehabt.«

»Hauptwachtmeister, wenn schon«, sagte Ellmeier und ging langsam zurück zu seinem Wagen. »Für dich aber meinetwegen immer noch Heinrich. Und das lass dir gesagt sein, Walter. Wenn du wieder anfängst, auf eigene Faust hier Krawall zu machen, dann kriegst du ganz großen Ärger mit mir. Dagegen ist das, was dein Sohn von dir kennt, das reinste Weihnachtsmärchen.«

Walter Scholz lachte mit offenem Mund, aber ohne Herzlichkeit. »Hast du gehört, Toni? Du bist mein Zeuge. Unser Wachtmeister will mir drohen. Mir und dir – mir haben sie den Sohn weggenommen und dir haben sie die Frau kaputt-gemacht. Ein zugelaufener Bewährungshelfer, und dann die-se Ärztin, die hält sich auch für neunmalschlau. Und wir sol-len uns wohl alles bieten lassen und zusehen, wie unsere Familien ruiniert werden, wie? Wer hat denn hier das Sagen, wenn nicht wir, die wir hier leben?«

»Niemand hat Tonis Frau kaputtgemacht«, sagte Ellmeier. »Pass mal ein bisschen auf, was du sagst, Walter. Wer weiß, ob du es sonst nicht noch bereuen musst. Warum wartet ihr nicht verdammt noch mal erst die Ergebnisse der Ermittlun-gen ab, bevor ihr euch aufregt? Wozu haben wir denn die Kripo?«

»Du hast gut reden. Deine Christa sitzt zu Hause und singt Choräle.« Scholz' Schnauzbart auf der Oberlippe zitterte. »Aber wir, wir sind ja nichts Besseres. Darum müssen wir uns selbst um unsere Angelegenheiten kümmern.«

Ellmeier ging endgültig zurück zu seinem Wagen. Ehe er einstieg, drehte er sich noch mal um. »Ich habe euch ge-warnt. Und nun Tschüß.«

24

Frau Claasen war schon nach Hause gegangen, so dass Barbara hinter dem letzten Patienten selbst die Lichter löschen und die Tür abschließen musste. Sie blätterte noch mal kurz durch den Terminkalender und sah sich die Hausbesuche für morgen früh an. Nichts Dramatisches. Außer den üblichen Infekten aller Schattierungen waren die Bevenstedter in diesen Wintermonaten erfreulich gesund. Einen gebrochenen Oberschenkelhals hatte sie zurzeit zu betreuen, ein paar Liegegeschwüre bei einem bettlägrigen Pflegepatienten, die üblichen Kontrolluntersuchungen bei den chronisch Kranken – und natürlich die ständige psychische Aufbauarbeit, die in der alltäglichen Arbeit des Allgemeinmediziners unendlich mehr Gewicht hatte, als man es sich während der Ausbildung jemals vorstellen konnte.

Ehe sie in ihren Wagen stieg, warf sie noch einen Blick hinauf in den ersten Stock über der Praxis, wo die Wohnräume von Jürgen Stähr lagen. Alle Fenster nach vorne heraus waren matt erleuchtet. Was er wohl tat da oben immer ganz allein in seiner Bude? Was sie heute Mittag gehört hatte, war mehr als alles, was sie in den vergangenen sechs Monaten über irgendjemanden erfahren hatte. Kein anderer in diesem Dorf war ihr bisher so nahe gekommen. Da hatte sie monatelang engstens mit ihm zusammengearbeitet und doch nicht geahnt, was für ein sympathischer, liebenswerter Mensch sich hinter der ernsten, verschlossenen Fassade versteckte.

Etwas wehmütig stieg Barbara in ihren Wagen und setzte langsam aus der Parklücke zurück. Es war traurig, heimzukommen in ein leeres, kaltes Haus. Den Herd in der Küche hatte sie heute Morgen gar nicht erst angezündet. Wozu, wenn er doch bis zum Abend längst wieder ausgegangen war. Die Hunde fehlten ihr, die fröhliche Begrüßung, ganz egal wann und woher man nach Hause kam. Hunde hatten immer gute Laune. Vielleicht waren sie deshalb die besten Freunde des Menschen, deren Launen sie klaglos ertrugen, ohne sich je zu revanchieren.

Natürlich war das alte Pfarrhaus stockdunkel. Barbaras Herz sank ein bisschen, als sie den Wagen neben der Scheune abstellte. Was hatte sie denn gedacht? Welcher Geist hätte denn Licht anmachen sollen für sie?

Sie warf die Autotür ins Schloss und blieb neben dem Wagen stehen. Drei Minusgrade piekten wie feine Nadeln in ihre aufgewärmte Haut. Es roch würzig, rein und frisch. Der Himmel war über und über mit Sternen bedeckt. Orion zeichnete sich deutlich ab, ihr liebstes Wintersternbild. Lange sah Barbara in den Himmel, der nur wenig vom Lichterschein des Dorfes beeinträchtigt wurde. Es war hier so dunkel und die Sterne leuchteten so klar und hell wie vor Urzeiten. Ganz egal was die Menschen auf ihrer Erde inzwischen angerichtet hatten. Wie ein Mahnmal, eine Inschrift, Jahrmillionen alt, schienen sie sie darauf hinzuweisen, wie gleichgültig und klein ihre Ängste und Sorgen waren. Wie rasch sie vorübergehen würden und wie spurlos angesichts dieses Kosmos'. Barbara legte den Kopf tief in den Nacken und versuchte, diesen Gedanken ganz tief in ihr Herz hineinzulassen. Sie entspannte sich und merkte, wie die Kälte zwar noch immer durch ihren Pullover kroch, sie aber nicht mehr zittern ließ. Wie alle traurigen und bösen, rachsüchtigen, kleinlichen und weinerlichen Gedanken sich sammelten, bis sie sie wie einen großen Schluck Wasser hinunterrutschen lassen konnte. Wozu sich das Leben schwer machen. Es würde doch immer so weitergehen. Es würde gute und schlechte Zeiten für sie bereithalten, wie für jeden Menschen. Mal fühlte man sich einsam, mal war man einsam, war verlassen, mal verließ man selbst einen anderen. Dann gab es wieder neue Begegnungen, man entdeckte das Leben noch einmal neu, bis man begriff, dass sich gar nichts geändert hatte. Genauso gut konnte man den alten Freunden treu bleiben. Es kehrte alles wieder zurück, wiederholte sich immer wieder, Jahrmillionen lang. Und wenn man versuchte, sich ein kleines bisschen weniger wichtig zu nehmen, dann tat vielleicht auch alles nicht so weh.

»Danke«, sagte Barbara in die Nacht hinein und mit einem Lächeln zu den Sternen hinauf. »Ich nehme es einfach, wie es kommt. Ich danke euch.«

Langsam ging sie ins Haus. Dort schien es ihr plötzlich weniger kalt und klamm zu sein als sonst. Vielleicht deshalb, weil sie so lange draußen in der Kälte gestanden hatte. Es roch noch ein wenig nach den Hunden, nach feuchter Kleidung und gekochtem Essen. Vor allem aber roch es nach dem Rauch eines ständigen Holzfeuers im Herd.

Barbara rüttelte die Asche aus dem Heizfach, griff nach dem Holzeimer – Briketts waren noch genug da – und nach dem Aschenkasten. In der Scheune machte sie Licht. Das Kaninchen hatte sie schon gehört und schnüffelte aufgeregt am Maschendraht seines Stalls.

»Anton«, sagte Barbara und hielt dem Tier den Zeigefinger hin, an dem es eifrig herumschnupperte. »Ich nenne dich jetzt Anton. Und am besten nehme ich dich mit in die Küche. Hier ist es ja viel zu kalt.«

Sie packte den Käfig mit beiden Händen und trug ihn in die Küche. Dann holte sie Holz, leerte die Asche aus und packte einen kleinen Korb voller Futtermöhren für Anton dazu. Der Herd zog fantastisch bei dem kalten Hochdruckwetter, und als Barbara aus dem Schlafzimmer wieder herunterkam, wo sie sich umgezogen hatte, war es in der Küche schon richtig warm geworden. Anton knabberte an seinen Möhren und streckte ihr seinen schwarz-weißen Schwanzpuschel hin. Aus dem Radio tönte ein altes französisches Chanson, das Barbara fast auswendig kannte. »Sous le ciel de Paris ...«, sang sie leise mit Edith Piaf mit und dann immer lauter, bis Anton vor Schreck aufhörte zu knabbern. Barbara öffnete den Käfig und setzen den Hasen auf die Erde. Mit zitternden Löffeln blieb er vor ihr hocken.

»Du willst auch nicht frei sein, genau wie ich, was? Warum sind wir eigentlich so dumm?«

Im selben Augenblick klopfte es an die Scheibe des Küchenfensters.

25

»Nichts?«

»Nichts«, antwortete Kai-Uwe und stellte das Telefon beiseite. »Kein Mensch zu Hause.«

»Dann lass es doch einfach sein. Die werden schon wieder auftauchen«, meinte Friederike und nahm sich noch einmal von den Kartoffeln. Sie hatte den Kopf in die Hand gelegt, den Ellbogen neben dem Teller aufgestützt. Die dichten, rotbraunen Locken fielen ihr ins Gesicht, während sie sich lustlos trockene Kartoffeln in den Mund schob. Wie immer nach einer Schaffenskrise entwickelte sie hinterher einen Mordshunger, wie sie das nannte. Noch sah man ihrer Figur diese Fressanfälle nicht an. Aber in ein paar Jahren würde sich das ganz hübsch auf ihren Hüften niederschlagen.

Kai-Uwe fing an, den Tisch abzuräumen. Er war den ganzen Morgen in Neumünster gewesen. Hatte sein Protokoll für das Gericht angefertigt, mit dem zuständigen Jugendrichter gesprochen, mit Schmidtke, seinem Dienststellenleiter.

»Wie konnte denn das passieren, Patrik, Mensch«, hatte Schmidtke geschimpft. »Sie kannten den Jungen doch schon aus der Haft. Sie haben doch einen Draht zu ihm. Ihre eigenen Worte.«

»Habe ich auch. Ich war mir ganz sicher, dass er dabei war, sich bei uns gut einzuleben.«

»Und dieser Rolf, den kannten Sie nicht? Ziehen Sie immer mit wildfremden Leuten zusammen?«

»Was heißt schon *wildfremd,* wann kennt man sich denn wirklich?«, hatte Kai-Uwe mehr oder weniger hilflos geantwortet. Er wusste zufälligerweise, dass der Chef auch mal eine ganze Weile in Wohngemeinschaften gelebt hatte. Als Student in Hamburg, damals, als alle, die was auf sich hielten, in WGs wohnten. Weil es billig war und »in«. Also sollte er jetzt nicht so tun, als ob er nicht wüsste, dass es immer mehr oder weniger Glückssache war, mit wem man zusammentraf und wie gut man miteinander auskam. »In einer betreuten Jugendwohnung müsste Freddi auch mit wildfremden Leuten zusammenleben«, hatte er matt hinzugefügt.

»Aber für diesmal ist es gründlich schief gegangen, sieht zumindest ganz so aus, Patrik. Und Sie wissen ganz genau, dass es am Ende nur um das Eine geht: Wird einer rückfällig oder wird er es nicht. Wie wir es dann geschafft haben, dass er aus der Statistik rauskommt, ist ganz allein unser verdammtes Problem als Bewährungshelfer. Danach fragt uns keiner, die Gerichte nicht, die Polizei nicht und schon gar nicht die Presse oder die Öffentlichkeit. Die wollen alle nur wieder in Ruhe schlafen können. Mensch Kai-Uwe, da ist 'ne riesige Demonstration in eurem ruhigen Kaff in Ostholstein, da werden Umweltschützer aus ganz Deutschland und den skandinavischen Ländern angekarrt. Da kursieren aggressive Flugblätter mit Ankündigungen von gewalttätigen Aktionen, ja, zu Gewalttaten wird regelrecht aufgefordert – und Sie haben einen stark gefährdeten Jugendlichen zur Aufsicht und machen sich keinerlei Gedanken, mit wem er sich herumtreibt? Fahren selbst in aller Ruhe nach Neustadt, um ein bisschen mitzumischen mit der Menge, und wundern sich, wenn Sie heimkommen, dass Holland in Not ist. Jetzt haben wir diese Anzeige von seinem Vater am Hals, die Ermitt-

155

lungssache mit dem Motorradfahrer an der Fehmarnsundbrücke – Widerstand gegen die Staatsgewalt, Mordversuch –
und der Junge ist verschwunden. Was bedeutet, dass in den
nächsten Tagen mit dem Bewährungswiderruf zu rechnen
ist.«

Kai-Uwe nickte resigniert. »Der Vater tobt.«

»Natürlich. Dazu hat er jetzt auch allen Grund. Gibt es
noch weitere Kontaktpersonen, bei denen der Junge sich aufhalten könnte? Verwandte, Freunde?«

Kai-Uwe hatte erklärt, dass das in Bevenstedt alle und keiner sein konnten. Jeder war irgendwie mit dem anderen verwandt oder verschwägert.

»Ruf doch mal diese Ärztin an«, meinte Friederike. »Sie
hat sich ja offenbar um den Jungen gekümmert.«

Aber Barbara Pauli ging nicht ans Telefon.

»Dann ruf die Notrufnummer der Gemeinschaftspraxis
an. Vielleicht hat sie Bereitschaft. Dann muss sie dran gehen.« Friederike hatte während ihres Studiums im Krankenhaus gejobbt, Nachtschichten geschoben auf einer Station
für geistig Behinderte. Sie kannte sich aus mit Ärzten und
Krankheiten. Kai-Uwe griff wieder nach dem Telefon und
wählte die Nummer, die Friederike ihm hinschob. Sie stand
oben auf dem örtlichen Telefonbuch für Lensahn und Umgebung. Es war kurz nach halb neun. Er ließ es lange klingeln.

Endlich ging Barbara Pauli an den Apparat. Ihre Stimme
klang gepresst, als sie sich meldete: »Ja bitte?«

»Kai-Uwe Patrik aus Sandesneben. Sie erinnern sich, ich
bin Freddi Scholz' Bewährungshelfer. Sie können sich vermutlich denken, warum ich anrufe. Wir sind auf der Suche
nach Freddi.«

»Es tut mir Leid«, sagte Barbara. »Ich habe gerade Besuch
bekommen. Ich kann jetzt nicht sprechen. Herr Scholz ist
hier.«

»Scholz?«, rief Kai-Uwe. »Was will der denn von Ihnen?«

»Es tut mir Leid. Rufen Sie bitte später nochmal an.«

»Frau Doktor Pauli? Soll ich kommen? Brauchen Sie Hilfe?«

»Das wäre nett. Auf Wiederhören.«

Kai-Uwe warf das Telefon auf den Tisch und rannte hinaus zu seinem Wagen.

Das Kaninchen hockte zwischen ihnen, irgendwie kläglich geduckt, aber scheinbar zu phlegmatisch, um sich in Sicherheit zu bringen. Es war vermutlich durch das Käfigleben vollkommen degeneriert. Außerdem war es dank Thomas' wohlmeinender Fütterung rasant fett geworden, zu fett womöglich, um sich durch Flucht zu retten, wie es seiner Gattung entsprochen hätte.

»Und jetzt schalten Sie das Handy aus«, sagte Scholz. Er hatte sich mitten in der Küche aufgebaut und hielt eine doppelläufige Schrotflinte auf Barbara gerichtet. Neben der Tür lehnte Toni Jakobsen. »Kommt nicht in die Tüte, dass Sie hier weiter rumtelefonieren. Erst mal unterhalten wir uns jetzt ein bisschen. Und dann gucken wir uns diese Hütte genauer an. Und wenn ich den Jungen hier finde, oder irgendwas von ihm, dann sind Sie die längste Zeit Ärztin gewesen in Bevenstedt. Das können Sie mir glauben.«

»Ich habe Bereitschaft heute Abend«, sagte Barbara leise. »Die Leute würden sich wundern, wenn der Notruf nicht besetzt ist. Abgesehen davon, dass ich mich strafbar mache, wenn ich nicht ans Telefon gehe.« Sie versuchte, ihre Kehle zu entspannen und ihre Stimme ganz ruhig klingen zu lassen.

Walter Scholz stand ihr genau gegenüber. Er stützte die Flinte lässig auf der Hüfte ab, den Finger am Abzugshebel. Sie konnte seine starke Alkoholfahne riechen und sah außerdem in seinen flackernden Augen, wie es um ihn stand. Vielleicht noch nicht ganz volltrunken, aber genug, um eine erheblich herabgesetzte Hemmschwelle zu haben. Toni Jakobsen dagegen schien nüchtern zu sein. Er war vermutlich der Fahrer des Unglücksduos. Offenbar war ihm die Situation auch eher unangenehm. Nervös kündigte er an, das Haus jetzt zu inspizieren, während Scholz mit Barbara in der Küche blieb.

»Ich werde Sie anzeigen wegen Hausfriedensbruch«, sagte Barbara ruhig. »Das ist Ihnen beiden hoffentlich klar. Sie können hier nicht so einfach eindringen. Wer sind Sie denn?«

»Und wer sind Sie, dass Sie unsere Familien zerstören dürfen?«, polterte Scholz. »Sie glauben wohl, Sie wären was Besseres, nur weil Sie aus der Stadt kommen und studiert sind? Da kennen Sie uns aber schlecht. Wir kommen ganz gut allein klar, ohne solche Klugscheißer wie Sie. Und vor allem ohne solche, die sich in anderer Leute Sachen einmischen.«

»Sie nehmen es mir immer noch übel, dass ich mich damals um Freddi gkümmert habe«, stellte Barbara fest. »Warum eigentlich? Sie kommen doch mit dem Jungen schon lange nicht mehr klar. Das haben Sie doch auch vor Gericht in aller Öffentlichkeit zugegeben. Warum wollen Sie sich denn nicht helfen lassen?«

»Helfen lassen? Ich brauche keine Hilfe. Ich komme schon klar mit meinem eigen Fleisch und Blut, wenn man mich nur machen lässt. Freddi war schon immer aufmüpfig, schon als er klein war. Sein Bruder ist da ganz anders. So was kann man einfach nicht durchgehen lassen.«

»Waren Sie auch so aufmüpfig?«

»He, bleiben Sie stehen, wenn ich mit Ihnen rede«, polterte Scholz, als Barbara sich an den Tisch setzen wollte. Ihre Knie zitterten. Auch wenn sie nicht wirklich Angst hatte vor Scholz' Schrotflinte, mit deren Rohr er wild in der Luft herumfuchtelte. Angenehm war das Gefühl nicht, in der Gewalt eines bewaffneten Betrunkenen zu sein. Scholz entsicherte mit einem raschen Griff das Gewehr und kam so nahe an Barbara heran, dass er sie mit dem Lauf am Ellbogen vom Tisch wegschubsen konnte.

Barbara stützte sich mit den Händen auf dem Tisch ab. Sie beugte sich ein wenig vor in Richtung Scholz. Nur keine Angst zeigen.

»Herr Scholz, ich schlage vor, wir setzen uns jetzt mal und reden ganz in Ruhe miteinander.«

Der Tankwart polterte von draußen herein. »Nichts«, meldete er. »Niemand da.«

»Bleib draußen. Sag Bescheid, wenn jemand kommt«, sagte Scholz.

Nun wurde Barbara doch unruhig. Was, wenn Scholz vorhatte, sie tätlich anzugreifen? Wenn er sie vergewaltigen würde? Womit sollte sie sich wehren? Ob dieser Bewährungshelfer aus Sandesneben wirklich kommen würde? Wie lange würde er brauchen, bis er hier wäre? Wie lange mochte es her sein, dass er angerufen hatte – fünf Minuten oder zehn? Er hatte knapp zehn Kilometer zu fahren. Er könnte jeden Augenblick kommen. Hoffentlich war er in der Lage, sich gegen den schmächtigen Jakobsen durchzusetzen. Aber wenn der nun auch bewaffnet war? Sie schwor sich, sollte sie diese Sache unversehrt überleben, sich ebenfalls eine Waffe anzuschaffen. Bisher hatte sie die Geschichten von vergewaltigten Landärztinnen empört von sich gewiesen und gemeint, ihr könnte so etwas nicht passieren. Sie wäre einfach nicht der Typ, der sich vergewaltigen ließe. Wie hochmütig, so zu denken. Wie dumm von ihr. Sie ließ Scholz keine Sekunde lang aus den Augen. Reden. Sie musste mit ihm reden.

»Ich könnte mir gut vorstellen, dass Sie genauso ein Draufgänger waren wie Freddi. Ich mag ihn gerade deshalb, weil er so kompromisslos ist. Es gibt nur noch wenige couragierte Männer heutzutage.«

Scholz lachte. Es war mehr ein Aufschrei als ein Ausbruch von Heiterkeit. Der Mann musste ungeheuer unter Druck stehen. Bis zur Verzweiflung fertig mit der Welt. »Sie wollen mir schmeicheln? Sie können gern mehr von mir haben, wenn Sie wollen.« Scholz ließ die Hand mit der Flinte auf den Tisch sinken. Den Finger behielt er am Abzug. Die Gewehrläufe waren jetzt direkt auf Barbaras Bauch gerichtet. Jakobsen kam wieder an die Tür. »Wie lange willst du denn noch machen, Walter? Was willst du denn noch hier?«

»Hau ab«, schrie Scholz ihn an.

Er musste Barbara einen Moment lang aus den Augen lassen, um den Kopf zu Tür zu drehen. Barbara machte einen Schritt vor und warf sich über das Gewehr, das auf dem Tisch lag. Scholz schrie auf, als seine Hand unter dem Gewehrkolben schmerzhaft auf die Tischplatte gepresst wurde. Barbara kam wieder hoch, packte die Flintenläufe mit beiden Händen und riss ihm das Ding aus der Hand.

»Verdammte Hure«, knurrte Scholz und zog die schmerzende Hand an die Brust.

»In die Ecke«, schrie Barbara. »Los, Jakobsen, Sie auch.« Sie trieb die beiden Männer vor der Flinte her in die Küchenecke und griff im Vorbeigehen nach dem Handy. Ohne die Männer aus den Augen zu lassen, drückte sie mit dem Daumen die eins, eins, null. Und dann hörte sie zu ihrer unendlichen Erleichterung die Stimme von Kai-Uwe Patrik draußen vor dem Fenster ihren Namen rufen.

26

Am nächsten Morgen war der Himmel strahlend blau und die Büsche und Bäume trugen einen feinen weißen Pelz aus Raureif. Eine zarte Winterlandschaft wie aus Glas geblasen hatte den Garten und die Felder rund um das alte Pfarrhaus verzaubert. Barbara hatte sich bis Viertel nach acht ausgeschlafen und ausgiebig gefrühstückt, ehe sie in die Praxis aufbrach. Die Neuigkeit hatte sich natürlich schon längst herumgesprochen, waren Scholz und Jakobsen doch noch in der Nacht verhaftet und nach Oldenburg ins Untersuchungsgefängnis gebracht worden.

»Freut mich sehr, dass Sie das Ganze so gut überstanden haben«, sagte Frien, der mittags in der Praxis anrief, um sich nach ihrem Befinden zu erkundigen. »Wirklich, ich habe mir große Sorgen gemacht, als ich davon hörte.«

Barbara drückte den Hörer fester ans Ohr und nickte, obwohl Holzhändler Frien das am anderen Ende der Leitung nicht sehen konnte. Heute Morgen, als sie in die Praxis kam, hatte Frau Claasen sie schon mit einer mütterlichen Umarmung und lautem Lamento empfangen. Jürgen Stähr hatte sich in seiner Lieblingspose in den Türrahmen zu seinem Sprechzimmer gelehnt, sozusagen symbolisch zwischen zwei Welten verharrend, die seiner Pflichten als Medizinmann der Gemeinde und als ihr Chef; und die seiner privaten Interessen, seiner persönlichen Anteilnahme an Barbaras Wohlergehen. Er ließ offen, welchem Teil seine Besorgnis vorrangig entsprang. Zu gern hätte Barbara die Antwort gewusst. Der Doktor hatte die Arme vor der Brust verschränkt und Barbara kopfschüttelnd angesehen. »Es ist wirklich nicht zu verantworten, dass Sie noch länger so abgelegen in diesem einsamen Haus wohnen. Wir Landärzte sind zu exponiert, wie dürfen uns dem Zugriff der Menschen in unserem Bezirk nicht so schutzlos aussetzen. Das ist ganz einfach Dummheit. Wir werden eine andere Lösung finden müssen, Barbara.«

Frau Claasen hatte gleich ein Grundstück gewusst, nicht weit von der Praxis entfernt im Neubaugebiet. Eine scheußliche Reihenhaussiedlung, wie es sie auch im Hamburger Speckgürtel zuhauf gab. Dafür musste man nichts aufs Land ziehen.

»Es ist eben doch zu gefährlich für eine junge Frau, ganz allein da draußen am Feldweg zu hausen«, fing Ludger Frien jetzt auch mit dem Thema an. »Wenn Thomas da gewesen wäre, wäre das natürlich alles ganz anders abgelaufen.«

Der Name Thomas fuhr Barbara wie ein Messer zwischen die Rippen. Darüber wusste also auch schon das ganze Dorf Bescheid. Dass ihr der Mann weggelaufen war. So würden sie es doch sehen. Gestern Abend war wieder Probe des Bläserkreises gewesen. Ohne Thomas – und er hatte womöglich nicht mal für eine Vertretung gesorgt. War einfach weggeblieben, ohne über die Konsequenzen auch für sie, Barbara, nur eine Minute lang nachzudenken. Ihr Schmerz kippte um in bitteren Ärger, immerhin war der leichter auszuhalten.

»Und wir haben ihn nicht rechtzeitig nach Hause gehen lassen«, fuhr Frien fort. »Dabei hat er extra gesagt, er wolle zeitig weg. Er muss wohl so etwas geahnt haben. Wann sind die Burschen denn eigentlich gekommen?«

Barbara schluckte. »Thomas war gestern Abend auf der Probe? Ich meine, er war wirklich da?«

»Warum denn nicht? Natürlich war er da. Hat sogar ein eigenes Stück mit uns einstudiert. Fantastisch, der Junge. Demnächst wollen wir uns mal zusammen die alte Orgel ansehen.«

»Scholz und Jakobsen kamen so gegen halb neun«, sagte Barbara. Sie war verwirrt. Warum war Thomas in Bevenstedt gewesen und hatte sich nicht zu Hause gemeldet? Wo mochte er denn bloß stecken?

»Na, jedenfalls – wenn ich Ihnen etwas helfen kann, sagen Sie mir einfach Bescheid. Scholz wird ja wohl eine Weile auf Nummer sicher bleiben. Schlimm, die ganze Familie auf der schiefen Bahn. Dabei habe ich eine Zeit lang an Scholz einen guten Arbeiter gehabt. Aber der Mann ist unberechenbar. Musste ihn einfach entlassen, der ist ja ein Sicherheitsrisiko. Fristlos entlassen habe ich ihn, der soll sich bloß nicht wieder blicken lassen bei mir. Nicht mal auf dem Firmenparkplatz. Haben Sie schon gehört, was er angestellt hat?«

Barbara dröhnte der Kopf. Frau Claasen kam aus dem Labor, eine Blutprobe in der Hand, und machte ihr ein Zeichen. Auf der Liege im kleinen Behandlungszimmer lag eine Patientin, die schon eine ganze Weile auf sie wartete. Barbara zuckte die Achseln, um anzudeuten, dass sich das Telefonat nicht so leicht abwürgen ließ.

»Nicht dass es wieder heißt, der Kapitalist heuert und feuert, wie es ihm passt«, dröhnte Frien. »Schwarz gearbeitet hat er, fast jede Nacht, wochenlang. Hat sich in der Spätschicht an die Bandsäge geschlichen und eigene Aufträge abgearbeitet. Ja, wo kämen wir denn da hin? Mein Betrieb ist doch keine Hobbywerkstatt, wo jeder nach Belieben die Maschinen benutzen kann. Ole Schumacher, der zur Aushilfe an der Säge war, hat ihn machen lassen. Der kennt ja die

163

Schichtpläne nicht. Na, wie gesagt, der Scholz hat einfach keinen Charakter. Schade drum. Früher war er mal ein ganz anständiger Kerl. Auch wenn ihm die Hand schon immer ein bisschen zu locker gesessen hat. Aber Sie haben ihm ja gezeigt, was 'ne Harke ist. Prima, Mädchen. Zu ihnen kommt der bestimmt nicht noch mal wieder. Und die anderen Männer im Dorf haben jetzt auch Respekt.« Er lachte.

Barbara fand das nicht besonders komisch und schwieg.

»Mal ehrlich, Frau Doktor. Haben Sie denn wirklich keine Ahnung, wo der Freddi steckt? Ich meine, Sie haben ihn doch immer in Schutz genommen. Meine Frau hat Sie ja immer verteidigt. Auch nach der Sache mit seinem Einbruch bei mir in der Firma.«

Wie großherzig von Frau Frien. Leider kannte Barbara die Dame nicht persönlich. Sie war entweder nie krank oder ging mit ihren Wehwehchen gleich nach Kiel zum Spezialisten. »Ich habe Freddi nur einmal gesehen, seitdem er aus der Haft entlassen ist. Das war in der Obhut seines Bewährungshelfers. Mehr weiß ich wirklich nicht. Und jetzt übergebe ich an Frau Claasen, wegen des Termins für die Krankengymnastik.«

Sie überließ Ludger Frien seinen Zweifeln und reichte den Hörer mit einem vielsagenden Blickwechsel über den Empfangstresen, wo Frau Claasen kaum abwarten konnte, all die Neuigkeiten noch mal in aller Breite durchzukauen. Dann verschwand sie im kleinen Behandlungszimmer.

Barbara war sich nicht im Klaren darüber, wie sie den Umstand aufnehmen sollte, dass Thomas gestern Abend zwar in Bevenstedt gewesen, aber nicht nach Hause gekommen war. Er wollte also nicht alle Brücken hinter sich abbrechen. Er wollte sich den Rückzug offen halten. Er wollte jedoch Barbara schmoren lassen. Sie weder sehen noch wissen lassen, wo er sich aufhielt. Ja, wo mochte er sich nur aufhalten? Bei seinem Freund Klaus in Hamburg? Dort konnte sie nicht anrufen, mit Klaus war nicht gut Kirschen essen. Er war ein Zyniker und machte sich über alles und jeden lustig, vor allem über den Schaden anderer Leute. Wenn Thomas nun doch nicht bei ihm war, würde er wissen wollen, weshalb Barbara ihn suchte und was zwischen ihnen geschehen wäre. Und sicher hätte er eine hämische Bemerkung für sie parat. Sie könnte natürlich bei den Jungs aus seiner Band anrufen. Sie wohnten in ganz Norddeutschland verstreut, sie hatte nicht mal von allen die Telefonnummer. Nur von Jan, dem Sänger, der mit seiner Freundin auch auf dem Land lebte, irgendwo in der Nähe von Bremen. Aber die würden sicher auch komische Fragen stellen. Dann war da noch Thomas' Tante Elisabeth. Aber dort anzurufen kam noch weniger in Frage. Die würde sich mehr Sorgen machen als Barbara. Es gab einfach keinen Ausweg. Es sei denn, sie würde sich eine gute Lüge, einen raffinierten Trick ausdenken. Aber in so etwas war Barbara schon immer schlecht gewesen. Schon in der Schule. Sie hatte einfach nicht genug Fantasie zum Lügen. Es blieb ihr wohl nichts anderes übrig, als abzuwarten, bis der Herr sich von allein meldete. Und sich dann ihren Groll möglichst nicht anmerken zu lassen.

Nach der Sprechstunde fuhr Barbara nach Grömitz zum Einkaufen. Anschließend gönnte sie sich einen Eisbecher in dem einzigen Café an der Strandpromenade, das den ganzen Winter über geöffnet hatte. Sie sah auf das graugrüne Wasser und bedauerte, dass sie nicht öfter die paar Kilometer bis ans Meer fuhr, um ihre Seele zu lüften. Was half es denn, immer nur in Problemen herumzugraben, den Blick immer nur nach innen zu richten. Dort lag meistens nicht die Lösung, sondern nur mehr Probleme. Hinaus musste man schauen, die ganze Welt war die Lösung. Die Offenheit und Freiheit, nicht immer nur die Pflicht und der Zwang. Das genau war es, was sie an Thomas immer bewundert hatte, jeden Tag aufs Neue. Die Leichtigkeit, die Offenheit, die Freiheit. Das symbolisierte er für sie, von Anfang an. Und genau das machte sie ihm nun zum Vorwurf.

Vielleicht müsste sie diese Eigenschaften in sich selbst aktivieren, erst dann würden sie wieder ein Paar werden. Tausend Möglichkeiten sind in uns angelegt, hatte ihr Professor in klinischer Psychologie damals in der Antrittsvorlesung erklärt. Wir müssen nur lernen, sie zu aktivieren. Wie Lichtschalter, die wir anknipsen können. Sie liegen im Dunkeln, aber sie sind immer in unserer Reichweite. Wenn wir sie finden, können wir uns selbst weiterhelfen und brauchen dafür niemand anders zu benutzen. Als Arzt musste man seinen Patienten ebenfalls nur helfen, die eigenen Lichtschalter zu finden. Hilfe zur Selbsthilfe nannte man das. Aber es war tatsächlich das einzig Richtige, das hatte Barbara schon begriffen. Man konnte niemandem helfen und auch niemanden heilen, wenn der sich nicht selbst auch helfen und heilen wollte. Man musste auf seinem Weg durchs Leben sich immer wieder selbst auf die Spur kommen, dann lösten sich die Probleme genau wie die meisten Krankheiten ganz von allein auf.

Sie nahm sich vor, ihren »Thomas« in sich selbst zu wecken. Ein bisschen weniger pflichtbewusst, ein bisschen offener für die Welt da draußen, ein bisschen genießerischer, ein bisschen humorvoller zu sein. Wie sagte Thomas noch: »Ich halte immer mein Wort, wenn auch nicht sofort.« Wie sehr hatte dieser Satz sie in der letzten Zeit geärgert! Warum eigentlich? Warum musste sie ihr Wort immer sofort halten, warum ließ sie sich immer so leicht unter Druck setzen? Kein Mensch räumte einem die Zeit ein, aus freien Stücken zu tun und zu lassen, was unsere Pflicht war. Nie hatte man die

Chance, zu zeigen, dass man im Grunde ein guter Mensch war, der freiwillig das Notwendige tat. Und räumte diese Chance dann auch nie dem anderen ein.

Barbara lächelte in ihren Eiskaffee, bis sie merkte, dass die Kellnerin sie komisch ansah. Sie rief sie herbei, um zu zahlen. Sie kam sich plötzlich vor wie jemand, der anfing zu begreifen, was Freiheit sein könnte.

27

Schöller war der Erste, der in Lensahn vor dem Gemeindebüro auftauchte. Die Hände tief in den Hosentaschen vergraben stapfte er auf und ab, bis Anne Lockstedt auftauchte, die Sekretärin des Gemeindebüros.

»Na, Klaus, hast du es zu Hause nicht warm genug, dass du schon so früh hier bist? Ist doch erst halb sieben, vor sieben fangen wir aber nicht an.«

»Weiß ich«, meinte Schöller und drückte sich an der rundlichen Sekretärin vorbei in den Flur. »Ich geh schon durch.«

»Kannst mir ruhig helfen beim Kaffeekochen. Davon geht die Welt nicht unter. Moin, Tom, moin, Kollweg, Gott, was seid ihr heute alle pünktlich.«

»Gibt viel zu besprechen«, brummte Kollweg. Er war schon seit Urzeiten Mitglied des Gemeinderats, außerdem auch im Kirchengemeinderat, bei der freiwilligen Feuerwehr und amtlicher Leichenbestatter, also durchweg eine Respektsperson. Dafür war er so mager, dass man ihn leicht übersah, sofern man sich nicht an seinen ständigen Rauchwolken störte. Er war Kettenraucher und hatte immer eine brennende Kippe im Mundwinkel hängen.

Als nächste kamen Erich Bruhns und Petra Brinkmann. Die Postbotin verschwand gleich in der Kaffeeküche, um Anne Lockstedt zur Hand zu gehen. Als der Bürgermeister schließlich auftauchte, im Schlepptau Ludger Frien, den Holzfabrikanten, Wachtmeister Ellmeier und die zwei Herren von der Kripo Oldenburg, war man vollzählig. Im letzten Augenblick schlüpften noch Ole Schumacher und Barbara in den Raum. Schöller holte ihnen rasch Stühle. Die Sitzung konnte beginnen.

»Wir haben heute Abend eine außerordentliche Sitzung des Gemeinderats einberufen, weil es in letzter Zeit doch eine ganze Menge wichtige Ereignisse in Bevenstedt gegeben hat, auf die wir angemessen reagieren müssen. Darf ich vorstellen, die Herren Nadler und Brehm von der Kripo Oldenburg, die uns über den Stand der Ermittlungen in der Todessache Adele Jakobsen berichten werden. Das habe ich doch richtig gesagt?«, fragte der Großbauer und lachte. Er war im Laufe seiner vielen Amtsjahre so souverän geworden, dass er es sich sogar leisten konnte, öffentlich seine Unwissenheit zuzugeben.

Die Herren von der Kripo nickten. Nadler, der ältere von beiden, sah aus, als ob er hier aus der Gegend stammte. Er war klein und stämmig, hatte den runden, immer etwas roten Kopf der holsteinischen Bauern und kurze kräftige Hände, die er vor dem Bauch gefaltet hatte. Er mochte Ende fünfzig sein. Brehm, der jüngere, sah durchtrainiert und draufgängerisch aus. Kein Schreibtischtyp. Barbara hatte die beiden schon am Tag des Unglücks kennen gelernt und nickte ihnen jetzt im Rahmen der allgemeinen Begrüßung freundlich zu.

»Außerdem war unsere Frau Doktor Pauli so nett zu kommen, um aus ihrer Sicht etwas zu dem Unfall zu sagen. Dann haben wir noch die Reparatur der Brücke zu besprechen. Hierfür ist Ole Schumacher erschienen, der ja schon Anfang des Jahres seine Probleme mit den Straßenschäden durch die Holztransporter dargelegt hat. Dazu wirst du, Ludger, dann auch noch etwas beitragen.«

Der Holzfabrikant nickte. Er saß etwas zu gerade und steif auf seinem Stuhl. Offenbar hatte er endlich die ersten Lektionen Krankengymnastik für seinen kaputten Rücken hinter sich, die sein Schwager Jürgen ihm schon seit langem verschrieben hatte. Bei dem Gedanken an Jürgen Stähr wurde Barbara ein wenig warm ums Herz. Sie sah den Doktor vor sich, wie er sich eben von ihr verabschiedet hatte – wie immer im Türrahmen seines Sprechzimmers lehnend, sie aufmerksam und mit einem leisen Lächeln betrachtend, nachdem er ihr in den Mantel geholfen hatte.

»Was ist?«, hatte Barbara gefragt.

Jürgen Stähr hatte den Kopf geschüttelt. »Nichts. Ich freue mich schon darauf, Sie morgen wieder zu sehen.«

»Vielleicht fangen Sie gleich mal an, Frau Doktor«, funkte die Stimme des Bürgermeisters in ihre Gedanken.

»Als ich zur Unfallstelle kam, war Adele Jakobsen bereits tot«, begann Barbara. »Die Todesursache, die im Anschluss an meine Untersuchung in der Gerichtsmedizin bestätigt wurde, war eine Rauchvergiftung. Sie hatte außerdem eine schwere Kopfverletzung, vermutlich durch den Aufprall des Wagens am Brückengeländer verursacht.«

»Der Hergang war so«, unterbrach Brehm Barbara mit einer entschuldigenden Handbewegung. »Der nordöstliche Brückenpfeiler wurde durch die Explosion eines Sprengsatzes am Samstagmittag, dem 6. Dezember, gegen 14 Uhr beschädigt. Die Straßendecke auf der Brücke senkte sich daraufhin ab. Von unten, von der Autobahn aus, war der Schaden kaum zu bemerken. Wir erhielten daraufhin auch keine Notrufmeldung. Adele Jakobsen überquerte die Brücke gegen halb drei Uhr am Samstag, vermutlich als erste nach der Explosion. Sie wollte ihre Schwägerin, die auf der anderen Seite der Autobahn wohnt, besuchen. In der abgesenkten Fahrbahn hat sie wahrscheinlich die Kontrolle über den Wagen verloren. Der

Wagen schleuderte gegen das Brückengeländer und geriet in Brand. Wegen der Kopfverletzung konnte die Frau den Wagen nicht mehr verlassen und erstickte.«

Die Männer rutschten unruhig auf ihren Stühlen. Anne Lockstedt erhob sich und reichte die Kaffeekannen herum. Petra Brinkmann warf Barbara einen hilfesuchenden Blick zu. Barbara wusste nicht recht, wie sie ihn deuten sollte. Schließlich erhob sie die Stimme über das allgemeine Gemurmel und Gescharre.

»Ich möchte an dieser Stelle betonen, dass Adele Jakobsen mit Sicherheit nicht betrunken war, als sie den Wagen lenkte. Sie war entgegen der landläufigen Auffassung keine Alkoholikerin.«

Petra Brinkmann nickte begeistert. Offenbar hatte sie genau das hören wollen.

»Das habe ich mir aber ganz anders vorgestellt«, fing Erich Bruhns an. Er zog eine Tasse Kaffee zu sich heran, die die Gemeindesekretärin eingeschenkt hatte, und goss sich aus dem Flachmann in seiner Jackentasche einen kleinen Schuss Schnaps hinein. »Ich habe vielmehr gehört, dass Adele so voll war, dass sie den Wagen von ganz allein gegen den Pfeiler gesetzt hat. Und nun ist der Schaden da. Und wer soll dafür aufkommen?«

»Unsinn«, korrigierte der Kriminalkommissar. »Die Explosion dieses selbst gebastelten Sprengkörpers ist einwandfrei nachgewiesen. Die Straße war bereits kaputt, als Adele Jakobsen darüber fuhr. Ob sie im Vollbesitz ihrer geistigen Kräfte war oder nicht ...« Er unterbrach, weil man ihm gar nicht zuhörte. Alle redeten plötzlich durcheinander.

»Adele war nie ganz bei der Sache«, krakeelte Ole Schumacher.

»Adele war krank«, wusste Kollweg beizusteuern.

»Adele und Toni hatten ja immer Krach«, meinte Tom

Joost, der Protokollant. »Wenn man bei denen tanken wollte, musste man erst mal abwarten, bis der Haussegen wieder gerade hing. Und Adele taumelte dann immer so aus der Hütte, dass man dachte, die Alte hat mal wieder zu viel getankt.« Gröhlendes Gelächter.

»Adele Jakobsen war krank«, sagte Barbara leise. »Sie war sogar schwer krank.«

Es wurde schlagartig still im Raum. Nur Schöller, der gar nicht so laut gesprochen hatte, war jetzt noch zu hören. »… darum bin ich immer zu Aral nach Lensahn gefahren«, endete er mit gesenkter Stimme.

»Was hatte sie denn?«, fragte Bruhns. »Was mit dem Unterleib?«

Irgendjemand kicherte. Barbara warf einen vernichtenden Blick in die Runde.

»Was sie hatte oder nicht, geht die Öffentlichkeit gar nichts an. Ich habe Frau Jakobsen kurz vor ihrem Tod gründlich untersucht und auch eine Laboruntersuchung veranlasst. Sie war seit langem sehr krank. Sie litt unter anderem unter schweren Schwindelanfällen. Trotzdem war sie im Vollbesitz ihrer geistigen Kräfte und durchaus in der Lage, einen Wagen zu steuern. Mehr möchte und kann ich in diesem Rahmen nicht sagen.«

»Na, dann ist die Brücke also wirklich in die Luft gejagt worden. Dann wissen wir ja auch alle, was wir davon zu halten haben«, murmelte Kollweg und zündete sich die nächste Zigarette an. Niemand wagte, ihm das zu untersagen, obwohl er der Einzige war, der rauchte.

»Es sieht ganz so aus«, sagte Ludger Frien. »Und das heißt, dass Adele Jakobsen letztlich Opfer eines politischen Anschlags geworden ist. Ich denke, wir sollten uns an dieser Stelle für eine Gedenkminute erheben.«

Alle standen auf und starrten in die Mitte des Tisches.

Nach einem Augenblick machte der Bürgermeister das Zeichen, wieder Platz zu nehmen. Irgendwie war die Atmosphäre plötzlich verändert. Petra Brinkmann ließ Barbara nicht aus den Augen und zwinkerte ihr immer wieder freundlich zu. Barbara wäre jetzt gern gegangen. Es ging schon auf neun Uhr zu. Sie hatte einen langen Tag hinter sich. Und zu Hause wartete Anton auf seine Möhren. Außerdem musste der Herd wenigstens einmal am Tag richtig durchgeheizt werden. So ging es nicht weiter. Sie würde jetzt eine Heizung einbauen lassen. Sie musste ihr Haus endlich in Besitz nehmen und nach ihren Wünschen gestalten. Wieder wurde sie aus ihren Gedanken gerissen.

Ole Schumacher, der den Getränkehandel kurz vor der Brücke betrieb, die gleichzeitig Zufahrtsstraße zu Ludger Friens Holzfabrik war, während sie jenseits der Brücke in die Wälder des Gräflich Hollenstedtischen Forstes führte, hatte sich erhoben.

»Es geht das Gerücht, dass die Brücke abgerissen werden soll. Ich will mal sagen, dann kann ich meinen Laden ja gleich dichtmachen. Jahrelang habe ich mich mit den Straßenschäden wegen der Holztransporter vom Grafen rumschlagen müssen. Ein Getränkelieferant nach dem anderen weigerte sich, mich zu beliefern, weil ihm die Flaschen wegplatzten, wenn sie bei mir über die Schlaglöcher rumpelten. Letztes Jahr nun, hier in diesem Raum, mit euch allen dabei, haben wir vernommen, dass der Graf und du, Ludger, du auch, sich um eine Lösung kümmern wollten. Ihr habt es mir in die Hand versprochen. Und nun das. Wenn die Brücke wegkommt, mach ich pleite. Dann kommt keiner mehr bis zu mir raus. Und die Feriensiedlung kann mir auch gestohlen bleiben. Die kaufen bei uns bestimmt nicht ein.«

Der Bürgermeister wollte die Rednerliste eröffnen, aber alle sprachen plötzlich laut durcheinander.

»Ich bin egalweg ruiniert, ganz gleich was ich mache«, füg-te Ole Schumacher hinzu, als es wieder ruhiger wurde. »Nur weil so ein paar Verrückte zu kokeln anfangen, gehen wir al-le vor die Hunde. Dann müssen wir uns eben wehren! Dann fangen wir eben auch so an!«

»Ich habe noch einen alten Feuerlöscher auf dem Boden«, rief Joost ohne Rücksicht auf sein Protokoll. »Den borg ich dir!«

Er erntete gröhlendes Gelächter. Bürgermeister Petersen hatte Mühe, die Gemüter wieder zu beruhigen. Er klopfte mit den Fingerknöcheln auf die Tischplatte.

»Meine Herren, meine Damen, ich bitte doch um ein biss-chen mehr Haltung. Ludger, du wolltest etwas dazu sagen.«

Ludger Frien erhob sich. Sein Gesicht war grau, er schien wieder Schmerzen zu haben. Barbara musste zugeben, dass der Mann Charisma hatte. Anfangs hatte er ihr ein wenig zu sehr in das Klischee des bösen Unternehmers gepasst. Doch je mehr seine vorgefallenen Bandscheiben ihn quälten, desto besser gefiel er ihr.

»Liebe Freunde, ich habe eine gute Nachricht, was das Straßenproblem und die Gräflich Hollenstedtischen Wälder anbelangt. Ich habe vor kurzem mit dem Grafen folgende Vereinbarung ausgehandelt: Hollenstedt hat mir versichert, wie viel ihm daran liegt, dass er mit uns allen in gutem Ein-vernehmen zusammen lebt. Das soll ich ausdrücklich von ihm ausrichten. Er wird darum im vollen Umfang für die Ausbesserung der Straße aufkommen.«

Heftiger Beifall unterbrach den Holzfabrikanten. Frien wartete ab, bis das Gemurmel sich wieder gelegt hatte. »Er bittet allerdings noch um etwas Geduld. Spätestens im nächs-ten Frühjahr – wir haben den 31. Mai als Abschlusstermin ausgemacht – ist die Straße repariert und wird von da ab nicht mehr von seinen Schwertransportern frequentiert werden. Und noch was: Die Brücke wird definitiv nicht abgerissen. Ist das ein Wort, Ole?«

Ole Schumacher hob die Hand, während die anderen als Zeichen ihrer Zustimmung auf die Tischplatte trommelten. Ole stand auf. »Dein Wort in Gottes Ohr, Ludger. Ich bin ...«, Ole Schumacher suchte nach dem richtigen Wort. Seine Stimme schwankte. In seinem ganzen Leben hatte er noch nicht so lange vor so vielen Leuten geredet wie an diesem Abend. Aber schließlich ging es um seine Existenz. »... ich bin gerührt. Ich bin sehr gerührt. Auch im Namen meiner Familie.« Schumacher wischte sich die Tränen aus den Augenwinkeln und ließ sich wieder auf seinen Platz fallen.

Anne Lockstedt schenkte ihm Kaffee nach. Barbara tauschte wieder einen langen Blick mit Petra Brinkmann. Kollweg beugte sich zu Barbara.

»Dann wurde dem Grafen wohl was Besseres versprochen«, raunte er ihr zu. »Diese Halunken, die fallen doch immer wieder auf die Füße.«

Barbara nickte, auch wenn sie nicht verstand, was Kollweg meinte. Sie sah auf die Uhr. Viertel nach neun. Das Ende der Sitzung war nicht abzusehen. Bürgermeister Petersen fragte den Stand der Ermittlungen ab. Nadler antwortete langatmig und ausschweifend, ohne konkrete Informationen zu liefern.

»Was ist denn nun mit Freddi?«, fragte Bruhns.

Nadler schüttelte den Kopf. »Darüber kann ich keine Auskunft geben.«

»Ich weiß gar nicht, was es da noch zu geheimnissen gibt«, rief Kollweg empört. »Das liegt doch auf der Hand: Freddi Scholz gehört ganz eindeutig zu der Bande, die sich an unserer Brücke zu schaffen gemacht hat. Theo Diem hat ihm den Feuerlöscher gegeben, er hat es mir selbst gesagt. Der Junge muss bestraft werden, sonst haben wir demnächst überall mit Gewalt und Gewaltverherrlichung zu tun. Noch sitzen wir alle schön und trocken. Du, Ole, du hast deinen Getränkeladen, du, Schöller, träumst immer noch von deinem Fußballfeld und du, Bruhns, versäufst in Ruhe dein Arbeitslosengeld. Aber frag mal den Wachtmeister, der steht draußen mit seinen Kollegen. Die haben mit den Rabauken zu tun, die Feuer legen und brandschatzen. Die müssen die Köpfe hinhalten, nicht wir. Und darum müssen wir jetzt auch endlich ein Zeichen setzen, damit den jungen Leuten klar gemacht wird, dass sie mit Gewalt und Chaos hier bei uns nichts ausrichten können.«

Jetzt bekam Petersen die Leute nicht wieder zur Ruhe gerufen und ordnete kurzerhand eine Pause an. Barbara nutzte die Gelegenheit, um aus dem Saal zu schlüpfen. Petra Brinkmann kam hinter ihr her. Sie griff nach Barbaras Mantel, der an der Garderobe hing, und half ihr hinein.

»Ich wollte Ihnen noch danken, Frau Doktor. Adele hat bei uns früher immer ausgeholfen, wenn Mutter zu viel Arbeit bei der Ernte hatte und so. Sie hat uns Kindern Essen gemacht und bei den Schularbeiten geholfen. Tante Adele haben wir immer zu ihr gesagt. Obwohl sie nicht mit uns verwandt war. Ich habe sie aber so gern gehabt wie eine richtige Tante. Und ich wollte nicht, dass alle so schlecht von ihr redeten. Sie war wirklich krank. Und sie wusste das auch. Sie hatte Krebs, nicht wahr?«

Barbara nickte. »Leukämie. Ziemlich fortgeschritten.«

»Sie hat es gewusst«, sagte die Postbotin. »Und ich glaube, sie wollte Schluss machen. Sie wollte nicht im Krankenhaus sterben.«

28

Das Klopfen hallte durchs ganze Haus. Und es war echt. Es gehörte nicht zu ihrem Traum. Barbara setzte sich auf und versuchte, so schnell wie möglich wach zu werden. Es war kurz vor sieben Uhr. Sie schwang die Beine aus dem Bett. Die Kälte machte sie endgültig wach. Sie tappte ans Fenster und hauchte ein Loch in die Eisblumen. Schnee! Die glitzernde Raureiflandschaft von gestern Morgen hatte sich in eine aufgeplusterte, tief verschneite Winterlandschaft verwandelt. Die Sonne war noch nicht aufgegangen, aber über den weißen Feldern kroch das Licht schon grau über die Linie des Horizonts. Barbara öffnete das Fenster und sah drei dunkle Gestalten auf ihrer Terrasse stehen. Die größte von ihnen fing wieder an, mit der Faust gegen die Küchentür zu schlagen.

»Colette?«, rief Barbara. »Bist du es? Ich komme runter.«

Sie zog sich rasch Strümpfe an und schlüpfte in ihren dicken Bademantel. Dann sprang sie die Treppe hinab und ließ die drei frierenden Gestalten ins Haus, Colette Ochs mit ihren beiden Kindern Philipp und Xenia. Colette trug einen kleinen Koffer. In der Küche war es noch ein bisschen warm, der Herd hatte über Nacht die Glut gehalten.

»Entschuldige den Überfall«, sagte Colette und blieb neben dem Herd stehen. Ihre Kinder drückten sich an ihre Beine wie junge Hunde. Sie sahen blass und müde aus, so als hätte man sie gerade erst aus dem Bett gerissen. Philipp rutschte die große Pudelmütze in die Augen. Xenia schlief fast im Stehen ein. »Du musst uns helfen.«

Barbara schob die drei ein bisschen weiter und rüttelte die Glut auf. Ein schönes, dickes Stück glühende Kohle tauchte aus der Asche auf. Absurd, wie sehr sie sich darüber freuen konnte, das Feuer überlistet zu haben, während viel wichtigere Probleme anstanden. Sie legte Holz und Briketts nach, das Holz fing fröhlich an zu knacken und zu knistern. Dann setzte sie Kaffeewasser auf und holte die Milchtüte aus dem Kühlschrank.

»Setzt euch erst mal hin. Habt ihr schon gefrühstückt?«

»Nein«, sagte Xenia mit weinerlicher Stimme. »Ich hab Hunger.«

Barbara stellte Geschirr, Besteck, Butter und Marmelade auf den Tisch und schnitt ein paar Scheiben Brot vom Laib. Xenia, die in diesem Jahr zur Schule gekommen war, fing gleich an, sich eine Scheibe zu schmieren. Sie griff nach dem Marmeladenglas, warf einen Blick auf ihre Mutter und ließ zwei volle Teelöffel Pflaumenmus auf ihre Brotscheibe tropfen. Colette schien es gar nicht zu registrieren. Tuschelnd versorgten sich die Kinder selbst.

»Kannst du uns zum Bahnhof nach Neustadt bringen?«, fragte Colette und stellte sich neben Barbara, die den Kaffee aufgoss. »Am besten jetzt gleich?«

»Was ist denn passiert? Wo wollt ihr hin so früh?«

»Nach Berlin. Ich verlasse ihn«, fügte Colette flüsternd hinzu und machte eine vage Kopfbewegung in Richtung der Kinder, die sich am Küchentisch mit Marmeladenbroten den Bauch vollschlugen. Barbara fiel ein, dass die Kinder zu Hause nichts Süßes essen durften. Zum Frühstück gab es immer nur Müsli.

»Peter?«

Colettes Augen blitzen. »Er ist wieder mit diesem Flittchen zusammen. Hast du es etwa auch gewusst? Alle wussten es. Nur ich nicht!«

»Peter?«, fragte Barbara noch einmal.

»Wer denn sonst. Immer noch diese Bruhns, eure Azubi. Hast du es denn nie bemerkt? Du hast mir nie etwas davon gesagt.«

»Es ist mir nicht aufgefallen. Und Doris ist doch erst siebzehn.«

»Eben.«

»Verdammt!« Barbara balancierte den Kaffeefilter über die Anrichte zum Waschbecken. Die Kaffeekanne war kurz davor, überzulaufen. »So ein Blödmann.«

»Das kann man wohl sagen. Aber jetzt ist es genug. Das ganze Dorf lacht schon über mich. Dabei hat er mir im Sommer hoch und heilig versprochen, mit ihr Schluss zu machen. Und ich Trottel habe ihm geglaubt. Aber das ist vorbei. Ich mache Schluss. Ich gehe zurück nach Berlin.«

»Und die Kinder nimmst du mit«, dachte Barbara laut zu Ende. »Klar.«

»Natürlich. Aber wir müssen uns total beeilen. Er muss heute erst zur dritten Stunde in die Schule. Da schläft er bestimmt bis neun. Er ist ja erst um halb drei nach Hause gekommen.«

»So ein Blödmann«, wiederholte Barbara und schenkte für sich und Colette Kaffee ein. Die Kinder lachten inzwischen fröhlich und sahen nicht mehr ganz so durchsichtig aus. Barbara schnitt noch ein paar Scheiben Brot ab. Raubtierfütterung. »Und woher weißt du es?«

»Alle wissen es – bis auf dich und mich. Ich habe sie gestern Abend zusammen gesehen. Mit eigenen Augen. Als ich von Frau Plettenberg zurückkam. Die Bruhns stieg zu ihm ins Auto. Als er nach Hause kam – um halb drei – habe ich ihn zur Rede gestellt. Er hat natürlich alles abgestritten. Aber ich habe auch mit Frau Claasen gesprochen. Sie hat zugegeben, dass sie schon öfter gesehen hat, wie er Doris von der Praxis abgeholt hat.«

»Die Claasen ist eine Klatschbase.«

»Na und? Wenn es doch wahr ist! Soll ich mir etwa alles gefallen lassen?«

»Nein, Colette. Aber Peter ist halt so ein Typ, er muss es bei jeder versuchen. Das weißt du doch schon lange. Und ihr seid trotzdem immer noch zusammen.«

»Hat er es bei dir etwa auch schon versucht?«

Barbara überlegte einen Augenblick, aber sie war noch zu müde, um die Antwort gewissenhaft abzuwägen im Hinblick auf ihre Chancen, Colette zu besänftigen. Sie entschied sich für die nackte Wahrheit und nickte vorsichtig.

»Was? Meine beste Freundin? Meine einzige Freundin hier hat er angemacht? Dieser Schuft!«

Barbara zog eine Grimasse und übertrieb sie dann, um die Kinder zum Lachen zu bringen, die besorgt ihre Mutter ansahen.

»Ich muss jetzt aber zur Schule«, sagte Xenia leise. »Ich möchte gern in die Schule.«

Colette schüttelte energisch den Kopf. »Du gehst heute nicht in die Schule. Wir fahren zu Tante Anne. Das habe ich dir doch schon erklärt.«

Xenia sah erschrocken und unglücklich auf ihren Teller.

Philipp bohrte gedankenverloren in der Nase. »Fährt Papa auch zu Tante Anne?«

Colette sah Barbara verzweifelt an. Barbara wünschte, sie wäre an diesem Morgen nie aufgestanden. Es war Viertel vor acht. In einer Stunde begann die Sprechstunde. Wenn sie die drei wirklich nach Neustadt fahren sollte, müssten sie bald aufbrechen. Sie erhob sich. »Hast du dir das auch alles gut überlegt? Du wirst mir fehlen.«

Colette nickte. Ihre Schultern bebten. Sie befand sich mitten in einer hysterischen Krise. Mit Vernunft war ihr vermutlich nicht beizukommen. Vielleicht war es tatsächlich das Beste, sie würde zu ihrer Freundin nach Berlin fahren und ein paar Tage in Ruhe über alles nachdenken.

Colette griff nach Barbaras Hand. »Hat er wirklich versucht, mit dir ...«

»Es war nicht weiter wichtig«, sagte Barbara rasch. »Eine Flirterei. Er braucht das. Aber er braucht vermutlich auch mal was auf die Finger. Es ist sicher eine gute Idee, wenn ihr ein Weilchen abhaut und ihn schmoren lasst. Ich werde ihm nichts verraten. Soll er sich doch Sorgen machen, wo ihr seid.«

»Du sagst ihm nichts, oh ja. Und ich werde mich auch nicht melden. Meine Freundin verleugnet mich am Telefon, das ist eine ihrer leichtesten Übungen. Die macht es ihren Männern nie so leicht wie ich.«

Colettes Augen blitzten plötzlich wieder. So gefiel sie Barbara schon viel besser. »Und wir werden in Berlin auf den Weihnachtsmarkt gehen und Karussel fahren. Dazu habt ihr doch Lust, oder?« Xenia lächelte, Philipp kreischte vor Vergnügen. »Und zu Weihnachten kommt die Oma aus Paris und vielleicht sogar der Weihnachtsmann. Aber nur, wenn ihr jetzt schön artig die Hände wascht und eure Handschuhe wieder anzieht. Wir fahren jetzt nämlich mit der Eisenbahn.«

Die Straßen waren noch nicht geräumt und Barbara war fast eineinhalb Stunden unterwegs für die paar Kilometer nach Neustadt und zurück. Als sie in die Praxis kam, empfing Frau Claasen sie vollkommen aufgelöst.

»Das Wartezimmer ist proppevoll. Und der Doktor lässt

ausrichten, dass er sich heute nicht wohlfühlt. Sein Magen mal wieder. Dabei sind auch noch Hausbesuche zu machen. Immer dasselbe, kurz vor Weihnachten werden sie alle krank. Und ich dachte schon, Ihnen wäre womöglich etwas zugestoßen. Bei diesem Wetter.«

Sie nahm Barbara den Mantel ab und schüttelte den Schnee vom Saum. Die Fussböden in der Praxis sahen aus wie nach einer Schneeballschlacht. Doris Bruhns kam aus dem Labor und begrüßte Barbara mit ihrem üblichen schüchternen Lächeln. Bisher hatte Barbara das junge Mädchen immer für ein bisschen einfältig gehalten. Sie wirkte distanziert, aber das tun ja mehr oder weniger alle Siebzehnjährigen. Und von einer Auszubildenden, die die ersten Tage an ihrem Arbeitsplatz hinter sich brachte und vollkommen verunsichert und gestresst war, war wirklich nichts anderes zu erwarten als hilflose Unterwürfigkeit oder schützende Distanziertheit. Hinzu kam bei Doris, dass sie durchaus wusste, dass sie ein hübsches Gesicht hatte und eine püppchenhafte Figur, wie die Männer sie liebten. Dabei kleidete sie sich schlicht und unauffällig, aber selbst das stand ihr gut. Ihre sandfarbenen halblangen Haare band sie sich in der Praxis zu einem einfachen Zopf zusammen. Unter dem weißen Kittel, um den es keine Minute lang Streit wegen der Länge gegeben hatte, trug sie Jeans und praktische Birkenstock-Sandalen. Wie viele junge Mädchen hätten dagegen Sturm gelaufen und auf hochhackigen oder zumindest schickeren Schuhen bestanden. Mit Doris kein Problem. An der Garderobe hing ihre pelzbesetzte rote Wolljacke, ein hübsches, geschmackvolles Stück, fast zeitlos schlicht, ganz sicher nicht der letzte Schrei für Teenies. Mit einem Blick erfasste Barbara aus dieser neuen Perspektive heraus, dass Colette womöglich tatsächlich ein ernsteres Problem hatte, als Barbara im ersten Augenblick gedacht hatte. Doris Bruhns war nicht auf die leichte Schulter zu nehmen. Wenn Peter sich nun ernsthaft verliebt haben sollte? Er war Mitte dreißig, eigentlich noch zu jung für eine echte Midlifecrisis, aber wer weiß, vielleicht war auch das auf dem Land anders? Vor lauter Langeweile war jede Abwechslung recht. Absurd. Da kämpfte und arbeitete man dafür, sich ein schönes Haus in der Abgeschiedenheit eines hübschen Landstrichs zu bauen, renovierte und restaurierte jahrelang, setzte Kinder in die Welt und versuchte, alles dafür zu tun, daß sie eine schöne Kindheit erleben konnten, und dann wurde einem plötzlich alles zu eng. Als könnte man das Glück nicht aushalten. Als wäre man überfordert mit der Situation, fertig zu sein, alles optimal eingerichtet zu haben. Warum nur?

Barbara ging in ihr Sprechzimmer, wo Frau Claasen die Karteikarten der Patienten schon in der Reihenfolge auf ihrem Schreibtisch bereitgelegt hatte, in der sie sie hereinschicken würde. Den Garten bis zum Waldrand bedeckte eine unberührte Schneelandschaft. Die Tannen trugen dicke, weiße Polster und die Zweige bogen sich unter ihrem Gewicht. Auch die kahlen schwarzen Äste der Forsythien, die im Frühjahr so wunderbar geblüht hatten, trugen weiße Kappen wie aus Hermelin auf den Zweigen. Und an den Fensterscheiben wucherten die Eisblumen. Winter auf dem Lande. Barbara wünschte, sie hätte eine Musikanlage in ihrem Zimmer. Dann würde sie jetzt Vivaldis »Vier Jahreszeiten« auflegen, den »Winter«. Das würde auch den Patienten gut tun. Sie würde Jürgen Stähr vorschlagen, einen CD-Spieler für die Praxis anzuschaffen, wenn er wieder gesund wäre.

Frau Claasen schickte den ersten Patienten herein. Es war Kai-Uwe Patrik. Barbara erschrak.

»Hat man Freddi endlich gefunden?«, fragte sie nach kurzer, herzlicher Begrüßung. Seit dem nächtlichen Überfall von Walter Scholz hatte sie den Bewährungshelfer noch nicht wieder gesprochen.

Kai-Uwe schüttelte den Kopf. »Wir haben nichts von ihm gehört. Sie etwa?«

»Nein. Und Ihr Mitbewohner? Ich war gestern Abend auf der Sitzung des Gemeinderats. Es sieht wohl schlecht aus für die beiden, wie? Ich kann mir einfach nicht vorstellen, dass sie das wirklich getan haben sollen. Dieser Sprengstoffanschlag – so was macht man doch nicht mal eben so. Da steckt doch mehr dahinter.«

»Von Rolf haben wir nichts mehr gehört. Die paar Sachen, die er mitgebracht hat, sind alle noch da.«

»Schade. Dabei ist ihr Haus traumhaft gut geeignet für eine Wohngemeinschaft. Warum richten Sie nicht eine Wohngruppe für Jugendliche ein? Sie sind doch Pädagoge. Und so eine Einrichtung fehlt hier auf dem Land.«

»Schon möglich«, meinte Kai-Uwe langsam. »Aber schließlich wohne ich nicht allein dort. Noch nicht.«

»Natürlich nicht«, sagte Barbara. Sie warf einen Blick auf die Karteikarte, die Frau Claasen angelegt hatte. Name, Adresse, Telefon, Beruf und den Grund des Kommens erfragte Frau Claasen immer schon vorn am Tresen und trug die Informationen auf der Karteikarte ein. Kai-Uwe war noch nie in der Praxis gewesen. Er sah auch gar nicht aus wie einer, der ärztlichen Rat nötig hatte. Ein großer, kräftiger, gesunder junger Mann. Irgendwas schien ihn heute allerdings zu bedrücken. Barbara ließ sich noch ein bisschen Zeit, dann fragte sie: »Dann kommen Sie also als Patient. Um was geht es denn?«

Kai-Uwe starrte auf den Boden. Er stützte die Ellbogen auf die Knie und hielt den Kopf gesenkt. Sein Haar war noch ganz dicht und dunkelblond ohne ein einziges graues Härchen.

»Es geht um Friederike. Meine Freundin. Wir haben da ein Problem.«

Barbara wartete ab. Sie war ganz konzentriert, aber entspannt. Sie dachte an nichts, sah nur abwartend auf diesen blonden, lockigen Schopf vor ihr.

»Friederike möchte gern ein Kind. Und ich auch, eigentlich. Aber ich habe mich sterilisieren lassen. Vor ungefähr zehn Jahren.«

29

»So, Mädchen, da habt ihr die leckeren Früchtchen, direkt vom Baum. Hab ich selbst für Euch gepflückt, mit Liebe«, griente der Apfelbauer mit seinen Persil-weißen Zähnen und hievte die letzte Kiste Äpfel von seiner Sackkarre. »Nun macht es euch man schön gemütlich. Gut eingeheizt hat er ja, der Herr Pfarrer.«

Barbara sah sich unbehaglich nach der Heizquelle um. Es war eher drückend heiß als mollig warm im Gemeindesaal und es würde noch viel wärmer werden, wenn erst alle da waren. Man sollte eigentlich erst mal lüften, ehe man mit den Aufbauarbeiten begann. Zwei dicke Ölöfen brüteten an der Stirnseite des Saals vor sich hin. Sie ging zur Fensterfront und versuchte, eins der Klappfenster zu öffnen.

»Mach's bloß nicht so kalt«, rief eins der so genannten »Mädchen« von hinten. Ein paar andere fingen an zu kichern, als wären sie wieder in der Schule. So war es immer, wenn sie zusammenkamen, um die traditionelle Weihnachtsfeier der Landfrauen zu begehen. Eine Bombenstimmung wie früher in der Schule. Unter den anwesenden Damen gehörte Barbara mit Abstand zu den jüngsten, zusammen mit Petra Brinkmann, der Postbotin, die erst sechsundzwanzig war. Zum Leidwesen aller anderen war sie noch immer unverheiratet. Man hatte nicht gern ledige Frauen im Dorf, stellten sie doch eine potenzielle Gefahr für alle Ehen dar. Andererseits waren sie eine willkommene leibhaftige Drohung für die heranwachsenden Töchter, dass man auch sitzen bleiben und eine alte Jungfer werden konnte, wenn man sich nicht rechtzeitig um einen Mann bemühte. Wie vor tausend Jahren, dachte Barbara, wenn sie jemanden über die »arme« Petra Brinkmann tuscheln hörte, die jeden Morgen mit ihrem gelben Postfahrrad fröhlich die Post ausfuhr. Schon von weitem winkte sie allen zu und wirkte eigentlich auch ohne Mann ganz glücklich und ohne Not. Glücklicher, wenn man ehrlich war, als die meisten Familienfrauen. Ob sie es wirklich war, wusste natürlich niemand. Auch Barbara hätte es nicht sagen können, denn Petra Brinkmann gehörte mit ihrer kräftigen, rundlichen Statur zu den Kerngesunden und war noch nie in der Gemeinschaftspraxis aufgetaucht. Barbara beschloss, sich heute neben sie zu setzen und sie ein bisschen näher kennen zu lernen. So entkam sie auch den alten Schachteln mit ihrem ständigen Lamento über Gott und die Welt. Nur Susi Lethfurt, die einen Hang nach »oben« hatte und schon deshalb immer gern mit Ärzten und Lehrerinnen und dem Pastor zu tun hatte, guckte etwas pikiert, als Barbara fern von ihr ihre Handtasche über die Stuhllehne neben der Postbotin hängte.

An der Längsseite des Saals wurde eine lange Reihe Tische zu einem Tresen zusammengeschoben, der sich in Windeseile mit Handarbeiten, Strohsternen, selbst gedrehten Bienenwachskerzen, Emaillearbeiten, beklebten und bemalten Spanschachteln, bemalten Seidentüchern, selbst gebackenen Keksen und schließlich einem der üppigsten Kuchenbuffets, die Barbara je gesehen hatte, füllte. Immer mehr Frauen strömten in den Gemeindesaal, Frauen, die Barbara das ganze Jahr über nicht zu Gesicht bekommen hatte. Sie kamen nicht nur aus Bevenstedt und Lensahn, sondern aus allen möglichen

187

Dörfern der Umgebung bis hin zur Küste. Der Weihnachtsbasar der Landfrauen in Ostholstein war berühmt und be-
liebt. Auch ein paar Männer mischten sich schließlich unter
die Kauf- und Schaulustigen und die mehr oder weniger
scheußlichen Bastelarbeiten gingen weg wie warme Sem-
meln. Einen hübschen gewebten Kissenbezug, den Barbara
schon insgeheim als Weihnachtspräsent für Frau Claasen ins
Auge gefasst hatte, sah sie nur noch in Seidenpapier und anschließend Zeitungspapier eingewickelt werden und in irgendeiner prallen Einkaufstasche verschwinden. Die Stroh-
sterne waren komplett ausverkauft, ehe der Pastor seine
Begrüßungsrede begonnen hatte. Und als der Kaffee ausge-
schenkt wurde, gab es nicht mal mehr die komischen knütte-
ligen Topflappen, die auch die unbegabteste Haushaltsschü-
lerin letztlich selbst zusammenhäkeln konnte.

»Ist ja für einen guten Zweck«, raunte ihr Meta Plettenberg zu, deren Einkaufsbeutel ebenfalls ziemlich voll gepackt
war. »Ich habe noch schnell die Eierwärmer genommen, für
meine Schwägerin ihre Nichte. Die hat sechs Kinder großzu-
ziehen, die kommt nicht dazu, Eierwärmer zu stricken. Die
hat was anderes zu tun.«

Barbara ließ sich Mokkatorte geben und zwei Stück Nusskuchen – eins von Bürgermeistergattin Petersen selbst gebacken, eins von Susi Lethfurt – und balancierte die Kalorien-
bomben vorsichtig an ihren Platz. Frau Claasen winkte vom
anderen Ende der Tafel. Obwohl sie es sicher angemessener
gefunden hätte, wenn Barbara sich zu ihr gesetzt hätte, lächelte sie wie immer freundlichst nach dem Motto: sich bloß
nichts anmerken lassen. Da sie sich täglich im unmittelbaren
Umkreis der Ärzte aufhielt, fiel auch auf sie ein Schatten von
deren Macht und Bedeutung. Denn die wurden Barbara und
Jürgen Stähr natürlich doch immer wieder eingeräumt, so
viel man auch an der Medizin, den Lücken und Tücken der

Krankenversorgung und letztlich aus dem Wissen um die Unfähigkeit der Ärzte, den Tod zu bannen, herumnörgeln mochte. Barbara spürte auch heute wieder, wie sehr sie allein wegen ihres Berufes hofiert wurde. Die Leute suchten aber auch jemanden zum Hofieren. Es wertete sie selbst auf, anderen Macht über sich zu geben. Und da die Gräfin von Hollenstedt es vorzog, Sommer und Winter an der Cote d'Azur oder sonstwo zu verbringen, und sich den Leuten aus der Gegend nicht als Idol zur Verfügung stellte, da es keinen eigenen Pastor in Bevenstedt gab und auch die Schule geschlossen war – der Lehrer Peter Ochs und seine Frau Colette entzogen sich allen dörflichen Aktivitäten – blieb zurzeit eben nur Barbara zum Anhimmeln. Der Doktor ließ sich heute natürlich auch nicht blicken.

»Wie geht's denn unserem Doktor?«, fragte Petra Brinkmann munter. Sie hatte sich ebenfalls Mokkatorte geholt, sich aber nicht den fettigen Nusskuchen aufschwatzen lassen. »Er sah ja so gelb aus gestern, als ich ihm seine Post hochbrachte. Hat sich wohl ordentlich erkältet, wie?«

»Gelb?«, fragte Barbara erstaunt und warf sofort einen Blick zu Frau Claasen. Das hatte sie ihr gar nicht erzählt. War Jürgen Stähr etwa ernsthaft krank? »Ich weiß es gar nicht, muss ich gestehen. Er war gestern und vorgestern nicht in der Praxis. Ich hatte gar keine Zeit, mich um ihn zu kümmern.«

»Na, er ist ja nicht so weit weg. Wenn es ihm schlecht geht, weiß er ja, wo er Hilfe kriegen kann.«

»Ich werde nachher mal bei ihm vorbeigehen«, meinte Barbara.

»Er hatte ja immer mal Malässen mit der Leber, nicht?«, fuhr die Postbotin fort. »Seitdem er damals aus Afrika zurückkam. Ich weiß das noch genau, ich war ja dabei, als mein Bruder ihn ins Krankenhaus fahren musste. Er war gelb wie 'ne Butterblume und hinterher hieß es noch, es wäre ansteckend gewesen. Aber mein Bruder und ich, wir mussten nicht in Quarantäne. Der Doktor aber schon, und seine Frau auch. Sechs Wochen waren die beiden im Krankenhaus.«

»Jürgen und Susanne Stähr haben sich in Afrika eine Hepatitis geholt?«

»Im Urlaub, jawohl, auf Safari. Frau Stähr verreist ja gern extravagant. Die Hollenstedts fuhren zu der Zeit immer auf Großwildjagd nach Kenia. Schon musste Frau Stähr auch nach Afrika. Ihr Bruder ist ja nicht so. Der lässt immer schön die Kirche im Dorf. Fährt höchstens mal mit seiner Frau nach Kärnten an den Wörther See oder so. Aber die Stähr – Sie glauben ja nicht, was die für Prospekte bekommt.« Die Postbotin verstummte. Das Postgeheimnis war ihr heilig, so gern sie auch darüber schwätzen würde.

»Aber der Doktor ist doch schon lange geschieden. Da müssen Sie ja noch ein Kind gewesen sein.«

»Zehn oder zwölf Jahre alt. Ich weiß noch genau, wie Frau Stähr anrief und meinen Bruder bat, sie zu fahren, weil es ihnen so schlecht ging, dass sie sich nicht mehr ins Auto trauten. Wir waren ja Nachbarn und mein Bruder hatte gerade den Führerschein gemacht. Ich setzte mich einfach hinten ins Auto. Ich liebte Autofahren. Und wir ahnten ja nicht, dass die Stährs ansteckend waren. Das hätte schön schief gehen können.«

»Mit einer Hepatitis ist nicht zu scherzen«, murmelte Barbara. Vielleicht hatte der Doktor eine chronische Hepatitis entwickelt. Deshalb also versuchte er, sich so gesund wie möglich zu ernähren, und trank keinen Alkohol. Und sie hatte ihn schon für einen hundertfünfzigprozentigen Gesundheitsapostel gehalten. Wie sehr man sich in den Menschen täuschen konnte.

»Und dabei hatte der Doktor gar nicht mitfahren wollen

190

nach Afrika. Der kann doch kein Tier totschießen. Der kann ja nicht mal einer Fliege etwas zuleide tun. Aber seine Frau kannte kein Pardon. Er musste immer mit, ob er wollte oder nicht.«

Barbara hatte in Gedanken auch das zweite Stück Nusskuchen in sich hineingestopft und merkte plötzlich, dass ihr übel wurde. Ihre Jeans kniff erheblich um den prallen Bauch herum und das Stimmengewirr schien immer mehr anzuschwellen wie eine Symphonie, die sich dem Finale nähert. Sie entschuldigte sich und machte sich auf die Suche nach den Toiletten. Dort hieß es Schlange stehen und wieder reden und reden lassen. Kurz entschlossen holte Barbara ihren Mantel von der Garderobe und verließ das Gemeindehaus.

Die frische Luft tat ihr wohl. Die Kirche lag auf einem Hügel, der alte Friedhof dahinter wirkte gepflegt. In der verschneiten Grünanlage war ein Gedenkstein für die im Krieg gefallenen Soldaten aufgestellt worden und eine Bank, die eine dicke weiße Schneehaube trug. Barbara wickelte sich in ihren Mantel und verließ den Kirchhof in Richtung Rathausmarkt. Mit jedem knirschenden Schritt wurde ihr wohler. Nach einen kleinen Rundgang durch das abendliche Lensahn stapfte sie zurück zu ihrem Wagen und machte sich auf den Weg zu Jürgen Stähr.

»Unmöglich«, wetterte Friederike und faltete und knautschte den Lokalteil achtlos zusammen, eine Unart, die Kai-Uwe schon immer an ihr gestört hatte. Stundenlang musste er hinterher die einzelnen Seiten wieder in die richtige Reihenfolge bringen und glätten, damit man wie ein zivilisierter Mensch Zeitung lesen konnte. Auf dem Tisch lag ein kunstvoll und modern gestalteter Adventskranz aus Ton, tannengrün glasiert, an dem zwei Kerzen brannten. Morgen war der zweite Advent. In der dicken, krötenförmigen Teekanne, ebenfalls ein Werk von Friederike, dampfte duftender Vanilletee. Dazu

191

gab es frischen Stollen, den Friederikes Mutter in ihrem alljährlichen Nikolauspaket geschickt hatte. »Diese Täck kann ihr Schandmaul nicht halten.«

»Lies das doch gar nicht. Das ist eh nur Politik.«

»Allerdings. Und zwar der schlimmsten Art. Hör mal: ‚Nicht nur, dass die selbst ernannten Umweltschützer mit ihren jüngsten Aktionen der Holzindustrie der Region erheblich schaden und damit etliche Arbeitsplätze und die Existenz ganzer Familien bedrohen – nein, auch die wirklichen Gefahren werden dadurch übertüncht und heruntergespielt. Dass zum Beispiel keine Holzfabrik in Bevenstedt schlimmer wäre als ein kaputter Straßenbelag, ist doch wohl unbestritten unter den Menschen, die hier leben. Eingereiste Berliner Chaoten mögen darüber denken, was sie wollen. Wenn das Holz aus Brasilien oder woher auch immer eines Tages an Ostholstein vorbeigeschifft werden wird, während unsere Männer vor dem Arbeitsamt Schlange stehen, dann sind diese Chaoten bestimmt nicht hier, um sie mit Stullen und heißem Tee bei Laune zu halten. Bleibt zu Hause, Berliner, und fegt vor eurer eigenen Tür! Anna-Luisa Täck.‘«

Kai-Uwe nahm sich das dritte Stück Stollen und schmierte dick Butter drauf, obwohl der Kuchen fett und saftig genug war. Die Weihnachtszeit war für einen wie ihn, der zu schnell gewachsen war und die mageren Gene seiner Väter und Vorväter in den Knochen hatte, die einzige Zeit im Jahr, wo er sich mal so richtig satt essen konnte. »Ja, und? Meinst du, das liest jemand?«

»Fehlt nur noch, dass sie Namen nennt. Oder uns ins Spiel bringt. Dann kann ich meinen Laden gleich dicht machen. Und du deinen Job an den Nagel hängen. Sie ist es doch, die Existenzen zerstört mit ihrer spitzen Feder.«

»Töpferwaren brauchen die Leute immer«, nuschelte Kai-Uwe mit vollem Mund.

»Die Landfrauen wollten meine Sachen jedenfalls dieses Jahr nicht auf ihrem Weihnachtsbasar verkaufen. Komischer Zufall, was? Man kann sich hier nicht einfach so abkapseln, wann verstehst du das endlich? Ich bin als Künstlerin angewiesen auf die Leute. Das ist hier nicht wie in der Stadt, wo alle ohne Erinnerung sind. Wo man sich dauernd neue Bündnispartner suchen kann. Hier kennt jeder jeden und den Makel, dass wir irgendwie mit diesem Anschlag auf die Brücke zu tun haben, werden wir bis an unser Lebensende nicht wieder los. Nicht solange wir hier wohnen, jedenfalls.«

»Ach wo. Die Leute vergessen schneller, als man denkt.«

Friederike nahm sich auch noch ein Stückchen Stollen, das sie gedankenverloren auf ihrem Teller zerkrümelte. »Und was machen wir nun mit den beiden freien Zimmern? Ich habe keine Lust mehr, jemanden per Zeitungsanzeige zu suchen. Am liebsten ...« Sie stockte und steckte sich ein paar Krümel in den Mund. »Warst du eigentlich inzwischen mal beim Arzt? Wegen ... du weißt schon ...«

Kai-Uwe schob sich das letzte Stück Stollen in den Mund und kaute gründlich. Dann schob er beide Hände unter die Oberschenkel und beugte sich über den Tisch.

Friederike sah nicht auf. Das Thema war für sie extrem belastend. Vor zehn Jahren, als sie sich kennen lernten, war sie begeistert gewesen, dass Kai-Uwe sich hatte sterilisieren lassen, um seinen Freundinnen die Sorge um die Verhütung abzunehmen, da er sich sicher war, keine Kinder zeugen zu wollen. Es hatte sogar, wenn sie ehrlich war, den letzten Ausschlag gegeben, sich in ihn zu verlieben. Abgesehen davon, dass es ihr ungeheuer schmeichelte, wie beeindruckend Kai-Uwe ihre künstlerischen Talente fand, zumal er selbst nicht mal ein Osterei anmalen konnte, ohne sich grauenhaft dabei zu bekleckern oder das Ei gleich zu zerbrechen. Seine praktischen Fähigkeiten beschränkten sich auf einfache, grobe

Handwerkerarbeiten. Von Geschmack war bei ihm im Grunde keine Spur zu finden. Damals, als sie noch ganz am Anfang ihrer Entwicklung stand, fand sie dieses künstlerische Vakuum an ihrer Seite angenehm. Zumindest wurde sie nicht ernsthaft kritisiert, wie viele andere Frauen, die es deshalb nie schafften, ihre verborgenen Talente aufzudecken und zu entwickeln. Heute, wo sie viele Jahre Arbeit und Mühe investiert hatte, um doch immer wieder nur zu erfahren, dass sie offenbar nicht begabt genug war, um wirklich große Kunstwerke zustande zu bringen, zog es sie herunter, wenn Kai-Uwe ihre Stümpereien auch noch lobte. Er hatte eben einfach keine Ahnung. Er war Pädagoge durch und durch und meinte es höchstens gut mit ihr. Anfangs hielt sie ihre Selbstzweifel für ganz normale Schaffenskrisen, die jeder große Künstler durchzumachen hatte. Aber mit den Jahren verfestigte sich der Eindruck, dass sie es ganz einfach nicht schaffte. Auch jetzt, wo sie das ideale Atelier besaß. Und Zeit im Überfluss. Auch jetzt schaffte sie nicht ein Stück, das über einfache Hobbytöpferei hinausging. Kein Mensch wollte ihre Sachen ausstellen. Die Galerien schickten ihre aufwendigen und teuren Fotos postwendend zurück. Kein Bedarf. Wenn sie selbst anreiste und ihre Kunstwerke aus dem Auto heranschleppte, winkten sie nur müde ab. Bitte keine Keramik, bitte keine Plastiken, bitte nichts von Ihnen. Sie sagten es nicht, aber Friederike hörte es trotzdem laut und deutlich aus ihnen herausrufen. Sie war gescheitert. Sie hatte ihr Lebensschiffchen auf das falsche Projekt gesetzt. Auf ein Talent, dass nur ein Talentchen war. Sie war eine ganze normale, durchschnittliche Handwerkerin, die sich höchstens mit Volkshochschulkursen über Wasser halten konnte oder mit Töpferkursen für Kinder. Und je mehr sie es wagte, dieser grauenhaften Tatsache ins Auge zu sehen, desto häufiger kam ihr der Gedanke, dann doch wenigstens ein Kind oder zwei in die Welt zu setzen. Wenigstens noch eine glückliche Familie zu gründen, so-lange es dafür noch nicht zu spät war. Bis sich dieser Gedan-ke zu einer fixen Idee in ihrem Kopf festgesetzt hatte. Fix vor allem deshalb, weil sie so lange nicht gewagt hatte, mit Kai-Uwe darüber zu sprechen. Was hätte er denn sagen sollen, der arme Kerl? Eine Sterilisation war nicht rückgängig zu machen. Bei Männern noch weniger als bei Frauen. Eine ganze Weile hatte sie mit dem Gedanken gespielt, ein Kind zu adoptieren. Ein Kind aus einem anderen, ärmeren Land zu holen und aufzuziehen. Alles Mögliche hatte sie erwogen und durchgespielt. Berge von Büchern gelesen. Bis Kai-Uwe sie eines Tages zur Rede gestellt hatte. Da war es alles aus ihr herausgebrochen. Unsortiert, vorwurfsvoll, jämmerlich, ver-zweifelt. Dabei hatte Kai-Uwe so toll reagiert. Er hatte nur gesagt, er würde sich untersuchen lassen. Er hätte vor einer Weile mal gelesen, dass sich die Samenleiter dank mikrochir-urgischer Verfahren inzwischen angeblich in mehr als fünfzig Prozent aller Fälle wieder zusammenflicken lassen würden. Neuerdings. Es kam allerdings darauf an, wie lange die Steri-lisation zurückläge und so weiter. Ob er selbst Kinder wollte oder nicht, darüber hatten sie vorsichtshalber noch gar nicht gesprochen.

»Ich war letzte Woche bei Doktor Pauli«, sagte Kai-Uwe, nachdem er endlich den letzten Bissen heruntergeschluckt hatte. »Sie hat mir eine Überweisung zu einem Urologen nach Kiel gegeben. Aber sie meinte, diese Art Operation wä-re inzwischen überhaupt kein Problem mehr.«

»Das ist nicht wahr«, stammelte Friederike. »Dann krie-gen wir wirklich ein Baby? Kai-Uwe, ich liebe dich!«

30

»Ich finde, wir sollten uns duzen«, sagte Jürgen Stähr und legte einen Arm auf Barbaras Sitz, während er sich so weit wie möglich umdrehte, um korrekt rückwärts in die Parklücke zu stoßen. Als der Wagen stand, zog er den Zündschlüssel ab und sah Barbara erwartungsvoll an. »Jürgen, abgemacht?«

Barbara streckte ihm die Hand hin. »Abgemacht.«

Er drückte ihr ein Küsschen auf jede Wange und verharrte einen Augenblick lächelnd, ehe er seine Wagentür öffnete.

Die Sonne kam gerade heraus und die Morgennebel, die noch über der Ostsee hingen, würden sich bald auflösen. Barbara und Jürgen betraten durch das Deichtor die Promenade von Dahme. Auf dem Strand lagen Schneereste, die noch ein wenig heller leuchteten als der Sand. Das Meer schimmerte grün und der Wind brachte die Haut zum Prickeln.

Jürgen Stähr war schmal geworden in den drei Tagen, die er krank in seiner Wohnung zugebracht hatte. Er hatte sich gefreut, als Barbara gestern Abend überraschend bei ihm vor der Tür gestanden hatte, hatte sie hereingebeten und sich für eine Unordnung entschuldigt, die für Außenstehende gar nicht zu erkennen war. Das großzügige Wohnzimmer, das über die ganze Hausbreite reichte, war sparsam mit Möbeln ausgestattet. Auf halber Höhe begann die Dachschräge, in die halbrunde Gaubenfenster eingelassen waren. Auf dem wollenen Teppichboden lagen kostbare seidene Brücken, an der einzigen geraden Wand hing ein herrlicher tibetanischer Gebetsteppich. Flache Polstermöbel und ein paar dicke Sitzkissen bildeten eine gemütliche Sitzecke um einen niedrigen Tisch mit Schieferplatte. Barbara fiel auf, dass es weder Fernseher noch Hi-Fi-Anlage gab, auch keine Bücher, Bilder oder Nippes. Das alles hatte der Doktor in sein Arbeitszimmer verbannt, das er Barbara ebenfalls zeigte. Ein voll gestopfter Raum mit einem großen, eichenen Schreibtisch unter dem Fenster, auf dem sich Bücher und Papiere zu riesigen Haufen stapelten. Dann gab es noch eine Tür, die vermutlich ins Schlafzimmer führte, eine karge Küche und das Bad. Am beeindruckendsten jedoch war der große, freie Wohnraum.

»Ich brauche einen Ort zum Meditieren«, hatte er erklärt, ohne dass Barbara danach gefragt hätte. »Ich halte es für eine große Kunst, mit sich allein sein zu können und die Leere von den Gedanken zu erlernen. Ich weiß nicht, ob Sie das verstehen können.«

Barbara hatte durchaus verstanden, was er meinte. Auch wenn sie seine Leidenschaft nicht teilte. Nachdem sie sich so überzeugt hatte, dass es ihm wieder besser ging, hatten sie sich für den nächsten Morgen zu einem Strandspaziergang verabredet.

»Ich war sehr berührt, dass du dir Sorgen um mich gemacht hast«, sagte er jetzt, fasste Barbara leicht am Ellbogen und zog sie aus dem Weg, weil ein Fahrradfahrer, gegen den Wind ankämpfend, ihnen im Zickzack-Kurs entgegenkam. »Ich möchte dir noch einmal danken. Ich habe diese Anfälle von Zeit zu Zeit, alle paar Monate mal. Ich habe festgestellt, dass es am besten hilft, wenn ich ein paar Tage faste und mich ausruhe, viel schlafe. Die Leber regeneriert sich ganz gut von allein. Inzwischen nehme ich nicht mal mehr Kortison. Der Selbsthilfereflex funktioniert viel besser. Eine verschleppte Hepatitis A, ein Mitbringsel aus Kenia. Eine Erkältung könnte schlimmer sein.«

»Ich wusste gar nicht, dass du so weit gereist bist. Du wirkst so standorttreu.«

Jürgen lachte mit offenem Mund und betrat einen der schmalen Holzstege, die über den Sand zum Wasser führten. Auf dem Strand pfiff der Wind noch eisiger als im Schutz der reetgedeckten Häuser entlang der Promenade. Erst direkt am Ufer wurde es wieder erträglicher. Hier schien der Wind über ihre Köpfe hinwegzupfeifen. Auch die Möwen duckten sich in diesen unsichtbaren Windschatten.

»Siehst du die kleine Lachmöwe dort? Die mit dem schwarzen Köpfchen?«

Große, bedrohlich aussehende Möwen hockten dicht gedrängt in den Buchten, die von den Strandbuhnen gebildet wurden. Sie pickten nicht in dem angeschwemmten Seetang herum, sondern verharrten starr unter dem Wind, abwartend, bis er sich wieder legte. Schließlich entdeckte Barbara die eine kleinere Möwe mit dem schwarzen Köpfchen zwischen ihren großen Schwestern.

»Das sind Silbermöwen. Die meisten tragen schon ihr Winterkleid. Ein paar junge sind auch dabei, das sind die mit dem bräunlichen Gefieder. Selten, dass sich eine einzelne Lachmöwe unter die Großen traut. Aber Ausnahmen gibt es eben immer.«

»Und so ausnahmsweise bist du verreist?«

»Oh nein, ich bin viel gereist früher. Vor allem nach Indien, Vorderasien, Kleinasien. Noch bevor es Mode wurde und die ganzen Hasch-Gesellen anreisten. Ich habe damals schon das gesucht, was ich heute wieder anstrebe. Dazwischen gab es dann halt andere Stationen in meinem Leben.«

»Ehestationen.«

»So könnte man es nennen«, schmunzelte er. »Da vorne sitzen ein paar Sturmmöwen und daneben – verdammt«, er griff nach seinem Fernglas, das er um den Hals trug. »Eine Eismöwe. Die sind ganz selten hier.«

Barbara ging ein paar Schritte weiter. Für sie waren das alles nur Möwen, weiße, graue, braune, eine mehr oder weniger ähnlich der anderen. Und die meisten sahen nicht sehr gemütlich aus mit ihren gebogenen Schnäbeln und den großen, massigen Körpern. Sie drehte sich um und sah zu, wie Jürgen, das Fernglas vor den Augen, ein paar Schritte ins Wasser hineinging. Er trug hohe Gummistiefel über den Jeans und eine dunkelgrüne Wetterjacke aus gewachstem Tuch. Er war sehr schlank, etwa ein Meter achtzig groß, sein Haar war noch dicht und lockig und ziemlich dunkel, mit vielen eisgrauen Strähnen. Eher ungewöhnlich, dass ein so attraktiver Mann allein lebte, schon seit vielen Jahren. Barbara wunderte sich, welche Wege ihre Gedanken plötzlich einschlugen. Sie war Thomas noch nie untreu gewesen. Sie hatte noch nicht mal daran gedacht in all den Jahren. Männer waren in ihrem Leben nicht besonders wichtig. Es dauerte ja doch nie lange, bis man feststellen musste, egal wie groß die Verliebtheit zu Anfang gewesen sein mochte, dass jeder seine Ecken und Kanten hatte und dass Gemeinsamkeiten und Verständnis füreinander deutlich begrenzt waren. Und dann begann der lange Marsch des gegenseitigen Kennenlernens, Abgrenzens, Achtens und womöglich auch Verachtens. Ein Weg, den so viele Verliebte nicht überlebten. Das hatte sie oft genug bei ihren Freundinnen verfolgt. Am Ende blieb doch immer nur derselbe schmale Grat einer möglichen Begegnung, fast eine Illusion und doch so kostbar, dass man ihn besser nicht aufs Spiel setzte wegen irgendeiner Liebelei. Und trotzdem, sie spürte ganz eindeutig ein Kribbeln unter dem Brustbein, das man Sehnsucht nennen konnte. Eine gesteigerte

Aufmerksamkeit für jede Bewegung, jede Bemerkung, die Jürgen machte, das Abtasten seiner Botschaften nach einem Anzeichen, ob es ihm vielleicht genauso ging. Ihre Blicke hatten sich noch nicht vielsagend gekreuzt, dazu hatte es noch keine Gelegenheit gegeben. Vielleicht würde sie sich ergeben, wenn sie einkehrten in eins der Strandcafés, die trotz des strengen Windes für die wenigen wind- und wetterfesten Touristen geöffnet waren. Bedeutsame Blicke waren fast nicht zu verhindern, wenn man sich gegenüber saß. Blicke, die dann nicht wieder rückgängig zu machen wären. Barbara schickte ihre Gedanken noch einmal zu Thomas. Aber dort lag plötzlich nur Wüste, Dunkelheit, Kälte. Warum sollte sie immer vernünftig sein? Sie dachte an Frau Claasen und an die Gemeinschaftspraxis – was würde es bedeuten, wenn sie sich auf eine Affäre mit ihrem Arbeitgeber einließ? Was würde aus ihrer bisher gut und unkompliziert funktionierenden Zusammenarbeit werden? Sollte es eine glückliche Beziehung werden – eine Beziehung? Sie erschrak. Was dachte sie sich denn da alles zusammen? In Windeseile war sie in eine abenteuerliche Zukunft vorgeprescht, um wer weiß welche Konsequenzen für wer weiß welchen Fall hochzurechnen, als würde sie tatsächlich erwägen, irgendeine konkrete Entscheidung herbeizuführen.

Stopp, sagte sie sich schließlich, sagte es laut und deutlich gegen den Wind und das Rauschen der See. Stopp. Lebe einfach nur diesen Moment. Denke nicht an morgen, nicht an gestern, versenke dich in die Situation und in dein Gefühl, wie es sich gerade darstellt.

Barbara schloss einen Augenblick die Augen und spürte, wie sich ihr Körper entspannte. Der Wind strich ihr kräftig durchs Haar, stärkte ihr den Rücken – dann spürte sie, wie sich Jürgens Arm warm und schützend um ihre Schultern legte.

»Gehen wir etwas trinken?«, fragte er und hielt ihr sein Fernglas hin. »Willst du auch mal durchsehen? Da vorne auf der Mole sitzt die Eismöwe. Ein wunderschönes Exemplar.«

Die Gaststätte war ziemlich leer, aber die Stimmung war trotzdem gut, als sie nach dem Rückmarsch über den Strand in »Hansens Gasthaus« eintraten. Zwei alte Herren saßen am Klavier und spielten Walzer, ihre beiden Begleiterinnen wiegten sich dazu auf den Hockern am Tresen im Takt. Der Wirt zeigte Barbara und Jürgen einen ruhigen Tisch im Nebenzimmer. Die Mittagsgäste waren schon wieder verschwunden, die Kaffeezeit hatte noch nicht begonnen.

Jürgen half Barbara aus ihrer Daunenjacke und brachte die Garderobe weg. Händereibend kam er an den Tisch zurück und setzte sich Barbara gegenüber.

»Was trinkst du? Ich brauche jetzt einen heißen Tee.«

»Für mich auch.«

»Mit Schuss?« fragte der Wirt.

Barbara und Jürgen schüttelten den Kopf.

»Wollen Sie noch etwas essen? Wir haben heute frische Schollen, mit Speck gebraten oder Grünkohl mit Kassler. Es gibt aber auch schon Kuchen. Na, ich komm gleich noch mal wieder.«

Barbara hatte gar keinen Appetit, obwohl sie eigentlich hungrig sein sollte. Sie sah Jürgen an. Der schüttelte den Kopf und lächelte.

»Was ist?«, fragte Barbara leise.

Jürgen schüttelte wieder den Kopf und schob die Speisekarten übereinander, fuhr mit den Fingern über die Ränder. »Weißt du«, fing er an. »Ich weiß nicht recht, wie ich es sagen soll.«

Barbaras Herz fing an zu klopfen. Sie hätte ihm gern auf

die Sprünge geholfen, aber sie konnte kein Wort herausbringen. »Ja?«, fragte sie heiser.

»Ich habe dich verdammt gern«, sagte Jürgen. Sein Gesicht war ernst. »Aber ich liebe immer noch meine Frau.«

Barbara schien es, als ob die Welt für einen Moment lang still stand. Sie starrte auf die gelbe Tischdecke, aber sie sah trotzdem nur ihn vor sich. Sein mageres, schmales Gesicht, die strengen Linien, die sich neben Nase und Mund eingegraben hatten und das Gesicht fast in drei Teile teilten, so tief waren sie. Sie sah sein kräftiges, kantiges Kinn. Die schmalen blauen Augen. Die Brauen, hoch und dicht. Kein hübsches Gesicht, aber ein sehr männliches, attraktives. Es sollte also nicht ihr Gesicht werden, ihr Morgen-, Mittag- und Abendgesicht. Es sollte nur das Gesicht ihres Chefs bleiben, Doktor Jürgen Stähr. Ein Gesicht, das sie mochte, keins, das sie liebte. Es war irgendwie unvorstellbar. Sinnlos.

»Ich bin nun mal so ein Typ. Ich kann sie nicht vergessen. Manchmal bedaure ich das.«

Barbara versuchte, sich zu räuspern. Sie hatte gar keine Kraft zum Sprechen. Sie nahm sich zusammen. »Du meinst deine geschiedene Frau?«

»Susanne, ja. Vielleicht kann ich das eines Tages überwinden. Ich weiß es nicht.« Er griff nach ihren Händen, die matt und eiskalt auf der Tischdecke lagen, als gehörten sie irgendwie zum Inventar der Gaststätte und nicht zu ihr. Barbara ließ es geschehen. Seine Hände waren sehr warm und ihr Griff fest und klar. »Auf jeden Fall wünsche ich mir, dass wir recht lange und gut zusammenarbeiten werden.«

Barbara schwieg. Dann lächelte sie und zog ihre Hände langsam zurück. »Okay. Versuchen wir es.«

Der Wirt kam mit den Teegläsern an den Tisch und servierte.

»Ich hätte gern die Scholle, aber bitte ohne Speck gebraten«, sagte Jürgen. Seine Stimme klang wieder recht aufgeräumt, als ob er sich wieder aufrichtete, nachdem er ein schweres Unternehmen erfolgreich beendet hatte. »Und du?«

»Für mich dasselbe«, sagte Barbara. »Aber bitte mit Speck gebraten.«

31

Barbara sah das fremde Fahrrad schon von weitem, als Jürgen auf das alte Pfarrhaus zusteuerte, um sie zu Hause abzusetzen.

»Keine Ahnung, wer das ist«, meinte sie und sprang aus dem Wagen. Die Wege waren nass und glitschig, es taute und tropfte vom Dach. »Ist da jemand?« Sie lief zwischen den Büschen ums Haus auf die Küchenterrasse. Plötzlich stand Frau Claasen vor ihr.

»Da sind Sie ja! Ich suche Sie überall. Ein Notfall, die kleine Rosi Scholz. Sie wollen keinen Arzt holen, aber ich finde, Sie müssen sofort hinfahren. Den Doktor kann ich auch nicht erreichen.«

»Der sitzt draußen im Wagen.« Barbara holte rasch ihren Arztkoffer aus dem Haus und lief zurück zum Auto. Schicksal für Frau Claasen, dass sie sie nun mal wieder ertappte bei einem privaten Treffen mit dem Doktor. Sie hätte es ihr gern erspart.

Als sie zum Auto zurückkam, lehnte die Arzthelferin am Wagenfenster und erklärte dem Doktor Rosis Symptome.

»Heute Nacht fing das Kind plötzlich an zu husten. Morgens war sie so heiser, dass sie kein Wort herausbrachte. Ich hatte Anna mit den beiden Kleinen zum Mittagessen zu mir eingeladen. Aber nach dem Essen wurde es so schlimm, dass

Rosi gar keine Luft mehr bekam. Ich habe sofort bei Ihnen angerufen, aber Sie waren nicht da. Barbara konnte ich auch nicht erreichen. Ich wusste gar nicht, was ich machen sollte. Außerdem wollte sie absolut nicht, dass ich jemanden hole.«

»Warum denn nicht?«

»Na ja, nach der Sache mit ihrem Mann ...«

»Steigen Sie schnell ein. Barbara, gehst du nach hinten? Ich fahre dich hin.«

»Hört sich nach Pseudokrupp an«, sagte Barbara.

Jürgen wendete den Wagen. »Hast du Kortison dabei?«

»Natürlich. Hoffentlich ist es nichts Schlimmeres.«

»Diphtherie?«

»Es soll ja wieder Fälle in der Nähe von Hamburg gegeben haben. Wir sollten hier unbedingt eine Impfung durchführen.«

»Anna raucht aber auch so viel«, sagte Frau Claasen. »Die Kinder kriegen ja gar keine frische Luft. Und nun, wo Walter ... nicht im Hause ist ...« Frau Claasen verstummte. Dann musterte sie Jürgen Stähr von der Seite. »Haben Sie denn überhaupt schon etwas zum Mittagessen bekommen?«

Der Doktor parkte vor dem Landarbeiterhäuschen der Familie Scholz. Die gelben Gardinen vor dem Wohnzimmerfenster bewegten sich kurz. Man hatte ihre Ankunft schon registriert, ehe sie ausgestiegen waren.

Barbara ging zur Haustür und klingelte. Nichts geschah. Sie klingelte noch einmal und klopfte mit den Fingerknöcheln gegen die Tür. »Hier ist Barbara Pauli. Ich habe gehört, Ihre Tochter ist sehr krank.«

»Verschwinden Sie«, rief eine Stimme von drinnen. »Lassen Sie uns in Ruhe.« Das war die Stimme von Gert Meierdirks, dem Nachbarsjungen. »Die wollen Sie hier nicht sehen.«

»Frau Claasen schickt mich«, sagte Barbara und versuchte, ihre Stimme ruhig und gelassen klingen zu lassen. »Frau Scholz? Kommen Sie doch bitte an die Tür.«

Die Tür öffnete sich tatsächlich einen Spalt weit und das Gesicht von Anna Scholz erschien. Jürgen Stähr und Frau Claasen bauten sich hinter Barbara auf.

»Anna, sei doch vernünftig«, sagte Frau Claasen. »Lass doch den Doktor zu Rosi. Ich habe die beiden extra geholt. Vielleicht ist es ansteckend, dann muss Rosi ins Krankenhaus.«

»Die hat nur Husten«, sagte Anna Scholz und öffnete die Tür keinen Millimeter weiter. »Ist schon wieder besser. Bei uns hier kommt jedenfalls keiner mehr rein.«

Es war klar, dass sie Barbara meinte, auch wenn sie sie nicht ansah, sondern nur mit Frau Claasen sprach. Auch der Doktor war Luft für die Frau, deren mageres Gesicht mit den dunklen Ringen unter den Augen vor Wut und Aufregung zitterte. Sie hatte eine Zigarette in der Hand und zog noch einmal gierig daran, ehe sie sie an den dreien vorbei auf die Haustreppe schnippte. Von drinnen hörte man ein Kind husten. Es hörte sich erschöpft an und war gefolgt von dem typischen Röcheln des Krupps.

»Lassen Sie uns bitte das Kind ansehen«, fing Barbara wieder an. »Wenn es Halsschmerzen und Schluckbeschwerden hat, muss es sofort in die Kinderklinik. Bitte, Frau Scholz, wir haben uns doch immer gut verstanden. Hat Rosi Fieber?«

Anna Scholz schien einen Moment zu zögern, dann hatte sie sich wieder im Griff und schüttelte den Kopf. »Meine Kinder sind nicht so leicht unterzukriegen, da machen Sie sich man keine Sorgen. Und vor allem kümmern Sie sich lieber um Ihre eigenen Angelegenheiten, als sich immer bei uns einzumischen.«

Barbara drehte sich wütend um und marschierte zum

Auto. Jürgen kam hinter ihr her, während Frau Claasen weiter auf Anna Scholz einredete.

»Nimm es nicht so persönlich. Wir können es nicht ändern«, sagte Jürgen.

»Hast du das Kind nicht husten gehört? Ich zeige die an wegen unterlassener Hilfeleistung, wenn dem Mädchen heute Nacht etwas passiert. Stell dir vor, es hat wirklich Diphtherie. Das ganze Dorf könnte sie damit infizieren. So etwas Unverantwortliches wie diese Familie habe ich noch nie kennen gelernt.«

»Ihr Mann sitzt im Gefängnis wegen dir und ihr ältester Sohn ist verschwunden ...«

»Auch wegen mir, oder was willst du damit sagen? Bin ich jetzt schuld am Elend der Familie Scholz?«

»Man muss die Distanz wahren, Barbara. So ist das nun mal, wenn man so eng zusammen lebt. Darum bist du trotzdem nicht schuld an ihrem Elend. Du verstehst mich absichtlich falsch.«

»Ich verstehe überhaupt nichts mehr. Vor allem nicht, dass du so ruhig bleiben kannst, während sich da drin ein Kind quält, nur weil ihre Mutter Vorurteile gegen die Ärzte hat. Warum gehst du nicht rein und hilfst dem Mädchen?«

»Weil es dein Fall ist«, erwiderte Jürgen hart. »Weil du dich hier durchsetzen musst, sonst kannst du es gleich lassen, hier zu arbeiten.«

Barbara blieb neben dem Wagen stehen. Diesen Tonfall hatte sie von ihm noch nie gehört. Was war nur in ihn gefahren?

Er packte sie am Arm und sah sie eindringlich an. »Du hast immer noch nicht ganz verstanden, was es bedeutet, eine Landärztin zu sein. Du musst noch eine Menge lernen.« Seine Stimme klang wieder ruhig und freundlich, aber keinesfalls nachgiebig. »Ich bringe dich jetzt nach Hause und du wirst dir keine Sorgen machen über das Schicksal von Rosi Scholz. Du wirst dich nicht weiter um das Leben von anderen Leuten kümmern, bis sie zu uns in die Praxis kommen und um deine Hilfe bitten. Keine Minute eher.«

Barbara schluckte. Sie packte ihre Arzttasche mit beiden Händen und machte sich mit einer kleinen Bewegung aus seinem Griff frei.

»Danke für die Nachhilfe. Ich werde zu Fuß nach Hause gehen.«

Jürgen trat einen Schritt zurück. »Bitte versteh mich und sei mir nicht böse. Ich danke dir für den schönen Tag am Strand.«

Barbara nickte, konnte sich aber nicht überwinden, etwas Nettes zu ihm zu sagen. Aus den Augenwinkeln sah sie, wie Frau Claasen mit Anna Scholz im Haus verschwand. Dann war für die kleine Rosi ja erst einmal gesorgt. Die Arzthelferin würde es schon schaffen, im Notfall Hilfe zu rufen.

»Bis Morgen«, sagte sie so sanft, wie es ihr eben möglich war.

Gegen halb vier Uhr nachts klingelte Barbaras Handy, das wie immer auf ihrem Nachttisch lag. Es war Anna Scholz.

»Sie erstickt! Bitte, können Sie sofort kommen?«

Barbara war in drei Minuten angezogen und in weniger als zehn Minuten parkte sie ihren Wagen vor dem Haus der Familie Scholz. Im ganzen unteren Stockwerk brannten die Lichter. Anna Scholz sah nicht aus, als ob sie in dieser Nacht ein Auge zugetan hätte. Die kleine Rosi kämpfte um jeden Atemzug und hatte schon eine bläuliche Hautfarbe.

Barbara zog rasch eine Spritze mit einem kortisonhaltigen Präparat auf, das die Schleimhäute abschwellen lassen würde. Dann trug sie das Kind ans offene Fenster, damit es die kühle, feuchte Nachtluft einatmen konnte. Rosi war knapp eineinhalb Jahre alt, konnte aber noch nicht richtig laufen. Sie war nassgeschwitzt vom Fieber und für ihr Alter ziemlich leicht. Immerhin hatte sie vermutlich keine Diphtherie, sondern nur eine Viruserkrankung, was aber gefährlich genug war für die Kleine. Nachdem sie sie wieder ins Bett gepackt hatte, rief Barbara im Kinderkrankenhaus in Oldenburg an und reservierte ein Bettchen für Rosi.

»Am besten, wir bringen sie gleich rüber. Können Sie sie begleiten?«

Anna Scholz sah Barbara zweifelnd an. »Und Tommi? Und meine Arbeit? Ich muss doch in die Fabrik. Ich habe Spätschicht. Heute bin ich schon eher gegangen, damit Oma nicht so lange aufbleiben muss. Aber für länger kann ich doch nicht weg hier.«

»Dann bringe ich Rosi erst mal allein nach Oldenburg und Sie überlegen mit Oma oder sonst wem, wer morgen früh zu ihr fährt. Ein Erwachsener darf und sollte bei dem Kind bleiben, wenn es im Krankenhaus ist. Und nun machen Sie sich mal keine Sorgen, Rosi ist vielleicht schon über den Berg. Aber sie muss unter ärztlicher Kontrolle bleiben.«

Sie sagte nicht, dass im Krankenhaus die Luft besser war für die Kleine. Anna Scholz war von der ganzen Situation sowieso schon überfordert.

»Danke«, sagte Frau Scholz. »Dann packe ich rasch ein paar Sachen zusammen.«

Während Barbara das kranke Kind in mehrere Schichten Pullover und Jacken steckte, kam Mutter Scholz mit einem kleinen Köfferchen aus dem Kinderzimmer zurück.

»Es tut mir Leid, wenn ich heute Nachmittag so böse war. Aber wenn Walter erfährt, dass ich Sie gerufen habe ... Sie wissen ja, wie er ist. Dabei meint er es gar nicht so. Er ist nur jähzornig.«

»Schon gut«, meinte Barbara und nahm die kleine Rosi auf

den Arm. Das Kind war müde und schlief fast auf ihren Armen ein. Im Auto könnte sie schlafen. »Es tut mir Leid für Sie, auch wegen Freddi. Ich hoffe, er taucht bald wieder auf.«

Anna Scholz nickte. Die Tränen liefen ihr über die Wangen. Sie bekam kein Wort heraus, als sie Barbara zur Tür brachte.

32

»Himmel, hast du mich aber erschreckt!« Susanne Stähr presste eine Hand an die Kehle, wo ihr Puls durch die Halsschlagader raste. »Ich dachte, es wäre niemand da.«

Theo Diem wühlte sich langsam durch die Möbelberge auf die Tierärztin zu, wobei er darauf achtete, dass er alle Gerätschaften, die er in die Hand bekam, sorgfältig wieder verstaute. Er richtete hier einen Stuhl auf, der in den Gang gefallen war, schob dort einen Bilderrahmen zurück ins Packpapier, in das er eingewickelt gewesen war. Schließlich baute er sich vor ihr auf, die Daumen lässig in den Hosenbund geschoben. Er war einen Kopf kleiner als sie, was ihr oft passierte, denn sie war für eine Frau ungewöhnlich hochgewachsen. Seine Haut hatte wie immer eine ungesunde Farbe, die bei dem wenigen Licht in der Möbelscheune fahl, fast grünlich wirkte. Neuerdings ließ er auch noch seinen pubertären Oberlippenflaum stehen, was Susanne besonders abstieß. Sie konnte Bärte sowieso nicht leiden. Sie waren doch immer mehr oder weniger Brutstätten für Keime und Bakterien, die durch hängen gebliebene Nahrungsreste regelrecht gezüchtet wurden. Außerdem fand sie Bärte unerotisch. Eine glatt rasierte Männerwange hingegen war an sich schon reizvoll. Und wer sein Kinn nicht zeigen mochte, hatte womöglich etwas zu verbergen. Theo Diems Bartansatz hingegen verbarg gar nichts. Im Gegenteil. Er betonte eher noch seine Unreife.

Sie öffnete ihre Handtasche, ohne Theo aus den Augen zu lassen, und zog einen weißen Briefumschlag hervor. »Das hier soll ich dir bringen. Ich denke, du wirst es brauchen können. Trotz des Unfalls. Die ganze Sache ist ja ziemlich schief gegangen. Hättest du nicht besser aufpassen können?«

Theo verzog keine Miene. Er machte auch keine Anstalten, nach dem Umschlag zu greifen.

»Also, bitte.« Die Tierärztin legte den Umschlag auf dem Rand des Tisches ab, auf dem die Registrierkasse stand. Wozu man die brauchte, war ihr rätselhaft, denn man konnte sich kaum vorstellen, dass hier jemals ein Möbelstück oder irgendetwas anderes verkauft wurde. Es war doch alles nur Plunder, was die Diems bei den Haushaltsauflösungen zusammensammelten. Kein Mensch würde sich heutzutage solches Gerümpel ins Haus stellen.

»Und was ist mit dem Job?«, fragte Theo.

»Darüber müsstest du mit meinem Bruder sprechen. Davon weiß ich nichts.«

»Abgemacht war, dass ich dafür den Job kriege. Staplerfahrer, nichts anderes.«

»Mein Bruder hat gesagt, dass er sehen will, ob sich etwas machen lässt bei ihm in der Firma. Aber abgemacht ...«

»Es war abgemacht.«

Susanne Stähr trat einen Schritt zurück in Richtung Scheunentür. Es stank entsetzlich muffig in der Halle. Wie alte Möbel eben riechen, ungelüftet, nach Schweiß und Staub. »Von einer Abmachung kann gar keine Rede sein«, sagte sie kalt. »Fang jetzt nicht so an. Damit erreichst du bei uns nichts.«

Mit einem Satz war Theo neben ihr. Angeekelt sah sie die

schwarzen Mitesser auf seiner Nase. Er hatte noch immer die pickelige Haut unausgewachsener Männer. Obwohl er schon über achtzehn Jahre alt war.

»Er hat es mir versprochen. Sonst hätte ich überhaupt nicht mitgemacht. Und nun, wo die Sache noch höher gehängt wird wegen dieses Unfalls, da muss er erst recht was für mich tun.«

»Du bist hier nicht derjenige, der Forderungen stellen könnte, Theo. Du solltest lieber ein bisschen aufpassen, dass dir nichts passiert. Wir müssen uns keine Sorgen machen.«

»Da wäre ich mir aber nicht so sicher.«

Susanne trat aus der Scheune heraus. Die Luft roch angenehm mild.

Es war wieder wärmer geworden, fast zehn Grad über null. Die Sonne reflektierte in den Scheiben des Wohnhauses, aus dem eben der alte Diem herauskam. Er schwankte. Seitdem sein ältester Sohn tot war, war er offenbar nur noch besoffen. Er sah gar nicht auf, grüßte sie nicht.

Theo kam hinter ihr her. »Wenn ich auspacke, dann müssen Sie sich wohl ganz schön Sorgen machen. Die Sache mit der Tankstelle und alles andere – ich erzähle alles, wenn ihr mich über den Löffel barbieren wollt wie meinen Bruder.«

»Aber Theo«, lachte Susanne. »Übernimm dich nicht. Was willst du denn schon erzählen? Den Sprengsatz hast du doch ganz allein gebastelt, stimmt's? Wie willst du denn beweisen, dass dich jemand dazu angestiftet hat?«

»Beweisen«, sagte Theo, er spuckte das Wort aus wie ein Stückchen fauler Apfel. »Das brauche ich gar nicht zu beweisen. Das glauben mir die anderen auch so.«

»So. Die anderen. Wer denn? Ein Gericht glaubt dir das jedenfalls nicht.«

Theo drehte sich auf der Ferse um und lief in die Scheune. Er griff sich den Umschlag vom Tisch und kam damit wieder

213

raus in die Sonne. Er hielt ihn der Tierärztin unter die Nase. »Und das hier? Ist das kein Beweis?«

Susanne Stähr spreizte ihre Finger. Sie trug dünne, hellbraune Wildlederhandschuhe. »Na und? Glaubst du etwa, darauf wären meine Fingerabdrücke, oder was? Du guckst zu viele Krimis im Fernsehen.«

»Sie haben mir Geld dafür gegeben.«

»Da steht kein Name drauf. Außerdem – warum sollte ich dir kein Geld geben, vielleicht schulde ich dir noch etwas? Nun pass mal auf, Theo. Reden wir vernünftig miteinander. Du hast deine Aufgabe erledigt. Dafür hast du wie vereinbart ein ganz hübsches Sümmchen Geld bekommen. Und damit sind wir quitt fürs Erste. Alles Weitere beredest du in der nächsten Zeit mal mit Ludger, okay?«

Theo verzog keine Miene.

»Okay, ich werde selbst mit ihm darüber reden«, fuhr sie fort. »Mein Bruder hält in der Regel, was er verspricht. Aber er kann dich jetzt nicht haurruck bei sich einstellen, wenn es gerade gar keinen Bedarf gibt. Das würde doch auffallen. Die Leute würden sich Gedanken machen und eins und eins zusammenzählen. Du hast keinen Schulabschluss, kein Mensch würde dir so einen gut bezahlten Job geben. Die Gelegenheit muss sich einfach ergeben. Spätestens wenn die neue Tankstelle in der Feriensiedlung aufmacht, kriegst du deinen Job. Versprochen.«

»Mir kann keiner was nachweisen«, murmelte Theo trotzig. »Keiner kommt drauf, dass ich das war. Vor allem jetzt nicht, wo Ellmeier glaubt, dass ich Freddi den Feuerlöscher geschenkt habe.«

»Freddi Scholz?«

»Ja.«

Susanne Stähr legte einen behandschuhten Finger an die Lippen und dachte einen Augenblick nach über die neuen

Möglichkeiten, die sich daraus ergaben. »Und wo ist der jetzt?«

»Weg«, sagte Theo. »Keine Ahnung, wohin.«

»Na gut. Wie auch immer. Ich muss jetzt los. Ich werde mit Ludger sprechen. Und bis dahin – halt die Ohren steif.«

Als sie vom Hof fuhr, drehte Theo sich um, hob einen dicken Kiesel vom Boden und pfefferte ihn mit Wucht gegen die Scheunenwand.

33

Petra Brinkmann legte die Post auf dem Tresen ab. Das Wartezimmer war leer. Es war kurz vor der Mittagspause, mit der Gemeinschaftspraxis hatte sie fast das Ende ihrer morgendlichen Tour erreicht. Schade, es war niemand zu sehen. Sonst hielt sie immer noch gern ein Pläuschchen mit Frau Claasen oder mit Doktor Pauli, wenn die ihre Sprechstunde schon beendet hatte.

Die Postbotin warf einen Blick ins Labor, dessen Tür offen war. Niemand da. Auf der Anrichte, die aussah wie ihre Küchenanrichte zu Hause, standen ein paar Blutproben, schon fertig verpackt für den Boten. Eigentlich ja nicht richtig, dass hier Tür und Tor offen standen und niemand zu sehen war. Wenn nun jemand die Blutproben austauschte? Dann hatte Bauer Meierdirks morgen Aids und seine Frau ließ sich von ihm scheiden. Sie hatte mal wieder zu viele Romane gelesen, schalt sie sich selbst. Sie war eine Leseratte. Am meisten liebte sie Arztromane, auch als Fernsehserien. Von der Schwarzwaldklinik hatte sie seinerzeit sämtliche Folgen mit dem Videorecorder aufgenommen. Die Kassetten standen fein säuberlich beschriftet bei ihr zu Hause im Wohnzimmerschrank über dem Heimkino. Damals war sie ja fast noch ein Kind gewesen. Aber auch heute guckte sie sich die Folgen immer noch gern mal wieder an.

Von irgendwoher kamen Stimmen. Petra machte ein, zwei Schritte in den Gang hinein, der zu Doktor Stährs Sprechzimmer führte. Das Sprechzimmer von Doktor Pauli ging direkt vom Wartezimmer ab. Bei ihr war sie noch nie gewesen, aber den Doktor kannte sie noch aus Kindertagen. Er hatte mal versucht, sie mit einer Diät von ihrem Übergewicht zu befreien. Erfolglos. Vier Wochen hatte sie fleißig abgenommen, dann war es wieder vorbei gewesen mit der schlanken Linie. Zuhause auf dem Bauernhof musste sowieso aufgegessen werden, da gab es kein Pardon. Wenn sie bei Tisch ihren Teller nicht leer aß, fing der Vater an zu mosern: »Du hast wohl nicht gearbeitet heute, wie? Hast alles deine arme Mutter machen lassen. Sonst hättest du ja wohl mehr Appetit.«

Vor allem während der Erntezeit verdrückten die Männer Berge von Essen. Es wurde immer nahrhaft gekocht: Bratkartoffeln, Fleisch, Hühnchen, Knödel und zwischendurch gab es stapelweise belegte Brote. Ihre Brüder waren Riesenkerle und konnten einen halben Brotlaib zum Frühstück verputzen. Danach arbeiteten sie aber auch wie die Maschinen. Bauernarbeit war immer noch schwere Arbeit. Während sie mit Mutter und ihrer kleinen Schwester in der Küche stand und das Essen zubereitete, das Vieh versorgte, Vorräte beschaffte und das Haus sauber hielt. Das war auch schwere Arbeit, aber sie verbrauchte nun mal nicht so viele Kalorien wie die der Männer. Außerdem war Petra eine gute Futterverwerterin. Das verstand der Vater einfach nicht. Er lebte immer noch im 19. Jahrhundert. Und obwohl er seine jüngere Tochter, die zart wie ein Elfchen war, vergötterte, verlangte er ungerechterweise von seiner Großen, wie er Petra immer nannte, dass sie sich an ihren elephantösen Ausmaßen gefälligst nicht störte, sondern eben einfach für drei arbeitete. Daran konnte auch Doktor Stähr mit seinen verständnisvollen

Gesprächen und genauen Erklärungen über die Entstehung von Fettsucht und Übergewicht nichts ändern.

Am Ende seiner Kur bewarb Petra sich bei der Post als Auszubildende. Und wurde genommen. Ihr Vater tobte, aber das war ihr egal. Drei Jahre später war sie geprüfte und gut verdienende Postangestellte und noch ein paar Jahre später übernahm sie die Poststelle von Bevenstedt. Sie mietete eine kleine Wohnung ganz für sich allein, kam nur noch sonntags zum Mittagessen nach Hause auf den Hof, und was ihr Vater vor sich hinbrabbelte, war ihr piepegal. Ihre hübsche kleine Schwester heiratete einen Hallodri vom Nachbarhof, der ihr alle zwei Jahre ein Kind machte und sie mit der ganzen Hofarbeit allein ließ, um bei Ludger Frien in der Spätschicht Kisten zu nageln. Und seinen Lohn anschließend im Gasthof Mohr zu versaufen. Nein, da hatte sie es besser getroffen. Auch wenn sie sich manchmal einen Freund wünschte und schön ausgehen oder am Wochenende mal einen Ausflug in die Umgebung, an die Ostsee oder nach Lübeck machen wollte. Aber wenn sie weiter fleißig sparte, würde sie sich bald ein eigenes Auto kaufen können. Und dann machte sie ihre Ausflüge ganz allein und genau dahin, wo sie wollte. Vielleicht würde sie hin und wieder mal ihre Schwester mitnehmen. Die konnte ja schließlich nichts dafür.

»Aber Doris, nun mach doch nicht so eine Szene«, hörte Petra plötzlich eine Männerstimme rufen. »Du hast doch von Anfang an gewusst, dass ich nicht frei bin. Wir können doch nicht so tun, als ob die Welt um uns herum nicht existiert.«

»Du hast gesagt, du würdest alles dafür tun, damit wir zusammenbleiben können.«

Das war doch die Stimme von Doris Bruhns? Es hörte sich an, als ob die Stimmen aus einer Kammer hinter dem Labor kämen. Petra blieb wie angewurzelt stehen und lauschte.

»Wenn sie weggegangen ist, dann kannst du dich doch erst recht von ihr trennen. Vielleicht hat sie einen anderen in Berlin. Peter ...«

Es folgten ein paar unklare Geräusche und die Postbotin zog sich rasch aus dem Labor zurück. Vor Schreck war sie rot geworden wie ein Schulmädchen. Doris Bruhns und der Lehrer Peter Ochs in der Abstellkammer der Arztpraxis – das war doch wirklich ein Ding. Das war ja besser als alles, was sie je in der Schwarzwaldklinik gesehen hatte. Oder zumindest genauso gut. Offenbar ging es gerade auf den Höhepunkt zu. Bei RTL gäbe es jetzt gleich die Werbepause.

Im selben Augenblick stürmte Frau Claasen durch die offene Haustür in die Praxis. Sie brachte den Duft von frischem Porree, Sellerie und anderen Küchenkräutern mit.

»Petra, du siehst ja ganz durcheinander aus. Bringst du uns etwa schlechte Nachrichten?«

Die Postbotin schüttelte den Kopf. Mit einem Auge behielt sie die Abstellkammer im Blick. Aber Frau Claasen gab im Vorbeigehen der Tür zum Labor einen energischen Schubs, so dass sie ins Schloss fiel. »Ich war nur eben die Suppe aufsetzen. Der Doktor hat immer einen Bärenhunger, wenn die Sprechstunde zu Ende ist. Die Barbara will ja nicht bei mir essen«, fügte sie mit gesenkter Stimme hinter der Hand hinzu. »Die achtet immer auf ihre schlanke Linie. Damit haben wir ja nicht viel im Sinn, was?«

Sie klopfte sich selbst auf die runden Hüften.

Petra hatte es gar nicht gern, wenn sich so viel ältere Frauen mit ihr verschwesterten, nur weil sie ein bisschen runder gebaut war als die meisten. Darum gehörte sie noch lange nicht zu den alten Schachteln. Sie würde schon noch mal ganz groß rauskommen, da würden sich die anderen wundern. Jedenfalls würde sie sich ganz sicher niemals mit so einem unselbständigen Dasein als Arzthelferin abfinden, wie die Claasen es ihr Leben lang tat. Ja, wenn der Doktor sie wenigstens endlich heiraten würde. Aber inzwischen rechnete in Bevenstedt niemand mehr ernsthaft damit. Der Doktor war ein Eigenbrödler, einer, der lieber allein war als zu zweit. Nur seine Ex-Frau, die war eine Heilige für ihn. Aber auch nur für ihn.

»Ja, ich muss dann mal wieder. Grüßen Sie die beiden Doktoren von mir. Und bis morgen.«

»Bis morgen«, rief Frau Claasen und verschwand mit einem Stapel Karteikarten im hinteren Teil der Praxis. Ehe die beiden in der Abstellkammer die Gelegenheit nutzen würden, um sich wieder unauffällig unter die Leute zu mischen, schwang Petra sich rasch auf ihr Fahrrad und radelte davon.

»Hast du denn immer noch keinen Kostenvoranschlag für die Heizungsanlage machen lassen?«, meinte Colette. Sie hörte sich aufgeräumt an und ihre Stimme schallte viel zu laut durch den Hörer. Barbara hielt ihn ein bisschen vom Ohr weg. Sie saß wie immer in ihrer Küche und fror, ohne zu wissen, ob es der verdammte Herd war, der heute Abend nicht richtig ziehen wollte, oder ihre Müdigkeit nach einem langen Arbeitstag. Auf dem Tisch standen die Reste eines kargen Abendessens. Zum Einkaufen kam sie in letzter Zeit auch nicht mehr. Das hatte meistens Thomas erledigt. Aber brauchte man einen Lebensgefährten, nur damit man abends etwas zu essen im Kühlschrank fand? Viele Männer waren nur aus diesem Grund verheiratet. Und wegen der gebügelten Hemden und der anzunähenden Knöpfe. Ihr war das bis jetzt immer jämmerlich wenig erschienen.

»Ich habe einfach noch keine Zeit dazu gehabt«, sagte sie. »Und du? Was machst du den ganzen Tag?«

Colette kicherte. »Das klingt ja so, als ob du glaubtest, ich wüsste vor Langeweile nicht, wie ich den Tag herumbringen soll. Nein, meine Liebe, ich bin total in Aktion. Stell dir vor, gestern hat mir jemand eine Wohnung angeboten. Schöneberg, Akazienstraße, beste Wohngegend, dritter Stock, vier Zimmer, Badewanne, hell, Vorderhaus. Ein Traum, sage ich dir. Und gar nicht mal teuer. Für ein Jahr. Von einem Freund von meiner Freundin, er will für ein Jahr nach Südamerika und sucht solange eine Untermieterin. Ob das nicht ein Wink des Schicksals ist?«

»Und die Kinder?«

»Was ist mit den Kindern? Meinst du, in Berlin kann man keine Kinder aufziehen? Ich habe sogar schon einen Kindergartenplatz für Philipp, Multikulti, lauter kleine schwarze und braune Babys, süß allesamt. Dagegen sind die Holsteiner Bauernkinder regelrechte Klötze. Ich weiß nicht, ich glaube fast, schon wegen der Kinder sollte ich hier bleiben. Die wachsen doch hinterm Mond auf in Bevenstedt, was meinst du?«

Barbara stöhnte innerlich. War sie nun aufs Land gezogen, um immer weiter diesen Blödsinn über das tolle Stadtleben und das öde Landleben anzuhören? Ihre beste Freundin in Hamburg hatte vier Wochen auf sie eingeredet, dass sie bloß in Hamburg bleiben solle, weil man auf dem Land mit Sicherheit verblöden würde. »Kein Kino, kein Theater, nicht mal eine Bibliothek hast du dort. Du verlierst ja total den Anschluss. Auch fachlich.« Renate war Psychotherapeutin und saß von morgens bis nachts in ihrer Praxis und scheffelte Geld. Ins Kino oder Theater ging sie so gut wie nie. Eine Bibliothek hatte sie unter Garantie seit dem Examen nicht mehr betreten. Aber kluge Reden halten über das Kulturangebot einer Metropole. Barbara hatte in Bevenstedt schon mehr Bücher gelesen als in ihrer Zeit am Krankenhaus in Hamburg in einem ganzen Jahr. Und sie war schon zweimal im Kino in Neustadt gewesen. Gelohnt hatte es sich allerdings nicht.

»Und Peter?«, fragte Barbara schließlich. Das Thema war ja doch nicht zu umgehen.

»Er ruft jeden Tag dreimal an«, sagte Colette. Ihre Stimme klang schrill, es war nicht zu überhören, dass sie die Situation extrem genoss.

»Aha.«

»Angeblich, um sich nach den Kindern zu erkundigen. Zuerst bin ich ja nicht dran gegangen. Meine Freundin hat ihn abgewimmelt. Xenia hat mit ihm gesprochen, Philipp auch ein bisschen. Heute bin ich zum ersten Mal selbst rangegangen.«

»Du spannst mich auf die Folter.«

»Er hat mich um Verzeihung gebeten.« Colette machte eine Kunstpause. Sie wusste verdammt gut, wie man eine Trennung inszenierte, um den größtmöglichen Lustgewinn daraus zu ziehen. »Er hat gesagt, er hätte mit Doris Schluss gemacht. Ich weiß noch nicht, ob ich ihm das glauben soll.«

»Hm«, machte Barbara.

»Mehr hast du dazu nicht zu sagen? Mein Gott, nun spann mich doch nicht so auf die Folter. Sag schon, sind die beiden noch zusammen oder nicht?«

»Woher soll ich das wissen? Ich habe Peter kein einziges Mal gesehen, seitdem du weg bist.«

»Aber Doris. Schließlich arbeitest du doch mit ihr zusammen.«

»Sie ist unser Lehrling, Colette, was erwartest du? Dass ich sie zur Rede stelle, wann sie zuletzt mit ihrem Liebhaber geknutscht hat? Im Übrigen habe ich das Wartezimmer jeden Tag voller Leute, und abends noch die vielen Hausbesuche, auch in der Mittagspause ...«

»Schon gut, ich habe verstanden«, sagte Colette schnippisch. »Du willst dich nicht einmischen. Willst es dir mit Peter nicht verderben.«

Barbara schwieg. Colette lag nicht ganz falsch mit ihrer

Vermutung. Barbara hatte nicht die geringste Lust, sich aus Frauensolidarität oder aus Freundschaft oder aus welchem Grund auch immer auf die Seite der Nachbarin zu schlagen. Mit Sicherheit würden die Eheleute sich spätestens morgen oder übermorgen wieder versöhnen, und ehe sie gucken konnte, war Barbara die Dumme, die außen vor blieb. Nein, sie verspürte keinerlei Ambitionen, für Colette ihrer Auszubildenden oder ihrem Nachbarn hinterherzuspionieren.

»Du denkst wahrscheinlich, Pack schlägt sich, Pack verträgt sich«, lachte Colette. »Ich habe auch nicht wirklich geglaubt, dass du auf meiner Seite stehst. Dazu bist du vermutlich viel zu ... schlau.«

Das war nun aber starker Tobak. Barbara schwieg vorsichtshalber.

»Na ja, dann wird es dich vermutlich auch nicht interessieren, wen ich hier noch so alles getroffen habe«, fuhr Colette fort. »Berlin ist nämlich auch nur ein Dorf.«

»Aber eins, wo ich quasi niemanden kenne.«

»Oh doch. Jedenfalls soll ich dich herzlich grüßen. Von Freddi.«

Mit einem Schlag war Barbara wieder hellwach. Sie versuchte, sich nichts anmerken zu lassen, damit Colette ihren kleinen Sieg nicht allzu sehr auskosten konnte. »Von unserem Freddi?«

»Da staunt die Frau Doktor, nicht wahr? Ja, er ist mir gestern Mittag über den Weg gelaufen, als ich die Kinder abholte. Er will hier bleiben und hat wohl auch schon einiges in die Wege geleitet, damit das klappt. Vielleicht erinnerst du dich, es hieß doch, er sei mit einem Typen aus Berlin abgehauen, der mit dem Motorrad?«

»Rolf, ja.«

»Genau, dieser Rolf war bei ihm. Er hat irgendwelche Probleme mit der Polizei, aber da soll es einen Rechtsanwalt geben, der sich um die Sache kümmert. Irgendwas mit der Bombe an der kleinen Brücke in Bevenstedt, weißt du da was Neues?«

»Nein. Aber Rolf und Freddi werden hier ziemlich intensiv von der Polizei gesucht. Hast du denn ihre Adresse?«

»Freddi meinte, er würde sich bei dir melden, sowie er hier Fuß gefasst hat. Ich soll dich schön grüßen.«

»Das freut mich. Das ist wirklich eine gute Nachricht.«

»Habe ich es also doch noch geschafft, dich ein wenig zu unterhalten, Doktorchen. Und was machst du sonst so? Hat Thomas sich schon gemeldet?«

»Nein.«

»Tut mir Leid.«

»Ist nicht so schlimm. Das Leben geht weiter. Du fehlst mir auch nicht wenig.«

»Lieb von dir. Ich muss jetzt mal Schluss machen, die Kinder müssen ins Bett und ich habe versprochen, ihnen etwas vorzulesen. Ich schätze, ich bin nächste Woche wieder da. Ein bisschen will ich Peter noch zappeln lassen. Damit er es sich diesmal merkt.«

»Grüß die Kinder von mir.«

»Grüß du meinen Sternenhimmel. Das ist das Einzige, was mir hier wirklich fehlt. Außer euch natürlich.«

34

Es regnete, wie es sich für eine anständige Beerdigung gehört. Ein feiner, gleichmäßiger Landregen, kalt und nadelspitz. Barbara hatte ihren Schirm zu Hause vergessen und klappte den Mantelkragen hoch, was nicht viel half. Auf dem Weg in die Friedhofskapelle vom Parkplatz aus, wo man sich getroffen und begrüßt und dem trauernden Toni Jakobsen das Beileid ausgesprochen hatte, gesellte sich Petra Brinkmann zu ihr und nahm sie mit unter ihren schönen, großen Schirm.

»Sind ja eigentlich ein schmuckes Paar, die Doris und der Lehrer«, sagte sie und wies mit der Schirmkrücke in Richtung auf das junge Mädchen, das ein paar Reihen weiter vorn neben ihrer Mutter herging. Mutter Bruhns war mal eine Zeitlang mit Adele Jakobsen befreundet gewesen.

Barbara sah die Postbotin überrascht von der Seite an. »Sie wissen auch schon davon? Alle scheinen bestens informiert zu sein, nur ich habe nichts mitbekommen.«

»Ich habe sie neulich zufällig bei Ihnen in der Praxis zusammen reden hören. Das war eindeutig. So richtig glücklich klang es aber auch schon nicht mehr. Er will wohl Schluss machen. Wie sie halt so sind, die Männer. Plötzlich fällt ihnen ein, dass sie auch noch eine Ehefrau zu Hause haben.«

»Zu Hause ist die allerdings schon länger nicht mehr.«

»Ach nein? Wo ist sie denn?«

Barbara biss sich auf die Zunge. Wie kam sie dazu, hier über Colettes Privatleben zu plaudern? Die Postbotin war ja nun wirklich nicht gerade eine verschwiegene Person. Sie kamen an der Kapelle an. Barbara ging auf Frau Bruhns zu und begrüßte die Mutter ihrer Auszubildenden. Auf diese Weise konnte sie der Postbotin die Antwort vorerst schuldig bleiben.

»Wenn man nun wenigstens wüsste, wer sie auf dem Gewissen hat«, sagte Frau Bruhns anklagend. »Man hat sich ja schon immer Sorgen um Adele machen müssen. Aber so jung sterben – sie war ja noch keine fünfzig Jahre alt.«

»Das wäre sie vermutlich auch nie geworden«, meinte Barbara trocken. »Aber die Polizei wird den Täter sicher über kurz oder lang ermitteln.«

Aus den Augenwinkeln beobachtete sie Doris, die tatsächlich ein bisschen verquollen aussah, als ob sie den ganzen Morgen über geweint hätte. Eigentlich müsste sie heute Vormittag sowieso in der Berufsschule in Neustadt büffeln. Sie hatte sich wohl für die Beerdigung freigeben lassen. Oder sich mit Krankheit entschuldigt.

»Ich würde Sie gern irgendwann einmal sprechen«, flüsterte Barbara Doris zu, als sie an ihr vorbei den Gemeinderaum betrat. Zu allem Übel wurde auch noch das kleine Orgelpositiv gespielt. Wer auch immer das Instrument bediente, er tat es furchtbar schlecht. Und erinnerte Barbara damit umso schmerzlicher an Thomas. Zehn Tage war es mittlerweile schon her, dass er fortgegangen war. Ohne sich ein einziges Mal bei ihr zu melden.

Frau Claasen riss sie aus ihren wehmütigen Gedanken und zog sie neben sich in eine Bankreihe. Der Trauergottesdienst lief förmlich und ein bisschen langweilig ab, wie sie es auch aus Hamburg kannte. Barbara hasste Beerdigungen. Fast traumatisch erinnerten sie sie an die Beerdigung ihrer Eltern vor nun fast zwanzig Jahren. Sie war noch ein Kind gewesen und hatte die ganze Situation als ungeheuer bedrückend und alles andere als ihre Trauer lindernd in Erinnerung. Dann die Beerdigung ihrer geliebten Tante, die sie großgezogen hatte. Inzwischen war sie alt genug gewesen, um das traurige Ereignis einigermaßen verarbeiten zu können. Aber einen Sinn sah sie in dem christlichen Ritual bis heute nicht. Die Toten lebten ja doch mit den Zurückgebliebenen fort. Und das oberflächliche Gerede, das der fremde Pfarrer von der Kanzel herab an die Angehörigen richtete, die es allesamt besser wussten, half niemandem weiter. Es war nur eine Konvention, der man Genüge tat.

Toni Jakobsen saß in der ersten Reihe zwischen Frau Bruhns und Bürgermeister Petersen, der sich verpflichtet gefühlt hatte zu kommen, weil Adele ja quasi einen öffentlichen Tod gestorben war. Auch die Polizei war durch den älteren der beiden Kommissare aus Oldenburg vertreten. Seinen Namen hatte Barbara schon wieder vergessen. Von Familie Scholz war niemand da. Auch sonst kannte Barbara niemanden, nur ein paar alte Frauen vom Sehen. Die Tochter der Jakobsens in Südafrika hatte einen mächtigen Kranz binden lassen. Daneben sah das Gebinde ihres Vaters aus wie ein verunglückter Adventskranz.

Zum Gebet erhob man sich. Dann folgte noch ein Lied, das der Pfarrer fast allein singen musste, da den Trauergästen weder Text noch Melodie bekannt waren, und endlich durfte man langsam die Kapelle wieder verlassen, begleitet von einem schrecklich schrägen Orgelnachspiel. Vor der Tür stand der Witwer bereit, um allen Anwesenden noch einmal die Hand zu drücken. Er sah nun wesentlich gefasster aus als vor dem Gottesdienst und Barbara leistete innerlich Abbitte. Vielleicht war die Predigt ja gar nicht so schlecht gewesen. Für die einfachen Leute war es eben doch etwas Besonderes, wenn sie und ihre Nächsten einmal von einer Kanzel herunter persönlich bedacht und besprochen wurden. Das Leben von Adele Jakobsen hatte weitgehend im Privaten, ja im Verborgenen stattgefunden. Nun war es für einen letzten, kurzen Augenblick noch einmal hell ausgeleuchtet worden, ehe ihr Name auf dem Grabstein verblassen und für immer vergessen würde.

»Ich danke Ihnen, dass Sie gekommen sind«, sagte Toni und hielt lange Barbaras Hand. »Ich möchte mich auch noch bei Ihnen entschuldigen für die Sache damals mit Walter. Ich konnte ihn nicht aufhalten. Ich wollte wirklich nicht bei Ihnen zu Hause eindringen. Es tut mir Leid.«

»Macht nichts«, meinte Barbara schnell. »Das habe ich schon lange vergessen. Übrigens, kennen Sie nicht einen guten Handwerker? Ich bräuchte nämlich ganz dringend jemanden, der bei mir im Haus eine Heizung einbaut. Auch das Bad muss ganz neu gemacht werden. Und noch ein paar andere Sachen. Mögen Sie nicht mal bei mir vorbeikommen? Nun, wo die Tankstelle geschlossen ist ...«

»Klar.« Toni Jakobsen sah Barbara überrascht an. Mit so einem Angebot schien er zu allerletzt gerechnet zu haben.

Die Beerdigungsgäste drängelten sich hinter Barbara aus der Kirche, einige von ihnen formierten sich zu einem kleinen Zug, der sich die Grabstelle ansehen ging. Die anderen eilten direkt zum Parkplatz. Als Letzter trat der Pfarrer aus der Kirche und schloss hinter sich ab.

»Wiedersehen«, sagte er gedankenlos zu dem Witwer, raffte seine Kutte und ging schnellen Schrittes zu seinem Auto.

»Alles Gute dann also und bis demnächst«, verabschiedete sich auch Barbara und schüttelte Tonis Hand.

»Damit ist jetzt endgültig Schluss«, sagte Barbara und hielt ihre Hand über die Kaffeetasse. Erna Zemke, Adele Jakobsens Schwägerin, ließ mit zitternden Armen die schwere Porzellankanne noch einen Augenblick über der Setztasse schweben, die sie Barbara hingestellt hatte. Sie schnaufte. Wegen einer schweren Arthrose in beiden Kniegelenken konnte sie sich seit Monaten nur noch im Rollstuhl bewegen. Nun endlich hatte sie allen Mut zusammengenommen und Barbara erlaubt, sie für eine Kniegelenksoperation im Krankenhaus in Kiel anzumelden. Im Frühsommer würde sie drankommen. Keine einfach Sache, fürchtete Barbara, denn Erna war im Gegensatz zu ihrer federleichten Schwägerin ein echtes Schwergewicht. Die Zeit im Rollstuhl hatte sie zudem steif und unbeweglich gemacht. Die Reha würde langwierig und für alle Beteiligten anstrengend werden.

Der Beerdigung ihrer Schwägerin beizuwohnen hatte sie sich nicht zugetraut. Zu schlecht waren die Wege auf dem Friedhof, zu instabil ihr gesundheitlicher Zustand. Umso neugieriger hatte sie jedes Detail in sich aufgesaugt, das Barbara berichtete. Wenig genug war es ja.

»Ich habe Toni gebeten, sich mal mein Haus anzusehen. Ich finde, ich habe jetzt lange genug gefroren und gezittert.«

»Frau Doktor, das geht aber auch wirklich nicht, Sie und Ofenheizung. Das ist ja wie nach dem Krieg. Ich habe ja noch lange mit Holz geheizt, aber man war ja alle Tage im Haus. Und mein Heinz, Gott hab ihn selig, hat mir immer so schön das Holz klein gemacht. Das können Sie doch gar nicht alles alleine.«

Ihre Anteilnahme tat Barbara ausgesprochen wohl. Vorsichtig stellte Frau Zemke die schwere Kaffeekanne wieder auf den Tisch. »Wenn man so gar niemanden hat, der einem hilft ...«

Barbara überging die Anspielung und Frau Zemke wandte sich ihrem zweiten Überraschungsgast zu, der Klatschbase Anna-Luisa Täck, die Barbara mit ihrem typischen verkniffenen Lächeln beobachtete. Auch an einem ganz normalen

Werktagnachmittag, ohne Galadiner oder Balleinladung, war die Journalistin herausgeputzt wie ein Weihnachtsbaum. Von ihrer strassverzierten, auffälligen Brille hing eine lange goldene Kette herab, die sich im Dekolleté mit diversen anderen Ketten vereinte. Schwerer Ohrschmuck, Ringe und Armreifen glitzerten miteinander um die Wette. Sie trug eine schwarze Samtweste über einem seidig glänzenden flaschengrünen Blouson, dazu einen dunklen Rock und Stöckelschuhe, die ebenfalls glitzernde Schnallen hatten. Außerdem war an dieser Frau alles, was man nur irgendwie lackieren oder einfärben konnte, auffällig bemalt. Lippen, Fingernägel, Wangenknochen, Lider, Wimpern, Brauen. Fast hatte es schon wieder etwas Faszinierendes – ein geschlossenes Ensemble.

»Nicht wahr, Anna-Luisa, meinst du nicht auch? Anna-Luisa und ich, wir sind ja zusammen zur Schule gegangen«, erklärte Frau Zemke. Das konnte man sich allerdings nur schwer vorstellen, wenn man die beiden Frauen so nebeneinander sah. Die eine abgearbeitet, ungepflegt und krank, die andere großstädtisch aufgebrezelt.

»Ja, was soll ich dazu sagen. Es ist heutzutage nicht so leicht, gute Handwerker zu finden«, antwortete die Journalistin und zündete sich eine lange, dünne Damenzigarette an.

Gleich rollte Frau Zemke los, um einen Aschenbecher zu holen.

»Ich bin aber eigentlich noch einmal wegen der Sache mit Adele hier«, fuhr die Täck fort, als sie wieder da war. »Ich habe darüber nachgedacht, was du neulich erzählt hast.«

Frau Zemke schüttelte den Kopf. »Was habe ich denn gesagt?«

»Du hast doch erzählt, dass du an Adeles Todestag hier vor dem Haus diesen Diem hast rumlungern sehen.«

»Stimmt, der hat auf seinem Moped rumgeknattert. Die Straße rauf, die Straße runter. Adele wollte so gegen drei Uhr hier sein. Darum habe ich ständig rausgeguckt, wo sie wohl bleibt. Und dann sah ich den Jungen immer mit seinem Moped auf und ab fahren.«

Anna-Luisa Täck schenkte sich selbst Kaffee nach, rührte aber den Kuchen, den Frau Zemke ihr aufgetan hatte, nicht an. Dafür nahm Barbara noch Stück. Er schmeckte wie selbst gebacken. Fast noch besser.

»Es ist nämlich so.« Die Journalistin machte eine Kunstpause. »Ich komme gerade aus Kiel. Wichtiger Termin im Verkehrsministerium wegen einer anderen Sache. Da habe ich mal ein bisschen nachgefragt, was es so für neue Entwicklungen gibt hier im Landkreis. Der Referent war ganz offenherzig. Fing gleich an, von dem geplanten Autobahnzubringer zu erzählen. Ohne dass ich irgendwelche Anspielungen hätte machen müssen.«

»Was für ein Autobahnzubringer?«, fragte Barbara.

»Eben. Das fragt man sich. Was für ein Autobahnzubringer? Wir haben doch eine Auffahrt in Lensahn. Das reicht ja wohl. Für die Bürger schon, meinte der Mann. Aber nicht für den Grafen.«

»Ach Gott«, rief Frau Zemke und winkte mit ihrer Kuchengabel ab. »Hör mir auf mit dem Grafen. Nun hat er angeblich endlich ein Einsehen, dass er uns hier die Straße kaputtgemacht hat mit seinen ewigen Lastern – morgens um fünf geht das schon los. Egalweg. Mittagszeit kennen die auch nicht. Nun, wo die Brücke kaputt ist, ist ja endlich Ruhe. So gesehen hatte das ja doch was Gutes. Nur dass jetzt eben die Bauarbeiter für die Feriensiedlung nicht weiterkommen. Den een sin Uhl is den annern sin Nachtigall.«

»Sehen wir das mal von der anderen Seite«, fuhr Anna-Luisa Täck fort und nahm einen tiefen Zug an ihrer Zigarette.

Barbara fiel ein, dass sie diese Frau wegen ihrer voreiligen

Verurteilungen nach dem Brand an der Tankstelle heftig verdammt hatte. Jetzt schien sie ihr gar nicht mal so dumm zu sein. Vielleicht verfügte sie ja doch über die seltene Fähigkeit, aufgrund sachlicher Recherche logische Schlüsse zu ziehen. Und diese auch für andere nachvollziehbar zu machen.

»Nehmen wir mal an, dass der Graf sich in den Kopf gesetzt hat, sich um einen eigenen Autobahnzubringer für seine Holztransporte zu bemühen. Auf Staatskosten, versteht sich. Er soll ja in der letzten Gemeinderatssitzung zugesichert haben, dass er dafür sorgen würde, dass die Lage für die Anrainer der Straße zu seinen Waldgebieten sich demnächst bessern würde. Natürlich würde der Autobahnzubringer auch der Feriensiedlung zupass kommen.«

»Susanne Stähr«, sagte Barbara.

Anna-Luisa Täck ließ ein rauchiges, tiefes Lachen hören. »Den Namen haben Sie genannt.«

»So könnte es gewesen sein«, murmelte Barbara.

Frau Zemke schüttelte den Kopf. »Die machen doch, was sie wollen. Die da oben.«

»So könnte es tatsächlich gewesen sein«, wiederholte Anna-Luisa Täck. »Sie könnten – Konjunktiv, das bitte ich zu beachten – zum Beispiel den jungen Diem dafür eingespannt haben. Genau wie für die Sache mit der Tankstelle. Jakobsens wären nämlich so einfach gar nicht aus ihrem Pachtvertrag zu entlassen gewesen. Das hat mir der Brandschutzbeauftragte der Versicherung gesteckt. Und wenn Adele wirklich stocknüchtern war, wie Sie meinen, Frau Doktor... Nach dem Brand war es dann natürlich kein Problem mehr, den Vertrag mit ihnen aufzulösen.«

»Aber Adele konnte doch gar nichts dafür«, murmelte Frau Zemke, während sie zum Buffet fuhr, um mit einer Flasche dunkelrotem Aufgesetzten und drei kleinen Kristallgläsern im Schoß an den Tisch zurückzurollen.

»Ich nehme an, der Autobahnzubringer ist beschlossene Sache?«

Anna-Luisa Täck nickte. »Eilverfahren. Fehlt nur noch die Unterschrift des Ministers. Baubeginn soll nächsten Montag sein.«

Frau Zemke schenkte die Gläser randvoll. Die drei Frauen stießen schweigend an. Nur die große Standuhr in der Ecke tickte laut und deutlich.

»Und was machen wir nun?«, fragte Barbara.

Anna-Luisa Täck drückte ihre Zigarette im Aschenbecher aus und leerte ihre Kaffeetasse. Ihr Lippenstift hinterließ hässliche rote Spuren am Tassenrand. »Ich fahre jetzt zu Wachtmeister Ellmeier. Der ist ja immer ganz vernünftig. Ach, übrigens, das ist auch noch interessant in diesem Zusammenhang.« Sie wendete sich noch einmal an Barbara. »Ellmeier hat mir gesagt, dass angeblich Freddi diesen Feuerlöscher von Theo Diem bekommen haben soll. Hat Theo ihm am Montagnachmittag erzählt. Und nun zählen Sie mal eins und eins zusammen. Wer außer dem Täter konnte wissen, dass die Explosion durch einen präparierten Feuerlöscher ausgelöst worden ist? In der Zeitung stand nämlich nichts davon.«

»Sie meinen, Theo hat Freddi extra belastet mit einer gezielten Falschaussage ... Ich wusste ja, dass er unschuldig ist«, stotterte Barbara.

»Eben«, sagte Anna-Luisa Täck und erhob sich. »Und vermutlich haben Sie sogar Recht damit. Schönen Nachmittag noch die Damen. Ach, grüßen Sie übrigens Ihren Mann, Frau Doktor. Ganz reizender Junge.«

Ehe Barbara sie fragen konnte, woher sie Thomas kannte, war die Journalistin hinausgerauscht.

35

Die letzte Woche vor den Festtagen war angebrochen und wie jedes Jahr schienen ihre Tage und Nächte kürzer zu sein und eiliger zu verstreichen als die anderen Wintertage. Alle, auch die Familien, deren Nachwuchs schon erwachsen und ausgeflogen war, hatten alle Hände voll zu tun. Vor allem die Hausfrauen wuschen und schleppten und buken und räumten, um für ihre Lieben alles recht festlich zu machen. Selbst Barbara, die niemanden erwartete und sich einfach nur auf ein paar Tage Ruhe und Entspannung freute, wurde von dieser Stimmung angesteckt. Die Sprechstunden waren zum Bersten voll.

Als Allerletzte kam am Dienstagabend Doris Bruhns in ihr Sprechzimmer. Sie nahm auf dem bequemen Stuhl vor Barbaras Schreibtisch Platz und fing an zu sprechen, ohne dass Barbara eine einzige Frage stellen musste. Sehr steif, den Hals hoch aufgereckt und die Hände im Schoß übereinander gelegt, redete sie sich alles von der Seele – ihre Beziehung zu Peter Ochs, ihren Wunsch, die Beziehung fortzusetzen und das plötzliche Ende. Morgen würden die Schulferien beginnen und der Lehrer würde nach Berlin fahren, um Colette und die Kinder nach Hause zu holen. Er hatte sich für seine Familie entschieden. Und Doris war schwanger.

Barbara spielte ein Weilchen mit ihrem Stethoskop. Dann

erzählte sie Doris alles über die Fristenlösung, was die angehende Arzthelferin sowieso demnächst in der Berufsschule lernen würde. Doris hörte mit weit aufgerissenen Augen zu und nickte, als Barbara ihr anbot, in ein paar Tagen noch einmal mit ihr zu sprechen, wenn sie über alles nachgedacht hatte.

»Wir haben jetzt Zeit bis spätestens zur elften Woche. Bis dahin musst du dich entschieden haben. Und jetzt gehen wir beide nach Hause, wir haben einen langen Tag hinter uns.«

Doris brachte Barbaras Mantel von der Garderobe mit. »Bist du mit dem Fahrrad hier?«

Doris schüttelte den Kopf. Es hatte am Abend wieder ein bisschen geschneit. Es war ungemütlich, in dieser Jahreszeit mit dem Rad zu fahren.

»Dann bring ich dich nach Hause.«

Neben der Landgärtnerei von Familie Bruhns vor dem Gasthof Mohr parkten jede Menge Autos. Von drinnen hörte man den Lärm des Bläserkreises, der sich nur hin und wieder in einem gemeinsamen Melodiebogen zusammenfand, dann wieder abbrach, um kurz darauf aufs Neue anzuheben. Barbara setzte Doris vor dem Haus ihrer Eltern ab und fuhr langsam am Gasthaus vorbei. Der bunte Transit von Thomas war nirgendwo zu sehen. Sie parkte hinter dem Mercedes des Bürgermeisters und schaltete die Scheinwerfer aus. Das Radio spielte leise weiter, einen schönen, traurigen Song aus den siebziger Jahren, *Soft Machine* oder so ähnlich hieß er. Diese Art Musik hatte Thomas damals auch gespielt, mit seiner Schülerband, als sie sich gerade kennen gelernt hatten. Es hatte natürlich nicht halb so perfekt geklungen wie das Original. Eher so wie das Getröte, das da aus dem Gasthaus kam.

Schnell wurde es wieder kühl im Wagen. Barbara hatte ihre Handschuhe angelassen und blies hin und wieder in die Fäustlinge. Wie konnte Thomas ohne Auto hier sein? Und selbst wenn er da war, was sollte sie zu ihm sagen? Sollte sie

235

ihn fragen, ob er mitkommen würde nach Hause? Und dort, was sollten sie reden? Wie sollten sie anfangen? Wollte sie das überhaupt?

Sie wusste schon, wie solche Gespräche mit ihm abliefen, sie hatten sie oft genug geführt. Erst hielt er dagegen, stundenlang, mit einer Ausdauer, die er sonst nur an seiner Orgel beim Üben aufbrachte. Er drehte ihr jedes Wort im Mund um, fand für alles und jedes ein Gegenbeispiel und trieb sie immer weiter in die Enge, bis schließlich sie, Barbara, diejenige war, die alles falsch gemacht hatte. Die nicht rechtzeitig ihre Bedürfnisse angemeldet hatte, die zu kleinlich war, engstirnig, engherzig, selbstherrlich, intolerant und besitzergreifend. Während sie damit beschäftigt war, alle Argumente sorgfältig auf ihren Wahrheitsgehalt hin zu überprüfen und abzuwägen, um gleichzeitig Thomas eine gründliche Lektion zu erteilen mit Informationen über seinen Charakter, für die er bei jedem Psychiater viel Geld bezahlen müsste, betrieb Thomas ganz einfach eine Stockschlacht. Ohne die geringsten Anzeichen von Einsicht fing er ihre Argumente im Flug ab und schoss sie komplett verdreht wieder zurück. Streiten hieß für ihn, siegen zu wollen, und nicht, die Wahrheit herauszufinden.

Irgendwann, meist spät in der Nacht oder schon gegen Morgen, gab Barbara dann resigniert auf. Suchte mühselig ihre Siebensachen zusammen, ihre kleinen Habseligkeiten, Wünsche, Träume, Bedürfnisse, Ansprüche gegenüber dem anderen, berechtigte ebenso wie unberechtigte. Steckte sorgfältig alles wieder ein, zerfleddert, zerrissen, fleckig, wie es geworden war in dieser Schlacht, pusselte daran herum, sortierte aus, erneuerte und fand schließlich, dass ihre Liebe zwar groß war, aber dieser Mensch ihrer einfach nicht wert. Er brauchte sie nicht. Thomas war sich selbst genug.

Und wenn sie das dann mit einer Menge Tränen hinuntergeschluckt hatte und sich endlich erhob, um allein ins Bett zu wanken, kapituliert und geschlagen, dann sprang Thomas für gewöhnlich auf und nahm sie mit einem einzigartigen, schmerzverzerrten Gesicht in die Arme. Entschuldigte sich überschwenglich, küsste und tröstete sie und versprach für alle Zeiten, sich zu bessern. Bis zum nächsten Mal. Bis alles wieder von vorn anfing.

Barbara drehte den Zündschlüssel herum, bis die Lüftung anfing zu blasen, aber die Luft, die herausschoss, war eiskalt. Sie schaltete die Zündung wieder aus.

Der erste Bläser verließ den »Mohren«, es war Ole Schumacher mit seiner Klarinette, die er in einem Köfferchen unter dem Arm trug. Er verabschiedete sich unter der Straßenlampe von dem alten Bruhns und Bürgermeister Petersen. Barbara hörte die Männer lachen und scherzen.

Immer mehr Männer kamen aus der Kneipe. Unter anderem auch Häger, der ehemalige Leiter des Bläserkreises, den Thomas abgelöst hatte. Offenbar hatte er also jetzt wieder den Taktstock übernommen.

Barbara schluckte ihre Enttäuschung hinunter und starrte auf die Tür des Gasthauses. Aber es kam niemand mehr heraus. Der Bürgermeister trat an ihren Wagen, nachdem er seine Posaune im Kofferraum verstaut hatte, und klopfte kurz ans Wagenfenster. Barbara ließ die Scheibe herunter.

»Haben Sie es schon gehört? Den Theo Diem haben sie verhaftet. Während Freddi mit diesem Berliner Rowdy auf der Fehmarnsundbrücke gesehen wurde, hat Theo sich hier zur Zeit der Explosion an der Autobahn herumgedrückt. Wir haben ihn zur Rede gestellt, und da hat er alles zugegeben. Er hat auch das Feuer in Jakobsens Tankstelle gelegt. Und den Sprengsatz für die Brücke hat er auch selbst gebastelt.«

»Aber darauf ist er doch nicht allein gekommen«, meinte Barbara rasch. »Da stecken doch andere Interessen dahinter.«

Bürgermeister Petersen richtete sich wieder auf und zuckte die Achseln. Er schlug leicht mit der flachen Hand auf Barbaras Autodach, als wolle er sich verabschieden.

»Da steckt doch der Graf dahinter mit seinem Autobahnzubringer. Und Susanne Stähr wegen ihrer Feriensiedlung – so was hat der Diem doch nicht freiwillig getan! Warum sollte er?«

»Tja«, seufzte der Bürgermeister. »Warum tun Menschen was – wie soll man das ergründen? Und mit Unterstellungen muss man immer ganz vorsichtig sein.«

»Aber Herr Bürgermeister«, ereiferte sich Barbara und griff nach der Schnalle, um ihren Sicherheitsgurt zu lösen, der sie plötzlich zu erdrosseln drohte. »Sie können doch nicht den Diem allein verantwortlich machen. Das macht doch keinen Sinn.«

»Das überlassen wir lieber der Polizei, Frau Doktor. Ach, übrigens«, er beugte sich noch einmal hinunter. »Den Walter Scholz haben sie heute wieder entlassen aus der Untersuchungshaft. Es wird aber noch eine Gerichtsverhandlung geben. Es sei denn, Sie ziehen die Anzeige zurück.«

»Der Mann hat mich bedroht.«

»Denken Sie mal dran, er hat doch Familie. Ludger Frien will ihn auch wieder einstellen bei sich im Betrieb. Man muss auch mal ein Auge zudrücken und den Leuten eine Chance geben. Letztlich sitzen wir hier doch alle in einem Boot. Warten Sie mal ab, vielleicht entschuldigt er sich sogar noch bei Ihnen.«

Barbara schob den Verschluss des Sichereitsgurts wieder in die Halterung, bis er einrastete.

»Ich werde es mir überlegen.« Es hatte vermutlich keinen Zweck, sich weiter zu ereifern. Barbara kurbelte ihre Scheibe hoch und drehte den Zündschlüssel herum.

»Nichts für ungut und schönen Abend noch, Frau Doktor«, rief der Bürgermeister und ging mit gesetzten Schritten zu seinem Wagen.

Die Dorfstraße war vom Schnee geräumt und die Landstraßen rund um Bevenstedt waren gestreut und frostfrei. Trotzdem fuhr Barbara langsam und vorsichtig. Sie machte einen langen Umweg über die Küstenstraße. Dabei kam die Heizung auf Touren und es wurde warm und heimelig im Wagen. Nach und nach legte sich ihre Wut. Sie hätte gern in Ruhe über alles nachgedacht, aber es wollte ihr nicht gelingen, ihre Gedanken zu sammeln. Wut und Trauer saßen fest in ihrer Brust wie ein dicker, schwerer Klumpen, den sie allein nicht auflösen konnte. Sein Gewicht strahlte aus bis zu den Schultern und fühlte sich an, als würde sie ihn nun für alle Zeiten mit sich herumschleppen.

Der Feldweg, der zum alten Pfarrhaus und zum Resthof der Familie Ochs führte, war nicht geräumt und die beiden Fahrbahnrinnen glitzerten tückisch glatt. Ganz langsam ließ Barbara ihren Wagen bis vors Haus rollen. Erst als sie ausstieg, sah sie, dass in Thomas' Musikzimmer Licht brannte. Die Rollos waren nicht heruntergelassen und sie sah seine lange, schlanke Gestalt, die sich ein wenig hinter den Gardinen bewegte. Er saß am Klavier und spielte.

Leise ließ Barbara die Wagentür ins Schloss fallen. Jetzt erkannte sie auch, was er spielte. Es war ein Stück aus Bachs »Goldberg Variationen«, ihr Lieblingsstück, die *Air*. Thomas spielte es mit knappem, kurzen Anschlag, fast wie Glenn Gould.

Mit einem Mal spürte Barbara, wie der Klumpen in ihrer Brust sich löste. Sie atmete tief durch und lief mit leichten Schritten ins Haus.

Mein herzlicher Dank gilt Ragnhild für ihre guten Ideen,
Christine für die Korrekturen und wie immer Reinhold,
weil er mich erträgt.